Al "Trunk" Mahoney, Defensive Line

(Edizione Italiana)

Jean Joachim

Moonlight Books

Informazioni sul libro che avete acquistato

Questa è un'opera di fantasia. Nomi, personaggi, luoghi e avvenimenti sono il prodotto dell'immaginazione dell'autore o sono usati in modo fittizio e ogni somiglianza con persone reali, vive o morte, imprese commerciali, eventi o località è puramente casuale.

Grazie per aver acquistato questo e-book. L'acquisto non rimborsabile, di questo e-book garantisce UNA SOLA copia legale a testa da essere utilizzata su un solo pc o dispositivo di lettura. **Questo e-book non potrà essere in alcun modo oggetto di scambio, commercio, prestito, rivendita, acquisto rateale o altrimenti diffuso senza il permesso scritto dell'editore e dell'autore.** Qualsiasi distribuzione o fruizione non autorizzata, totale o parziale, online oppure offline, su carta o con qualsiasi altro strumento già esistente o che deve ancora essere inventato, costituisce una violazione dei diritti d'autore e come tale è perseguibile penalmente. Chiunque non desiderasse più possedere questo e-book deve cancellarlo dal proprio pc.

AVVERTENZE:

La riproduzione o distribuzione non autorizzata di questo prodotto, protetto dal diritto d'autore è illegale.

A MARILYN REISSE LEE

La mia migliore amica da cinquant'anni, la mia più grande sostenitrice, e una persona brillante e realizzata. Il mondo ha perso un meraviglioso dono, quando sei morta.

Ringraziamenti

Grazie a Larry Joachim, Steve Joachim, David Joachim, Tabitha Bower, V.L. Locey, Renee Waring e ai miei lettori e amici, per il vostro appoggio e incoraggiamento.

Capitolo Uno

La squadra si stava riscaldando in palestra prima dell'allenamento, quando udì del trambusto: imprecazioni, urla e il rumore di qualcosa che sbatteva sul metallo e di vetro che s'infrangeva interruppero gli esercizi.

«Chi c'è nello spogliatoio?» domandò Griff Montgomery, il quarterback.

«Trunck,» rispose Bull Brodsky. «Maledizione!»

Griff e Bull si fiondarono nell'altra stanza, seguiti a ruota da diversi compagni di squadra. Al Trunk Mahoney era impegnato a distruggere tutto quello che toccava. Aveva già sventrato il suo armadietto, e ora stava per fare lo stesso con un altro vuoto. Aveva anche lanciato una sedia fuori dalla finestra e rotto uno specchio con il pugno, che ora sanguinava.

«Porca puttana, Trunk!» esclamò Griff.

«Che diavolo stai facendo?» chiese Bull.

«È Mary!» strillò Trunk, richiudendo la mano ferita e preparandosi a sferrare un altro colpo.

Tuffer Demson, un altro linebacker che giocava in difesa, gli si scagliò contro. Lui e Bull afferrarono e cercarono di trattenere il colosso che lottò selvaggiamente contro di loro, finché riuscirono a bloccargli le braccia lungo i fianchi.

A quel punto gli occhi di Trunck si riempirono di lacrime e la rabbia sembrò scivolare via come l'acqua nello scarico di una vasca da bagno, e un attimo dopo, cominciò a singhiozzare. Quando i suoi compagni lo lasciarono andare, cadde in ginocchio e raccolse da terra un cellulare, a pezzi.

«È Mary,» ripeté con voce strozzata, passando le dita sull'apparecchio deformato. «Mi ha lasciato. Con un messaggino.»

Il silenzio calò sulla stanza, mentre gli uomini si guardavano tra loro, per poi tornare a fissare Trunk. Pete Sebastian, Coach Bass per la sua squadra, corse nello spogliatoio, ma si fermò di colpo a quella vista. Tutta quella distruzione gli strappò un verso sorpreso.

«Mi dispiace, Coach,» borbottò il difensore.

«Andiamo, Trunk. Tiratelo su, ragazzi, e portatelo nel mio ufficio,» ordinò l'allenatore. «Piantatela, lo spettacolo è finito. Dobbiamo prepararci per la partita.» Lanciò un piccolo asciugamano a Trunk, che se lo avvolse attorno alla mano sanguinante.

Devon Drake e Bull aiutarono il lineman ferito a rimettersi in piedi, lo scortarono fino all'ufficio del Coach, chiusero la porta e se ne andarono.

Il Coach Bass era al telefono con gli addetti alla sicurezza.

Trunk si afflosciò su una sedia come un palloncino sgonfio. «Quasi quattro anni di matrimonio finiti giù per il cesso,» sospirò, asciugandosi gli occhi.

Pete gli porse un fazzoletto. «Ti va di parlarne?»

Lui scosse la testa.

«Credo che dovresti vedere la dottoressa McMillan,» gli consigliò il Coach, poi prese il telefono e chiamò sua moglie, Jo, che si occupava della pubblicità per i Connecticut Kings. Dopo una breve conversazione, si girò di nuovo verso di lui. «Sta arrivando, fatti trovare qui tra un'ora. Intanto, diamo un'occhiata a quella mano,» annunciò, alzandosi in piedi.

I due uomini percorsero il corridoio in silenzio fino all'infermeria, vicino allo spogliatoio. Il rumore del personale che puliva e spazzava via i vetri rotti arrivò alle loro orecchie.

«Mi dispiace, Coach. Pagherò i danni, lo prometto,» giurò Trunk.

«Sì, perché te li detrarranno dallo stipendio. Non preoccuparti, Trunk. Dobbiamo rimetterti in sesto, così potrai giocare,» gli assicurò Sebastian.

«Giocherò. Non ho mai saltato una partita.»

Il Coach si sedette accanto al difensore mentre il dottore gli puliva le ferite, gli ricuciva un taglio sulla pelle e infine gli bendava tutta la mano.

«Se ci mettiamo un cuscinetto e un guanto, dovrebbe riuscire a giocare, Coach,» annunciò il medico.

«Bene.»

La testa di Jo fece capolino dalla porta. «La dottoressa McMillan è qui.»

«Forza, Al. Andiamo di sopra,» disse il Coach.

Trunk gli afferrò il braccio. «Mary se n'è andata, Coach. Che faccio, adesso?»

«Non lo so, ma scommetto che la dottoressa McMillan ha già qualche idea.»

Il Coach lo accompagnò fino all'ufficio della psicologa, che accolse il difensore sulla porta. L'ufficio era semplice: pareti beige chiaro, una scrivania, un divano angolare e due poltrone posizionate l'una di fronte all'altra completavano l'arredamento.

«Siediti, Al,» lo invitò, indicando il divano.

Trunk abbassò lo sguardo sul pavimento. A parte i corsi sul controllo della rabbia a cui era stato obbligato a partecipare, non sapeva nulla di tutta quella roba psicologica. Fissò la dottoressa con aria sospettosa. «Che ha intenzione di farmi?»

«Niente, davvero. Parliamo e basta.»

«Non c'è nulla di cui parlare. Mia moglie mi ha mollato. Con un messaggio. Basta, fine. Posso andare, adesso?»

«Credo che ci sia qualcosa di più. Andiamo, non mordo mica. Non devi dirmi nulla che tu non voglia.»

«Devo farlo per forza?» chiese Trunk.

La dottoressa annuì. «Credo che la direzione sarebbe più contenta se sapesse che ti stai facendo aiutare in questo momento così doloroso.»

«Doloroso è la parola giusta. Quella maledetta stronza. Scusi.»

La donna agitò le mani come per scacciare le sue preoccupazioni. «Non scusarti, in questa stanza puoi parlare in qualsiasi modo tu voglia. Divorziare fa male, non è vero?»

«Fa un male cane,» confermò Trunk, sedendosi sul divano.

Quando si fu messo comodo, la McMillan versò un bicchiere d'acqua da una caraffa e glielo porse, poi si sedette a due cuscini di distanza da lui e lo fissò. «Perché credi che sia successo?» gli chiese.

Trunk osservò la sua espressione comprensiva e sentì l'emozione montare dentro di sé. Fece un respiro profondo e pensò alla sua domanda per un po', prima di rispondere. «Cazzo, non ne ho idea, doc.»

GLI ALLENAMENTI TERMINARONO alle cinque. Trunk e Bull si diressero a grandi passi a bordocampo per bere un po' d'acqua.

«Mary si è presa tutti i mobili. Io mi tengo la casa, ma dovrò dormire per terra,» si lamentò Trunk.

«Puoi dormire da me, stanotte. La stanza degli ospiti è libera,» gli offrì il suo amico.

«Grazie. Potrei anche accettare, ma poi dovrò trovarmi un altro posto dove stare.»

Trunk tornò a casa a prendere i vestiti. Aprì la porta ed entrò nel piccolo ingresso, i suoi passi riecheggiarono tra i muri delle stanze vuote. La casa non era molto grande, aveva solo tre camere da letto ed era molto più modesta di quelle della maggior parte dei suoi compagni di squadra, ma a lui andava bene. Non aveva uno stile stravagante, e guadagnava meno di altri giocatori dei Kings, quindi doveva stare attento a risparmiare.

Rimasto orfano a tredici anni, aveva iniziato a giocare a football per gestire la rabbia provocata dalla morte dei suoi genitori. Aveva avuto successo nello sport, si era fatto un nome in ognuna delle città che di volta in volta aveva chiamato casa, ed essere una star del football gli aveva assicurato un caloroso benvenuto in ogni nuova scuola che aveva frequentato.

Al non aveva nulla, quindi aveva iniziato a lavorare presto, accettando qualsiasi incarico gli venisse offerto: spazzare le foglie, tagliare il prato, sbrigare commissioni. Lo sport era stato la sua ancora di salvezza, i suoi coach l'avevano aiutato a rimanere sulla strada giusta e a evitare le droghe e il crimine. Essere un eroe gli riempiva il cuore, ma il desiderio di trovare qualcuno che si prendesse cura di lui non l'aveva mai abbandonato. Aveva creduto che quella persona fosse Mary, ma si sbagliava.

Ora, era nuovamente senza radici, proprio come quando era un ragazzo, tuttavia aveva perso la voglia di ricominciare, e il dolore di quella perdita lo feriva e tagliava come il bisturi di un chirurgo.

Si guardò attorno, passando da una stanza all'altra, inseguito dal rumore dei propri passi. La casa era pulita, anzi, immacolata. *È proprio tipico di Mary, rimettere tutto a posto prima di andarsene.* L'abitazione era pronta per essere messa sul mercato; non l'avrebbe tenuta, ora conteneva troppi brutti ricordi.

Mary lavorava in banca come responsabile prestiti, e si erano incontrati grazie al suo lavoro. Lo stipendio era buono, quindi non vedeva perché dovesse pagarle gli alimenti, doveva trovarsi al più presto un avvocato.

Le stanze erano spoglie e gelide, perché Mary aveva spento il riscaldamento. Trunk salì le scale facendo i gradini due alla volta. La cassettiera era ancora al suo posto e i suoi vestiti erano ancora nell'armadio. Riempì una valigia il più in fretta possibile, mentre il freddo gli penetrava nelle ossa, facendolo rabbrividire. Doveva uscire subito da lì.

Non voleva andare da Bull e Samantha troppo presto, però, aveva bisogno di tempo per riflettere. Caricò la valigia nel bagagliaio della sua Toyota Rav4 e guidò fino al *Savage Beast*. Era la sera di un giorno feriale, quindi il locale non era affollato C'erano solo pochi tavoli occupati e due clienti al bar.

Carla Ricci, la proprietaria, stava raccontando una storia, mentre i due uomini ridevano. Quando Trunk entrò, alzò lo sguardo e gli sorrise calorosamente. Carla era la sua amica speciale, a cui non importava quanto fosse ubriaco o quante stupidaggini dicesse: il giorno dopo lo perdonava sempre.

Lasciò vagare lo sguardo su di lei. Era splendida, più bella di quanto lui si meritasse con quei lunghi capelli corvini, lucenti e setosi, le labbra rosse e la pelle di porcellana. E il suo corpo? Cavoli, tutti gli uomini che entravano nel locale la desideravano, e lui non faceva eccezione. Carla aveva più curve di una strada di montagna, e quella sera indossava un maglione rosso con una profonda scollatura. Una volta gli aveva confidato che le mance erano direttamente proporzionate alla scollatura del suo vestito: più era profonda, meglio veniva pagata. Un paio di pantaloni neri le fasciavano il fondoschiena perfetto e le gambe affusolate.

Il sorriso che Carla gli rivolse quando lo salutò era esattamente quel che gli serviva. «Il solito?» gli chiese con un sopracciglio inarcato.

«Che c'è alla spina?» chiese Trunk.

«Heineken.»

«Per me va bene.»

Carla gli versò la birra e andò sul retro a cuocergli due hamburger. Trunk si sedette sullo sgabello e fece un cenno con la testa agli uomini seduti all'altra estremità del bancone.

«Ma lei non è Al Mahoney, il difensore dei Kings?» I due si spostarono lungo il bancone, avvicinandosi.

«Colpevole.» Normalmente, Trunk adorava incontrare i suoi fan e parlare delle partite, ma quel giorno non se la sentiva.

«Senta, domenica giocherete contro il St. Louis, giusto?»

«Già.»

Quando Carla tornò, le lanciò uno sguardo e lei capì subito. Erano amici da due anni, e lei sapeva riconoscere i giorni in cui non voleva essere disturbato. E quello era uno di quei giorni.

«Ehi, ragazzi, perché non lasciate al signor Mahoney un po' di spazio per respirare? Ha appena finito gli allenamenti e probabilmente vorrà lasciarsi alle spalle il football per un po'. Posso portarvi un'altra birra?» disse.

«Certo, certo, abbiamo capito.» I due uomini tornarono ai loro posti.

Carla portò loro altri drink. «Offre la casa.»

I due li finirono in fretta e poi uscirono. Anche una delle coppie sedute ai tavoli pagò e se ne andò, e il locale si fece più silenzioso.

«Allora, perché hai l'aria di uno che ha perso il suo migliore amico?» Carla si appoggiò contro il bancone, sorseggiando un ginger ale.

Trunk non riusciva a distogliere lo sguardo dai suoi seni, strizzati insieme dentro il maglione, con tutta l'aria di essere sul punto di scivolare fuori. *Dio, sono bellissimi.* Gli prudevano le dita all'idea di toccarli, ma fece un respiro profondo e si costrinse ad alzare lo sguardo e guardarla negli occhi marrone scuro, che sembravano potessero leggergli nell'anima. Non poteva mentirle.

«Immagino che sia quello che è successo,» ammise.

«Io sono ancora qui,» scherzò Carla.

«Mary se n'è andata, mi ha lasciato. Si è presa tutti i mobili,» sputò fuori il difensore, più veloce che poteva. In quel modo faceva meno male, come quando si strappava via un cerotto.

Carla gli strinse l'avambraccio muscoloso e il suo sguardo si addolcì. «Beh, merda. Mi dispiace, Trunk. Cos'è successo?»

«Che io sia dannato se lo so.» Trunk bevve rapido un sorso di birra.

«Lei non ha detto nulla?»

«Me ne vado. Verrai contattato dal mio avvocato. Ho preso i mobili, puoi tenerti la casa.»

«'Fanculo. Che stronza,» sbottò Carla.

«Dice che posso avere la casa, ma dubito che il suo avvocato sarà d'accordo. Bastardi avidi.»

«Non ha detto nient'altro? Tipo perché se ne andava, o dove?»

Al scosse la testa. «No, questo è tutto. Me l'ha scritto in un messaggio.»

«Un messaggio?» Carla alzò le sopracciglia. «Maledizione, che freddezza.»

«Credo che abbia paura di affrontarmi, anche se non so perché.»

«Devi trovarla e farti dare delle risposte.»

«E lo dici a me?» Trunk scosse nuovamente la testa.

Carla tornò in cucina e riapparve con due hamburger al gorgonzola e delle patatine. «Queste le offre la casa, Trunk,» annunciò.

«Assolutamente no,» ribatté subito il lineman.

«Assolutamente sì.»

«Non puoi permetterti di farlo. Hai già dato della birra gratis a quei due coglioni perché mi lasciassero in pace, e adesso questo? Se continui a offrire cibo a tutti, andrai in rovina. Pago tutto.»

«Siamo amici,» s'impuntò Carla.

Trunk le lanciò uno sguardo carico di desiderio, poi mascherò quell'espressione. Le parole di Carla gli avevano fatto male, perché avrebbe voluto essere più di un amico per quella bellissima donna, avrebbe voluto averla incontrata prima di mettersi con Mary. Adesso, però, non sarebbe mai successo nulla tra di loro, perché Trunk aveva un segreto che l'avrebbe fatta allontanare da lui. Immaginava che fosse il motivo che aveva finalmente spinto Mary a lasciarlo.

«Gli affari sono affari, Carla. Tu non puoi permetterti di dare via il cibo gratis, e io non voglio essere il motivo per cui dovrai chiudere questo posto,» insistette.

«Vai a farti fottere. Ti farò pagare il doppio, allora. Per tutti gli altri, sono cinque dollari e novantanove, ma per te dodici verdoni!»

Trunk scoppiò a ridere. Non avrebbe mai pensato che qualcosa potesse riuscire a divertirlo, quel giorno, ma Carla ce l'aveva fatta e le era grato. Addentò uno dei succosi hamburger, cotti proprio come piaceva a lui, e sorrise. Nessuno sapeva cucinare come Carla.

«Dove andrai a vivere?» chiese la barista, e finì quel che rimaneva del suo drink.

«Bella domanda. Non ne ho idea,» le rispose semplicemente.

«Se serve, al piano di sopra c'è una stanza, in fondo al corridoio e vicino alla mia stanza, dove i clienti possono dormire, mentre smaltiscono la sbronza.»

«Grazie, ma stasera vado a dormire da Bull e Samantha.»

«Farai il terzo incomodo a casa degli sposini?»

«Se la metti così, allora forse non dovrei andarci. Ma una sola notte non li ucciderà.»

«Nah. Bull può tenerselo nei pantaloni, per una volta.»

«Oppure, può fare piano.» Trunk ridacchiò.

Anche Carla rise.

Il difensore finì il primo hamburger e lo mandò giù con un gran sorso di birra. «Ehi, che ne dici? Potrei prendere in affitto la tua stanza. Solo finché non trovo un altro posto dove stare. Ti farei guadagnare dei soldi in più.»

«Credi che mi servano?» Carla strinse gli occhi e si portò la mano sul fianco.

«I soldi servono a tutti.»

«Questo è vero. Sì, potremmo fare così. Quanto?»

«Mhmm. Cinquecento bastano?»

Carla inghiottì a vuoto e spalancò gli occhi. «Cinquecento dollari bastano e avanzano. Ti porto di sopra dopo l'orario di chiusura.»

«Va bene. Dirò a Bull che non andrò da lui.»

«C'è anche un bagno, dall'altro lato del corridoio. Non c'è la cucina, ma puoi usare quella del bar,» lo informò Carla.

«Va bene.» Trunk buttò giù quel che rimaneva della birra, si ficcò le ultime due patatine in bocca e scese dallo sgabello. Posò venti dollari sul bancone e tornò alla sua macchina.

CARLA SPERÒ CHE TRUNK non avesse notato il modo in cui le si era scaldato il viso quando le aveva detto che si sarebbe trasferito da lei. Per fortuna arrivarono altri clienti, dandole la possibilità di scappare via. Raggiunse i tre tavoli, prese i loro ordini e si affrettò a tornare in cucina e schiaffare gli hamburger sulla griglia.

Il calore emanato dal cibo mentre cuoceva non era nulla in confronto al calore che si era acceso dentro di lei quando Trunk le aveva raccontato le novità. Lui era come un magnete, negli ultimi due anni l'aveva sempre attratta a sé. Il modo in cui la maglietta gli tirava sulle spalle larghe, la vita snella, i bicipiti potenti e quelli che immaginava fossero addominali muscolosi tormentavano i suoi sogni ogni notte. Certo, aveva anche un bel sedere, ma lei cercava di non notarlo. Un paio di volte, Trunk l'aveva sorpresa a osservarlo, ma Carla l'aveva sempre fatto ridere con una battuta stringata. Riusciva a vedere il barlume di desiderio nel suo sguardo però, e la faceva rabbrividire.

Ricordava la prima volta che era entrato nel suo locale. Stava parlando con Griff Montgomery, scherzando sul fatto che il quarterback non portava mai i suoi attraenti compagni di squadra lì a bersi una birra, e poi Trunk Mahoney aveva varcato la porta e lei era rimasta senza parole. Le si era seccata la bocca, mentre altre parti del suo corpo si erano inumidite. Il suo corpo forte, a malapena nascosto dai jeans attillati e la maglietta, insieme alla sua andatura spavalda e sicura, le avevano fatto tremare le ginocchia.

Il giocatore le aveva rivolto un ghigno sexy e aveva lasciato vagare lo sguardo ardente dei suoi bellissimi occhi azzurri su di lei. Trunk Mahoney era sesso su due gambe e lei l'aveva desiderato, finché non aveva notato la sua mano sinistra. Eccolo lì, il colossale problema capace di rovinare l'atmosfera: la sua fede nuziale. Carla aveva rinchiuso dentro di sé i suoi sentimenti e inghiottito la chiave. La sua politica del *giù le mani* si applicava a tutti gli uomini sposati, non importava quanto fossero attraenti. Incluso Al Mahoney.

Proprio quel che le serviva, una relazione con un uomo sposato. Come se la sua vita non fosse già abbastanza dura, mentre cercava di tenere aperto il bar e di rimanere a galla economicamente. Ogni mese era una lotta. Ringraziava Dio per la stagione del football, quando la squadra riempiva il locale più sere a settimana, ma dopo il Super Bowl, iniziavano i tempi di magra per il *Savage Beast*. I giocatori e le loro donne si disperdevano, insieme ai cittadini che amavano mescolarsi agli atleti, e gli affari da frenetici diventavano fiacchi. Perfino Betty, che suonava il piano e cantava il venerdì e il sabato sera, non attirava una folla pagante.

Carla manteneva il segreto, stringeva la cinghia e si aggrappava a ogni centesimo, nei periodi in cui il bar era affollato. Aveva rinunciato al suo appartamento ed era andata a vivere sopra il locale per risparmiare. L'affitto di Trunk sarebbe stato la sua salvezza, anche se solo per uno o due mesi. L'avrebbe messo da parte insieme ai soldi per pagare il mutuo dell'edificio, quando il registratore di cassa avrebbe smesso di suonare.

Nel suo cuore, aveva lasciato che Trunk diventasse più di un semplice amico, e ormai lo accoglieva con un'amichevole pacca sulla schiena o con un insulto tagliente, ma scherzoso. Erano amici senza benefici. Ora che lui non era più sposato, però, la barriera che aveva eretto tra di loro iniziava a sgretolarsi.

Griff Montgomery era stato il suo amante occasionale preferito, prima che si sposasse. Da allora, nessuno aveva mai preso il suo posto. Mentre sbriciolava il gorgonzola sulla carne bollente, si chiese perché.

Poi, le parve ovvio. Era in quel periodo che Trunk Mahoney aveva cominciato a frequentare il bar. Si batté la mano sulla fronte. *Maledizione!* Già, era rimasta immobile ad aspettarlo. *Che cosa stupida da fare.* Adesso, il difensore era disponibile, ma probabilmente avrebbe cercato di dimenticare sua moglie con tutte le sue forze, e sarebbe stato pronto a saltare nel letto di un mucchio di donne sexy. *Quale uomo passa da un divorzio devastante a una nuova relazione? No, prima si divertirà un po'. Passerà da un letto all'altro, sicuro. Mi sono stancata degli amici di letto. O si tratta di qualcosa di serio, o io non gioco.*

Si era ripromessa che non sarebbe più stata con un uomo solamente per il sesso. Aveva tempo per una relazione? Cavoli, no, era sposata al *Beast,* e proprio per questo le avventure occasionali le erano state tanto utili. Nessun legame, nessun impegno e nessuno che brontolasse riguardo ai suoi lunghi orari di lavoro. Griff era stato il suo miglior amico di letto. Anche quando lui aveva voluto portare la loro storia a un livello successivo, o almeno aveva detto di volerlo fare, non gli aveva creduto. E poi, Griff voleva dei bambini, e la maternità non faceva parte dei suoi progetti futuri. Nonostante questo, aveva sentito la sua mancanza, e quando si era sposato, anche lei aveva deciso di ricominciare. La sua vita adesso era dedicata al successo del bar, il che significava che aveva poco tempo per gli uomini, dentro o fuori dal letto.

Ma quello era Trunk Mahoney ed era appena tornato single. Però era anche sul punto di porre fine a un matrimonio, quindi dubitava che fosse interessato a celebrarne un altro. Inoltre, c'era sempre il problema dei bambini. Non aveva mai incontrato un uomo che non volesse figli. Sospirò. No, non erano comunque compatibili, sebbene lui la tentasse.

Carla fece un respiro profondo e prese una bottiglia d'acqua dal frigo. La cucina si stava scaldando, e con il difensore al piano di sopra, la serata di certo si sarebbe scaldata ancora di più.

Capitolo Due

*L*a mattina successiva, domenica, allo stadio Trunk tornò nello spogliatoio. I suoi compagni di squadra erano in campo ad allenarsi.

Il Coach lo raggiunse e gli diede una lieve pacca sulla spalla. «Come stai, Trunk?»

«Bene. Mi scusi per lo spogliatoio, non succederà più.»

«È tutto a posto. Ti capisco, anch'io ho divorziato, una volta.»

Trunk annuì. «Giusto.»

«Spero che continuerai a vedere la dottoressa McMillan. I suoi servizi sono gratuiti, è la squadra a pagarla.»

«Ci sto pensando.» Il difensore non voleva ammettere di aver già fissato un altro appuntamento. Cavoli, aveva già abbastanza ragioni per sentirsi in imbarazzo, anche senza aggiungere alla lista il fatto che andava da una strizzacervelli. C'era qualcosa in *doc,* come la chiamava, che fosse il suo tono comprensivo o il modo in cui lo guardava, che lo faceva sentire meglio, perciò, aveva acconsentito a partecipare a un altro paio di sessioni.

«Beh, la decisione spetta a te. So che sono cose private, quindi non ti chiederò nulla. Andiamo, Tuffer ha bisogno di vederti in azione,» concluse il Coach, e si diresse verso il campo da gioco con Trunk alle calcagna. L'attività fisica era proprio quello di cui aveva bisogno in quel momento.

Prese posto nella formazione e, quando il coordinatore della difesa fischiò, si mise al lavoro e canalizzò la sua rabbia nelle azioni di gioco. Bullhorn Brodsky, il suo migliore amico, lo bloccò impedendogli di raggiungere il quarterback, e lui mise da parte ogni inibizione: diede una gomitata al lineman attaccante, che arretrò, poi si lanciò contro di lui con tutte le sue forze, urtandogli il plesso solare e buttandolo a terra.

Bull non si mosse. Il fischietto suonò ancora, e l'attaccante si passò le braccia attorno all'addome.

«Che cazzo fai, Mahoney?» chiese il Coach, prima di andare a controllare come stava Bull.

Un paio di minuti più tardi, Brodsky si rimise in piedi. «Sei un po' incazzato, oggi?» Lo fissò con un sopracciglio inarcato.

«Mi dispiace, Bull.»

Il Coach Bass fece segno a Trunk di raggiungerlo e il difensore trotterellò da lui. «Visto che ti sei perso il riscaldamento fa' un paio di giri di corsa e butta fuori tutto. Non posso lasciarti uccidere Brodsky, ci serve,» gli ordinò.

«Capito. Mi dispiace.» Trunk fece un po' di stretching e cominciò a correre attorno al campo. Mentre si riscaldava, sentì l'ira montare lentamente dentro di sé. Accelerò per tenere il passo della furia che gli ardeva nelle viscere e percorse l'ultimo miglio correndo più veloce che poteva. I suoi polmoni chiedevano pietà, le sue gambe erano stremate, ma non gli importava, e spinse il proprio corpo fino al limite. Quando le sue emozioni si calmarono, rallentò e poi si fermò, crollando in ginocchio sulla pista e ansimando. Si sedette sulle cosce e si chinò per riuscire a respirare meglio.

Si alzò in piedi e riprese il controllo, poi tornò di corsa in campo e raggiunse i suoi compagni. «Ora sto bene,» disse al coordinatore della difesa.

«Okay, riproviamo di nuovo quell'azione.» L'altro uomo soffiò nel fischietto e Trunk corse a sinistra, poi a destra e poi di nuovo a sinistra, cercando di aggirare Brodsky, che lo fermò ogni volta.

Quando quell'esercizio terminò, urtò lievemente la spalla del suo amico con la sua. «Nessuno riuscirà a raggiungere Montgomery, oggi. Sei stato bravissimo.»

«Spero che tu abbia ragione. Dobbiamo vincere.»

«Esatto.»

«Vinceremo. Guarda che giocatori abbiamo in squadra. Non possiamo perdere,» disse Bull.

«Quel che pensavo io quando ho sposato Mary,» borbottò Trunk.

Il suo amico gli diede una pacca sulla schiena. «Supererai questo momento. Hai un sacco di amici. Vedila così, ora non devi più sentirti in colpa se vai in uno strip club quando siamo in trasferta.»

«Già, immagino di sì.»

«Niente punizioni, ragazzi. Tenetelo a mente, per favore. Se aggredite un giocatore mentre passa la palla, la penalità è di quindici iarde, abbastanza per perdere la partita. Okay?» disse il Coach Bass, interrompendo la loro conversazione.

«Non si preoccupi, Coach, non gli faremo male... non molto.» Trunk e Bull scoppiarono a ridere e tornarono sulla linea della mischia.

Posso farcela. Devo farcela.

L'allenatore soffiò nel fischietto e qualcosa di primordiale dentro Trunk rispose a quel richiamo. Anni di allenamenti si fecero sentire e subito la bestia dentro di lui prese il controllo. L'obiettivo di raggiungere il quarterback gli riempì la mente, scacciando ogni altra emozione e guidandolo fino ad annullare la distanza con l'altro uomo. Quando le sue mani toccarono il braccio di Montgomery, il linebacker si fermò.

«Vai così, Trunk,» gridò il Coach Bass da bordocampo.

«Sono tornato,» mormorò il difensore, poi sorrise ai suoi compagni di squadra e tornò in formazione per rifare tutto da capo.

DOPO GLI ALLENAMENTI, andò a casa di Bull, dove guardarono un film e si riposarono prima della partita. Non mangiarono niente perché i giocatori della squadra avrebbero cenato tutti insieme alle sei dato che quella sera avrebbero giocato.

«Stasera verrai al *Beast,* dopo la partita?» chiese Trunk a Samantha, la moglie dell'attaccante.

«Assolutamente. Buona fortuna, ragazzi,» rispose lei.

Bull le diede un bacio e poi salì sull'auto di Al.

«Voglio avere quello che avete voi,» confessò il difensore, allontanandosi dal ciglio della strada.

«Cosa?»

«Quello che avete tu e Samantha. Tra me e Mary non c'è mai stato nulla del genere.»

«Perché l'hai sposata, allora?»

«Non so, mi sembrava la cosa giusta da fare. Volevo sistemarmi; avere una casa, una moglie, dei figli. Qualcuno che fosse lì ad aspettarmi quando tornavo a casa dalle trasferte. Quattro anni dopo, non ho più nulla,» rifletté Al.

«Lo troverai. Cavoli, guarda il Coach. Ha divorziato e poi ha trovato una ragazza veramente sexy che è anche la sua più grande fan,» lo consolò Bull.

«Ma gli ci sono voluti anni, cazzo. E io dove la trovo una come lei? O come Sam?»

«Hai ragione, Sam è una su un milione. Ma troverai la ragazza giusta, fidati di me.»

«Uscire con una donna! Perfino queste parole mi mandano nel panico. Stupidi convenevoli per convincere una ragazza a venire a letto con me,» si lamentò Al.

«Ci farai di nuovo l'abitudine. È come andare in bicicletta.»

«Lo spero. Ehi, tesoro, com'è andata al lavoro, oggi? Vuoi scopare?» disse Trunk in un tono falsamente dolce.

Bull scoppiò a ridere.

«Come si fa a incontrare ragazze a Monroe, poi?»

«Forse Sam può presentarti qualcuno. Glielo chiederò.»

«Devo fare qualcosa. Odio stare da solo.»

«Hai sempre Carla al *Savage Beast*.»

Trunk sbuffò una risata derisoria. «Sì, certo. Come se qualcuno potesse dire di avere Carla tutta per sé. Siamo solo amici.»

«Sarebbe un buon inizio,» insistette Bull.

«Lei non si interesserebbe mai a un cafone come me. E ora che sto per perdere tutti i miei soldi? Scordatelo, è fuori dalla mia portata.»

«Mary ti lascerà in mutande?»

«Probabilmente. Tu non lo faresti?»

«Io no, ma non sono una donna.»

«L'ho notato. Peccato, altrimenti ci avrei provato con te.»

«Davvero? Anche se sono alto un metro e novantadue e peso centotredici chili?» scherzò Bull.

«Forse no. Dovresti essere molto più basso e pesare molto di meno. Oh, e non sarebbe male, se avessi le tette.»

Il suo amico scoppiò a ridere. Trunk entrò nel parcheggiò e si fermò al suo solito posto.

Bull si slacciò la cintura di sicurezza. «Se hai bisogno di me, amico, io ci sono.»

«Grazie.»

I giocatori si diressero verso lo spogliatoio.

«Mi chiedo cosa serviranno oggi.»

«Spero che ci siano le polpette svedesi: le adoro,» disse Trunk.

Si riempirono i piatti di cibi magri, ma carichi di proteine, come il pollo alla griglia, e carboidrati salutari, come le patate al forno. C'erano anche latte e succo di frutta. Trunk mangiò in silenzio, ascoltando gli altri che discutevano delle loro vite. Non aveva mai avuto molto di cui parlare perché lui e Mary non erano mai stati molto uniti, non andavano mai d'accordo su nulla. Non erano come le altre coppie della squadra.

Non avevano nemmeno comprato casa insieme, perché Trunk l'aveva già scelta. Aveva incontrato Mary quando era andato a chiedere un prestito in banca, e quando lei si era trasferita a casa sua, gli aveva detto chiaramente cosa intendeva cambiare. Avevano litigato, e alla fine non era mai stata fatta alcuna modifica. Ora, si chiedeva se la sua riluttanza di allora non avesse gettato le basi del loro divorzio.

Le mogli di tre giocatori dei Kings erano incinte, e loro attendevano con ansia la nascita dei loro figli; a lui non sarebbe mai successo, e adesso, non sapeva più se fosse una cosa positiva o negativa. Un divorziato senza nemmeno la ragazza era un pesce fuor d'acqua, così, osservò e ascoltò, lottando contro la depressione che incombeva su di lui come una nuvola nera.

Il Coach Bass riunì la squadra e riassunse gli appunti, che lui e i coordinatori avevano raccolto sui Sidewinders negli ultimi due anni. I Kings avevano perso contro di loro al Super Bowl, ma li avevano sconfitti nella prima partita della stagione. Adesso, si sarebbero scontrati di nuovo, stavolta per accaparrarsi proprio l'occasione di giocare il Super Bowl. Il Coach sapeva che i Sidewinders non si sarebbero trattenuti, quindi i Kings avrebbero dovuto essere in forma smagliante.

«Sentite! Anderson Boyer, il quarterback del St. Louis, è molto bravo. Dobbiamo eliminarlo non appena ne abbiamo l'opportunità. Mi state ascoltando, Trunk e Demson?» I due giocatori annuirono in risposta. «Norville Lucas è il loro ricevitore di punta, e dobbiamo tener d'occhio anche Bear Trent. È il numero ventitré, grosso ma veloce. Bull, potreste doverlo placcare in due. Breaker, te la senti?»

Quando il Coach finì di preparare i suoi uomini, loro bevvero qualche sorso d'acqua ed entrarono in campo. Quella sarebbe stata l'ultima volta che avrebbero giocato in casa per due settimane; a

Trunk non dispiaceva l'idea di lasciare la città, era un modo per fuggire dai suoi problemi.

Griff perse il lancio della moneta e la squadra iniziò ad agitarsi, poiché vincere il lancio era segno che avrebbero avuto fortuna. Ma i Sidewinders scelsero di andare in ricezione, quindi era come se avessero vinto loro. Trunk si sentì sollevato, quando entrò in campo per il kickoff.

La palla finì nell'end zone, in un touchback automatico sulla linea delle venti iarde.

Devon Drake lo raggiunse. «Lucas sta bene. L'ho già coperto una volta.»

«Vallo a prendere,» replicò Trunk.

Gli uomini presero posto all'interno della formazione e, come c'era da aspettarsi, il primo passaggio venne diretto verso Norville. Drake si lanciò al suo inseguimento e i due spiccarono un salto per prendere la palla nello stesso momento. Devon allungò una mano davanti a Lucas e riuscì a prenderla senza mai toccare l'altro giocatore. Un'intercettazione! I fan andarono in delirio.

Quella svolta si rivelò un buon presagio, perché i Kings completarono l'azione di gioco, segnando un punto. A metà partita, il punteggio era di quattordici a tre a loro favore. Si erano conquistati quel vantaggio con grandi sforzi, i Sidewinders si rifiutavano di rendere loro le cose facili. Durante l'intervallo, i giocatori buttarono giù dei succhi di frutta.

I Kings iniziarono la seconda metà della partita in ricezione. Bullhorn Brodsky era chiaramente su di giri, insieme a Lawson Kid Breaker doveva proteggere Griff Montgomery, il loro quarterback, che riuscì a completare tre passaggi e guadagnare un totale di cinquanta iarde.

La squadra fece un paio di finte, per confondere i Sidewinders e permettere ad Harley Brennan di segnare due touchdown. Erano determinati a vincere e tutti i giocatori lo percepivano. Iniziavano anche a essere stanchi, ma rifiutavano di arrendersi. Dovevano fare a pezzi i Sidewinders, così sarebbe stato chiaro a tutti qual era il team migliore, quell'anno.

Trunk era totalmente concentrato sul gioco e inflisse tre sack ad Anderson Boyer. La partita finì con un punteggio di trentotto per i Kings e quattordici per i Sidewinders, e, dopo aver stretto la mano ai loro avversari, i giocatori andarono al *Savage Beast*. Ci sarebbe stata una grande celebrazione: avevano battuto il St. Louis e mancava una settimana alla partita successiva.

Domenica, sarebbero andati in Texas a giocare contro gli Houston Riders. Nel frattempo, Trunk aveva intenzione di sbronzarsi e festeggiare fino alle prime luci del mattino.

NELLO SPOGLIATOIO, Trunk vide Griff che si schiaffava qualcosa in faccia.

«Sei già sposato, usi ancora quella roba?» gli chiese.

«Lauren impazzisce quando la metto. Non che sia in condizioni di impazzire, in questo momento,» rispose il quarterback, riferendosi alla gravidanza di sua moglie. «Però le piace, quindi la uso.»

«Come si chiama?»

«*Midnight for Men*. Ora che sei di nuovo single, meglio che cominci a usarlo anche tu. Le donne lo adorano. Provalo.» Griff passò il dopobarba ad Al.

Il difensore finì di rasarsi, si sciacquò via quel che rimaneva della schiuma da barba e aprì la bottiglietta. Ne annusò il contenuto e disse: «Buono. Okay, gli darò un'occasione.»

«Però sta' lontano da mia moglie, va bene?»

Trunk scoppiò a ridere. «Affare fatto.» Si versò un po' di dopobarba sulle mani, e poi se lo passò sulle guance. Quando il profumo gli arrivò alle narici alzò le sopracciglia e sorrise. «Cavoli, questa roba è fantastica. Forse dovrei provarci anch'io con te,» scherzò, rivolto al quarterback.

«Scordatelo, Trunk, l'ho annusato prima io,» s'intromise Bull.

Trunk prese un paio di jeans nuovi che aveva trovato nell'armadio, erano ancora dentro la borsa di plastica con l'etichetta ancora attaccata. Se li infilò sui fianchi e poi li lasciò andare bruscamente, in modo che il tessuto schioccasse contro la pelle, poi indossò una maglietta verde acqua. Mary diceva sempre che quel colore metteva in risalto il blu dei suoi occhi e li faceva brillare. Infine si sistemò i corti capelli castani con più cura di quanto facesse di solito.

Si guardò allo specchio a figura intera e vide che aveva un bell'aspetto. La mascella forte, il naso dritto, gli occhi sensuali e il sorriso ampio e bianco lo rendevano tremendamente affascinante. *Perché m'importa? Sto andando al Beast con i ragazzi, e allora? Però, potrebbe esserci qualche ragazza.*

Poi, una rivelazione lo colpì: ci sarebbe stata Carla, e solo pensare a lei lo fece arrossire.

«Credo che stasera un paio di cheerleader verranno al *Beast*,» disse Robbie Anthony, mentre si avvolgeva un asciugamano attorno alla vita.

«Davvero? Chi?» Trunk prese l'orologio dallo spogliatoio.

«Ellie e Davida, credo.»

«Davida? Che razza di nome è? Forse i suoi genitori volevano un maschio e si sono limitati ad aggiungere una *a* alla fine del nome David»

«Quella ragazza non ha nulla di mascolino.» Robbie si portò le mani al petto e iniziò a gesticolare.

«Ce le ha grosse?»

«Saranno una doppia D.»

«Devo vederle. Non mi ricordo di averla vista nella squadra. Come fa a fare la cheerleader, con tutta quella roba che le impedisce i movimenti?» si chiese Al.

«Trunk, amico, sei stato sposato per troppo tempo,» replicò il kicker, dandogli una pacca sulla schiena.

Lui gli sorrise e sollevò la mano in un cenno di saluto. «Ci vediamo lì.»

Il davanzale di quella tizia non può essere meglio di quello di Carla. Gli venne la bocca secca al pensiero di toccarla. *Non succederà mai. Scordatelo.*

Quando entrò nel bar, spostò subito lo sguardo sul bancone. Lei era lì, indossava un maglione viola scollato, dei jeans che le fasciavano alla perfezione i fianchi e un paio di stivali. Dio se era bella. Si era sciolta i capelli e li scosse per farli ricadere oltre la spalla, quando lo guardò dritto negli occhi. Si fissarono per un attimo, poi Carla abbassò le ciglia e tornò a riempire i bicchieri di birra.

Trunk si diresse con tutta calma verso il bar. «Ciao, tesoro,» la salutò.

«Non dirmi *ciao, tesoro*. Dove cavolo eri la notte scorsa? Ti ho aspettato fino alle due,» lo rimproverò lei.

«Mi dispiace. Ho dormito da Bull.»

«E per qualche motivo il tuo telefono non funzionava?» Carla si portò le mani ai fianchi e lo fissò.

«Sai, non ho nemmeno il tuo numero.» Trunk tirò fuori il cellulare. «Dammelo.»

«Te lo do io, il mio numero.» Lei strinse il pugno, fingendo di essere ancora arrabbiata, e glielo disse.

«Mi dispiace, avrei dovuto chiamarti. La stanza è ancora disponibile?» chiese Trunk.

«Sei fortunato. Ho rifiutato quindici persone che strepitavano per avere quella camera, e solo perché l'avevo già promessa a te,» rispose Carla in tono serio, ma i suoi occhi danzavano divertiti.

Il difensore scoppiò a ridere. «Okay, okay. Puoi prenderti cinque minuti e mostrarmela adesso, prima che arrivi il resto della squadra?»

«Certo. Andiamo.» La sua amica si asciugò le mani con un piccolo straccio e si diresse verso le scale sul retro.

Trunk la seguì con lo sguardo puntato sul suo posteriore e la osservò salire. L'impulso di allungare una mano e darle una pacca sul sedere era irresistibile, così si ficcò le mani in tasca per impedirsi di farlo. Presto, però, scoprì che sarebbe stato difficile fare le scale senza le mani o le braccia libere, quindi lasciò che Carla si allontanasse un po', raggiungendo un punto in cui sarebbe stato difficile toccarla, e poi continuò.

«Questo è il mio spazio. Per te, è off-limits,» annunciò la barista, indicando una porta sulla destra, poi percorse il corridoio fino in fondo e ne aprì un'altra a sinistra. «Questa è la tua stanza.» Entrò e si premette contro il muro, facendogli spazio.

Trunk si fermò, riempiendo la soglia con la sua stazza imponente, e osservò il verde chiaro sbiadito delle pareti. C'erano due finestre, una che si affacciava su un vicolo e l'altra sul retro, dove poteva vedere un campo e un bosco. Era arredata con una piccola cassettiera, una sedia e un letto con un copriletto di ciniglia bianco ma un po' piccolo per lui. Sul comodino c'era solo una lampada da notte. La porta socchiusa in fondo alla stanza indicava la presenza di uno sgabuzzino.

«Va bene. In fondo non mi serve più spazio. Anche se il letto è un po' piccolo per me,» disse.

«Se ci dormi da solo, non è così male,» replicò Carla.

«Oh? Tu hai un letto a due piazze?»

«Non stavo parlando di me. Oh, e comunque, non portare ospiti. Non voglio donne volubili qua dentro, che passano da un estremo all'altro, okay?»

«Quindi, solo donne che amano unicamente un certo tipo di estremo?»

Carla fece una smorfia.

«Okay, okay. Niente donne,» concordò Trunk. *Che ne dici, se ci porto solo te?*

«Il bagno è in fondo al corridoio ma per favore, ricordati di abbassare la tavoletta.»

Il difensore si sedette sul letto. «Il materasso è un po' troppo soffice.»

«Ne ho ordinato un altro.»

«Bene. Mi sembra una bella stanza. Non so quanto a lungo rimarrò qui, ma grazie, Carla.»

Prima di voltarsi e andarsene, Trunk notò un cestino dei rifiuti. Abbassò lo sguardo sulla sua mano sinistra, si sfilò la fede dal dito e la buttò nel cestino. Venne via con facilità, perché se l'era sempre tolta prima di ogni partita.

Carla lo fissò.

«Non mi serve più,» le spiegò. La mano gli sembrava strana, più leggera e le due dita ai lati dell'anulare continuavano a cercare la dura fascia d'oro. *Ci farò l'abitudine.*

«Vuoi davvero buttarla via? Non vuoi venderla o qualcosa del genere?» chiese Carla.

«Nah, perché dovrei? Meglio che mi abitui a non indossarla.» Al alzò le spalle, ma sentì montare la tristezza dentro di sé.

La donna gli diede un rapido abbraccio. «Almeno, starai qui insieme ai tuoi amici.»

Lui le posò le mani sulle spalle e annuì. «Grazie.»

Carla lo precedette giù per le scale.

«Vado a prendere la valigia. La settimana prossima partiamo,» annunciò Trunk.

«Il materasso dovrebbe essere già qui, quando tornerai.»

Trunk annuì ancora e si diresse verso la porta.

QUANDO TRUNK USCÌ, Carla scomparve in cucina. Non si era accorta di quanto fosse trasandata la stanza al piano di sopra. *Lui è un amico e un gentiluomo, non può dirmi che fa schifo. Maledizione, come*

ho potuto lasciare che si riducesse in quello stato? Ma sapeva com'era successo: non aveva abbastanza soldi. Aprì l'acqua calda e cominciò a sciacquare i bicchieri e non appena ebbe finito uscì dalla porta laterale con il cellulare in mano. Fece una rapida chiamata al negozio di arredamento locale, comunicò il numero della sua carta di credito e si assicurò che l'indomani le venisse consegnato un nuovo materasso.

Dopodiché, chiamò un altro numero. «Ciao, Stan. Ho un nuovo progetto per te, devi ritinteggiarmi una stanza. Quanto vuoi?»

Dopo pochi minuti, Carla riattaccò e sorrise, poi aggrottò la fronte. *Quelli erano i soldi per il primo mese d'affitto.* Sospirò. Il successo sembrava spostarsi sempre un po' più fuori dalla sua portata. La stanza, però, sarebbe stata rimessa a lucido, e quando Trunk si sarebbe trasferito, forse avrebbe trovato un nuovo affittuario.

Tornò al bar e vide i giocatori dei King e le loro dolci metà che iniziavano a entrare. Prese il taccuino per gli ordini e una penna, poi udì la porta laterale aprirsi di nuovo. Diede una sbirciata e vide Doodles Kelly indossare il suo grembiule. Sorrise, perché il cuoco che si occupava dei piatti veloci era appena arrivato. Adesso poteva cominciare a lavorare seriamente.

Andò a prendere gli ordini ai tavoli, appese i bigliettini sullo scaffale di fronte a Doodles e tornò al bar a versare birra e a miscelare drink. Trunk le si parò di fronte, aveva un profumo così buono che quasi svenne.

Il difensore fece scivolare un pezzo di carta sul bancone. «L'affitto per il primo mese,» annunciò.

«Grazie.» Carla prese la banconota e se la ficcò nel reggiseno. «Che ti sei messo addosso?» chiese, e aprì il rubinetto.

Trunk abbassò lo sguardo sul proprio corpo e lo alzò di nuovo su di lei. «Solo un paio di jeans e una maglietta.»

«Intendevo il profumo.»

«Vuoi dire il dopobarba?»

«Sì, sì. Qualsiasi cosa sia.»

«Ti piace?»

«Profuma come un bordello francese.»

L'ampio sorriso di Trunk svanì e lui aggrottò la fronte.

Carla lasciò stare il rubinetto e gli strinse le dita attorno all'avambraccio muscoloso. «Volevo dire che lo adoro.»

«È di Griff. Si chiama *Midnight for Men*.»

«Ti dona.» La barista sorrise.

«Grazie. Forse mi aiuterà con le donne.»

Le parole di Trunk la colpirono come una freccia al cuore. *Ma sapevo che si sarebbe cercato una donna. Perché ne sono sorpresa?* «Vuoi farti una scopata?»

«Forse.»

«Buona fortuna,» disse Carla da sopra una spalla, mentre sollevava un vassoio carico di boccali pieni di birra e si dirigeva verso un tavolo lì vicino, cercando di non farli cadere.

Quando tornò al bar per preparare qualche Cosmo, due giovani donne entrarono nel locale insieme a Robbie Anthony. Carla conosceva tutti i giocatori e la maggior parte delle loro mogli e ragazze. Sebbene non avesse il tempo di mantenere molte amicizie, era diventata pappa e ciccia con Stormy Gregory, la fidanzata di Devon Drake. La coppia si sedette a un tavolo insieme a Brodsky e Samantha, mentre Robbie avanzò verso il bar insieme alle due donne e le presentò a Trunk.

Si sentì soffocare dall'emozione, mentre osservava le due flirtare con Mahoney e Mahoney flirtare con loro; parlavano e ridevano, e poi la ragazza con il seno più grosso lo spinse verso il difensore. Carla si sentì sul punto di vomitare, invece, tornò a concentrarsi sui Cosmopolitan. Portò i drink ai tavoli e poi schiacciò i bottoni del jukebox per coprire la conversazione di Trunk.

Trunk e le ragazze ordinarono e andarono a sedersi all'ultimo tavolo vuoto, e Carla sentì il rancore salirle su per la gola come bile.

Non voleva servire quelle donne, che ci stavano chiaramente provando con il suo amico; Al era suo e loro dovevano farsene una ragione.

Ma Trunk non era suo... e non sapeva neppure che lei lo desiderava. Inoltre, era un giocatore di football professionista, ricco e di successo. Cosa avrebbe potuto vedere nella proprietaria di un bar, o peggio, nella barista di un vecchio bar che cadeva a pezzi? Lei non era al suo livello, doveva essere chiaro a tutti.

Gli occhi le si riempirono di lacrime, ma fece un paio di respiri profondi per riprendere il controllo sulle proprie emozioni.

Stormy si avvicinò al bar e prese un paio di tovaglioli. «Ciao, Carla. Come va?»

Quando udì la voce della sua amica, la barista alzò lo sguardo, gli occhi colmi di lacrime.

L'espressione di Stormy si fece più cupa. «Che c'è?»

«Niente. Ho tagliato le cipolle sul retro, ecco tutto,» mentì Carla, passandosi il dorso della mano sul viso per asciugare le lacrime.

«Sei davvero una pessima bugiarda,» replicò l'altra donna.

«Da che pulpito.»

«Ti conosco. Se non vuoi parlarne, dillo e basta, ma non mentirmi. Carla, anche tu hai il diritto di provare dei sentimenti. Sarò felice di ascoltarti e di tenere tutto questo per me.» Stormy le strinse il braccio tra le dita.

«Sto solo facendo la stupida. Non capisco quando dovrei accontentarmi di quello che ho. Sto meglio quando sto da sola.»

«Ti piace qualcuno?»

Nonostante la sua riluttanza a confidarsi, Carla annuì.

«Chi?»

La barista alzò le spalle. Non si sentiva ancora pronta a rivelare i suoi sentimenti più privati, quindi non rispose.

«Andiamo, non lo dirò a nessuno. È qualcuno che conosco?» insistette Stormy.

Di nuovo, Carla annuì, spinta a condividere quel che provava: dalla solitudine e dal peso del suo enorme segreto. Sperava di potersi fidare della sua amica.

«Provo a indovinare?»

«Al,» sussurrò in risposta.

Stormy spalancò gli occhi e si voltò a fissare il giocatore.

Carla le afferrò il braccio. «Girati! Che stai facendo? Piantala di fissarlo.»

Stormy obbedì, ma non prima che Trunk le notasse. Sorrise, inclinando lievemente la testa di lato, come se si chiedesse di cosa stavano parlando.

Carla sentì il collo scaldarsi dall'imbarazzo. Scoccò un'occhiataccia a Stormy e si fiondò in cucina, sperando che l'uomo non la seguisse. Fortunatamente, non lo fece.

Doodles stava girando gli hamburger. «Che succede, capa?»

«Niente, niente. Cercavo solo degli altri bicchieri,» gli rispose.

«Scusa, sono stato troppo occupato con gli hamburger, ne lavo un paio adesso.»

Doodles si unì a lei e insieme lavarono otto bicchieri, che Carla mise su un vassoio e portò al bar. Il jukebox suonava a tutto volume, la gente mangiava e beveva... quel posto era un manicomio. Presto Carla fu troppo occupata per preoccuparsi di Stormy. E anche troppo occupata a pensare a Trunk e osservarlo, o osservare le giovani donne che flirtavano con lui.

Che Trunk Mahoney riesca a farsi una scopata o no stasera, non sono affari miei. Non me ne importa nulla. Ho un'attività da mandare avanti e dei soldi da guadagnare finché posso.

Il tempo passò velocemente, mentre lei era troppo impregnata per fare altro che prendere l'ordine successivo, miscelare i drink e tenere d'occhio il suo aiutante. All'una di notte, Doodles aveva già rimesso a posto in cucina e se n'era andato a casa. Carla stava lavando e mettendo ad asciugare i bicchieri per la notte. Gli ultimi avventori posarono i piatti sul bancone e la salutarono.

Erano rimasti solo Carla e Trunk. La barista si asciugò il viso con un tovagliolo di carta, le facevano male i piedi e le gorgogliava lo stomaco per la fame. *Mi sono di nuovo dimenticata di mangiare.* Alzò gli occhi e vide un brillo Trunk Mahoney che barcollava di fronte a lei.

«È ora di andare a letto,» annunciò l'atleta, sfilandosi la maglietta.

La vista del suo petto nudo la risvegliò. Non l'aveva mai visto senza la maglietta, e si leccò le labbra. Era ovvio che non era in grado di salire le scale senza un aiuto.

«Mi dai una mano, Carla?» le chiese, facendole cenno di avvicinarsi.

Carla inghiottì a vuoto. *Toccare quel corpo? Stargli tanto vicina? Non posso farlo.*

«Andiamo, tesoro. Non posso essere il primo uomo che ha avuto bisogno che gli dessi una mano per salire al piano di sopra.»

La donna fece come richiesto, passandogli un braccio attorno alla vita e stringendogli le dita sui fianchi. Il brivido che la percorse quando toccò la sua pelle calda le andò dritto tra le gambe. Trunk trotterellò verso le scale, cantando, con un braccio attorno alle sue spalle e quando fu sul pianerottolo si accasciò contro di lei, intrappolandola tra lui e il muro. Carla non poteva fare nulla per spostarsi.

Trunk abbassò lo sguardo su di lei, l'espressione seria. «Sei l'amore della mia vita,» mormorò.

Carla inspirò bruscamente e rimase immobile a fissare la bocca del difensore che calava sulla sua.

Capitolo Tre

È *ubriaco. Non sa che sta facendo.*

Ubriaco o meno, di sicuro sapeva baciare bene. Se la schiacciò contro il petto e la baciò con forza. Inclinò la testa e le passò la lingua sulle labbra finché non le aprì, poi s'immerse nella sua bocca, esplorandola. Le ginocchia le tremavano, ma cercò di mantenere l'equilibrio, gettandogli le braccia al collo, e Trunk la strinse più saldamente, reggendola e sollevandola finché riuscì a malapena a raggiungere il pavimento con le punte dei piedi.

Non era mai stata baciata in quel modo. Si sciolse, come se non avesse più un osso in tutto il corpo, mentre il desiderio si accendeva dentro di lei. La sua mente si spense e la sua libido prese il controllo, alzò i fianchi e sentì la sua erezione attraverso la barriera dei loro jeans. La passione di Trunk le tolse il respiro.

Finalmente, il difensore si allontanò da lei e la fissò con occhi vitrei, formando con le labbra le parole: «Mi dispiace.» Si voltò, salì un paio di gradini e inciampò. Carla si affrettò a raggiungerlo e tentò di aiutarlo a reggersi in piedi. Lui premette la mano contro il muro e lei sgusciò sotto il suo braccio, e insieme barcollarono da una parete all'altra. Quando raggiunsero la sua camera, Carla girò velocemente la maniglia della porta.

Si precipitarono all'interno della stanza e Carla guidò Trunk fino al letto, poco distante dalla porta. Il giocatore puntò un ginocchio sul materasso e, dopo una lieve spinta, ci crollò sopra, muovendo le labbra in silenzio. Qualche minuto più tardi, iniziò a russare piano.

«Wow,» disse Carla, soffiandosi via i capelli che le ricadevano sul viso. Si portò i pugni ai fianchi ed esaminò la situazione: Al dormiva profondamente, ma era ancora vestito quindi gli slacciò le stringhe e gli sfilò le scarpe, che posò sul fondo dell'armadio. Cercò di girarlo su un fianco, ma Trunk era alto quasi un metro e novanta e pesava oltre cento chili, e non si mosse di un centimetro.

Con un'alzata di spalle prese due coperte di lana dallo scaffale dell'armadio e coprì l'uomo addormentato. Gli sollevò con delicatezza la testa e ci infilò sotto un cuscino. In tutto questo, Trunk non aprì mai gli occhi. *Dorme come un ghiro.* Schioccò la lingua, gli piegò le ginocchia, gli infilò i piedi sotto la coperta e spense la luce. Prima di andarsene, gli diede un bacio sulla guancia.

«Buonanotte, dolcezza,» sussurrò, e sgattaiolò in corridoio senza far rumore.

Nonostante il vento freddo di gennaio rinfrescasse l'interno dell'edificio, infiltrandosi negli spifferi delle vecchie porte e finestre, Carla aveva la fronte e le ascelle madide di sudore. Sorrise, orgogliosa di essere riuscita a portare un uomo tanto grosso a letto senza combinare disastri. Una volta nel suo appartamento, chiuse la porta a chiave, perché non si fidava di Trunk né di se stessa.

Accese il coprimaterasso elettrico, che le permetteva di tenere il riscaldamento basso di notte per risparmiare, poi si infilò una camicia da notte di flanella e si mise sotto le coperte. Si girò su un fianco e ammirò la luna fuori dalla finestra. *Ma che stavo pensando? Non posso tenere Mahoney qui. Non funzionerà mai. Andrò a letto con lui e mi spezzerà il cuore.*

Si prese il labbro inferiore tra i denti e osservò il modo in cui la fredda luce lunare baciava gli alberi e dipingeva d'argento i loro rami spogli. Giurò a se stessa che la mattina successiva avrebbe chiamato Stormy; le amiche potevano essere d'aiuto per tanti problemi. Ma la risposta era dentro qualcun altro o dentro di lei? Carla sapeva che doveva prendere una decisione. Se voleva Al, doveva chiarire le sue intenzioni e pagarne poi le conseguenze. *Dovrei buttarmi? O andare avanti così?*

La vita da single sembrava facile, ma in realtà non lo era. Non riceveva alcun tipo di supporto dalla sua famiglia. Suo padre pensava che fosse disdicevole che una donna gestisse un bar ed era sicuro che lei fosse una maîtresse oppure una prostituta e usasse il *Beast* come copertura. Sua madre era più comprensiva, ma non poteva fare nulla per aiutarla, e i suoi otto fratelli e sorelle avevano tutti le loro vite, i loro figli e i loro problemi.

E così, ogni mese doveva lottare per sopravvivere. Quando riusciva a mettere da parte un po' di soldi in più, non osava spenderli per se stessa. Una mattina al mese si concedeva un film, quando il biglietto era a metà prezzo. Il duro lavoro, però, non le dispiaceva affatto. Le uniche ricompense arrivavano quando si lavorava sodo, come diceva sua nonna, e la sua pasticceria aveva sempre avuto molto successo.

Grazie ai corsi incentrati sul business, che aveva frequentato.al Monroe College, si occupava da sola della propria contabilità, del conto in banca e del mutuo, e trattava con i fornitori, contrattando per i prezzi e le consegne. Gestiva tutto lei. Adesso, però, con il *Beast che* prosperava per sei mesi all'anno, non poteva più continuare da sola. Se voleva avere anche una vita le serviva un aiuto, che però non poteva permettersi.

Quindi, aveva deciso di rinunciare alla vita privata visto che aveva solo trent'anni, e c'era ancora un sacco di tempo per quello. Nel frattempo, passava tutto il suo tempo libero, quando ne aveva, leggendo romanzi rosa che prendeva in prestito in biblioteca.

Mentre rifletteva sulle sue decisioni, sdraiata sul letto, si leccò il labbro inferiore e sentì nuovamente il sapore di Trunk. Toccò la pelle sensibile e ricordò come le aveva fatto formicolare i nervi sentire la sua bocca premuta sulla sua. Se riusciva a farle girare la testa con un solo bacio, cosa sarebbe stato capace di fare, dietro la porta chiusa di una camera da letto? Rabbrividì a quel pensiero.

Trunk era pericoloso, ma, oh, com'era seducente, e quant'era vicino. Solo un paio di passi lungo il corridoio e sarebbe potuto arrivare al suo letto, per portarla in paradiso col suo tappeto volante.

Sospirò e si addormentò.

CARLA SI SVEGLIÒ ALLE dieci di una fredda mattina invernale, anche se di solito dormiva più a lungo, perché doveva rimanere alzata fino alle due ogni notte. Si stiracchiò e sorrise al freddo sole invernale, che splendeva luminoso oltre le tende diafane. Poi, ricordò. *Trunk è nella stanza in fondo al corridoio.*

Si chiese se si fosse già svegliato. *Deve avere dei postumi da sbornia tremendi.* Scese dal letto e corse attraverso il pavimento gelato fino alla cassettiera, dove indossò delle calze, un paio di jeans e un top lungo in lana. Non si preoccupò di infilarsi le scarpe prima di percorrere il corridoio fino alla stanza del giocatore. Appoggiò l'orecchio sul legno della porta, ma non sentì alcun rumore. *Starà dormendo, sarà svenuto o sarà morto?*

Quell'ultimo pensiero la mandò nel panico, così girò lentamente la maniglia e socchiuse la porta, che scricchiolò; Trunk era nella stessa posizione in cui l'aveva lasciato la notte prima. La stanza era fredda, quindi Carla andò ad alzare il riscaldamento.

Quando tornò, il suo amico stava cercando di alzarsi, puntellandosi sulle braccia e gemendo. «Cos'è che mi ha colpito?» si chiese.

«Una bottiglia di tequila,» gli rispose a bassa voce.

Trunk si girò e la guardò, stringendo gli occhi.

«Come ti senti?»

«Come se fossi stato investito da un camion. Che ore sono?»

«Le dieci.»

«Diamine. Tra tre ore ci sono gli allenamenti.» Trunk alzò le mani, che aveva spostato sotto di sé, e le premette di nuovo sul letto.

Carla stava per replicare, ma in quel momento suonò il citofono.

«Chi cavolo è, a quest'ora?» si chiese, poi andò in camera sua e guardò fuori dalla finestra. «Merda, sono i tizi del materasso.» Scese al piano di sotto e li fece entrare. «Solo un attimo, ragazzi. Devo far spostare una persona, prima che possiate metterlo al suo posto.»

Uno degli uomini le lanciò un'occhiata maliziosa e mosse su e giù le sopracciglia.

«È solo un amico. Si è ubriacato e si è fermato a dormire da me mentre gli passava la sbronza,» spiegò, poi risalì le scale e chiamò Trunk.

«Per favore, non gridare,» la pregò lui, coprendosi le orecchie con le mani.

«Scusa, ma devi spostarti, Al. Hanno portato il nuovo materasso.»

«Che tempismo.» Trunk scosse la testa e si alzò in piedi, si sfregò il viso non rasato e andò in bagno.

Carla disfece il letto e osservò i fattorini, che scartarono il nuovo materasso e lo sistemarono sull'intelaiatura, poi coprirono quello vecchio e lo portarono via. Udì l'acqua della doccia e si costrinse a non pensare a Trunk Mahoney, nudo, bagnato, così vicino a lei.

Quando i fattorini se ne andarono, bussò alla porta del bagno. «Se ne sono andati. Che ne dici di darmi una mano?»

Al aprì la porta, coperto solo da un asciugamano avvolto attorno alla vita. La donna inspirò bruscamente alla vista del suo bel petto muscoloso, cosparso di radi peli bruni. Il bisogno di toccarlo quasi la sopraffece, ma ficcò le mani nelle tasche dei jeans per mantenere il controllo.

«Forse è meglio che mi rivesta, prima, a meno che tu non voglia uno spogliarello privato. E sono sicuro che non lo vuoi.»

Non esserne così certo. «Va bene, ti aspetto qua fuori. Chiamami quando hai finito.»

Carla tornò in camera sua e passeggiò su e giù, guardando la strada deserta e gli alberi spogli fuori dalla finestra. Il lunedì mattina alle dieci, Monroe non era un posto pieno di vita. Controllò l'ora e si sentì carica d'irritazione, quando vide che erano già passati venti minuti. *Tipico dei maschi, ci mettono secoli a vestirsi. E poi dicono delle donne!*

«Ho un sacco di cose da fare oggi, Trunk. Facciamola finita,» disse, avvicinandosi alla sua porta. La aprì e si trovò davanti il difensore con addosso un paio di pantaloni attillati, chino sul materasso, mentre lisciava le pieghe del copriletto. La maglietta che indossava gli metteva perfettamente in evidenza i pettorali, il color foglia di tè faceva risaltare l'azzurro dei suoi occhi. «Ma che...?»

«Ho rifatto il letto. Era questo che volevi, no?» spiegò Al.

«Volevo solo che mi aiutassi.»

«Beh, adesso è tutto a posto. Hai dell'altro Advil? Ne ho prese quattro compresse dal tuo armadietto dei medicinali e ho finito la bottiglietta.»

«Grazie. Sì, certo. Ne tengo una bottiglia grossa al bar.»

«Per quando i clienti hanno mal di testa?»

«Per quando i clienti mi danno il mal di testa.»

Trunk scoppiò a ridere, mentre scendeva le scale, poi gemette e si massaggiò le tempie.

«Le risate e la sbornia non vanno d'accordo,» commentò Carla. Prese le pillole e lo seguì in cucina. «Credo che tu abbia bisogno di mangiare qualcosa. Io di certo ne ho bisogno.»

Il suo amico fece una smorfia e si massaggiò la pancia. «Non ne sono sicuro. Mi andrebbe bene un caffè.»

Carla smontò la macchina del caffè, la riempì di chicchi e acqua e poi premette il bottone. «Te lo preparo subito, insieme a un paio di uova strapazzate e a un toast. Riesci a mandar giù un toast?» Lo squadrò con un sopracciglio inarcato.

«Ho rifatto il letto, no?» Trunk si sedette su uno sgabello vicino al tostapane. «Non ho fatto nulla d'inappropriato la notte scorsa, vero?»

Carla aprì il frigorifero e finse di cercare le uova, che erano proprio lì davanti a lei. *Dipende da cosa intendi per inappropriato, tesoro.* «Cosa?»

Trunk la raggiunse, notò il cartone delle uova e lo tirò fuori, poi afferrò il burro. «Ho fatto qualcosa di male? Ci ho provato con te o qualcosa del genere?»

«Uh, niente d'inappropriato. No.» Carla si voltò per nascondere il viso. *La mamma diceva sempre che ero una pessima bugiarda.*

«Bene, bene. Pensavo di averlo fatto. E non vorrei fare nulla per offenderti.»

Mi stai offendendo proprio in questo momento. «Va bene. Ti sei comportato bene. Quando ti ho portato in camera tua, sei svenuto.»

Le guance di Trunk si tinsero di rosa. «Mi dispiace che tu abbia dovuto vedermi in quelle condizioni.»

Carla ruppe un uovo dopo l'altro in una scodella. Al trovò il pane e ne prese quattro fette.

«Come se non l'avessi già visto un migliaio di volte.»

«Forse, ma non hai mai visto me così.»

«Ci sei andato vicino. Dimmi, Trunk, hai un problema con l'alcol?»

«Perché? Perché mi sono sbronzato ieri sera? Cavoli, lo faresti anche tu, se stessi divorziando.»

«Vedo un sacco di persone nella tua stessa situazione. Dove credi che vadano, quando vengono a saperlo? Dritti da me. Ma non tutti si ubriacano tanto da non riuscire a reggersi in piedi.»

Trunk chinò il capo.

Carla gli si avvicinò e gli posò una mano sulla spalla. «Non ti devi vergognare, se hai un problema. Puoi sempre farti aiutare.»

«Non credo di avere un problema. Ho iniziato a bere di più, ma solo di recente. Sapevo cosa stava per accadere, me lo sentivo da qualche parte nelle ossa. Solo che non volevo ammetterlo,» confessò il difensore.

«Cos'è successo?»

«Non lo so. A un certo punto, abbiamo cominciato ad allontan- arci. Abbiamo smesso di fare le cose insieme.»

«Ci dev'essere di più di questo.» Carla versò un cucchiaio di burro in una padella.

«C'è, ma non ne voglio parlare.»

«Mi dispiace. Non volevo impicciarmi, stavo solo cercando d'es- sere d'aiuto.»

Trunk le diede un colpetto sul braccio. «Lo so, ma è qualcosa di personale e doloroso.»

«Capisco. Il terzo grado è finito, ma tu dovresti fare attenzione a quanto bevi. Hai iniziato a bere molto di più del solito.»

«L'hai notato?» Gli occhi penetranti di Trunk la fissarono.

Merda. Beccata. Carla si sentì scaldare il retro del collo. «I baristi tengono il conto, non è qualcosa di cui sorprendersi. È soltanto una cosa che ho notato, ecco tutto.»

«Oh,» disse il suo amico, e annuì, ma non distolse lo sguardo.

La donna sentì il battito del suo cuore accelerare, all'improvviso faceva più caldo. Andò ad aprire la finestra.

«Non fa caldo qui dentro,» si stupì Trunk.

«Ma lo farà,» replicò lei. *Con te seduto così vicino, uh, sì.*

«Per via del fornello?»

«Sì, e il tostapane. Se hai freddo, mettiti un maglione.»

«Mi metterò più vicino al fornello.» Al spostò la sua sedia.

Merda. Ce l'ho praticamente seduto sulle ginocchia. Sentiva il pro- fumo del suo dopobarba, e un'occhiata furtiva le confermò che il difensore si era rasato. Anche se amava la sua barba incolta, a una donna piaceva riuscire a vedere il viso di un uomo, ogni tanto. *L'ha fatto per me? Probabilmente no, magari gli prudeva e basta.*

«Hai ragione riguardo al bere. Siamo ai playoff e forse andremo al Super Bowl, devo darmi una regolata,» ammise Al.

«Buona idea. Le uova sono quasi pronte. Dove diavolo sono i toast?»

Trunk abbassò la levetta, aprì la bottiglia di ibuprofene, inghiottì un altro paio di pillole e bevve un po' d'acqua per mandarle giù. «Arrivano subito,» disse, poi afferrò le posate e si diresse verso il bar.

Carla lo seguì con la padella con le uova, che posò sui piatti mentre lui prendeva i toast. Dopodiché, tornò a occuparsi del caffè.

Trunk le scostò la sedia, quando tornò con in mano due tazze fumanti, e lei sorrise. *Sono secoli che nessuno lo fa per me.*

L'atleta bevve un grosso sorso di caffè e poi si avventò sul cibo. Per essere un uomo che pativa i postumi della sbornia, aveva veramente appetito. Carla lo guardò mangiare, godendosi il modo in cui la sua mascella si muoveva, i suoi muscoli, il modo in cui masticava. *Sono un'idiota. Mangia, forza.*

«Ma come fai, Carla? Sei sempre circondata dall'alcol, ma non ti ubriachi mai. E ti vedo sempre con un drink in mano.»

«Bevo solo ginger ale e a volte lo mischio alla limonata, è una bella combinazione. Non bevo mai alcol al bar, è l'unico modo in cui posso fare il mio lavoro. Per me funziona, dovresti provarlo anche tu.»

«Ginger ale e limonata. Sembra buono. Come lo chiami?»

«Il Carla special.»

«Lo proverò. Mi farebbe bene rinunciare all'alcol per un po'. Almeno fino ai playoff, e poi il Super Bowl,» rifletté Trunk.

«Sei così sicuro che ci arriverete?»

«Ci puoi scommettere. Tutti ne siamo sicuri. I Kings sono i più forti. Siamo i migliori.»

«Allora brindiamo,» scherzò Carla, sollevando la sua tazza.

Prese un pezzo di toast dal piatto e allungò la mano verso il vasetto di marmellata alle fragole. *Stiamo facendo colazione insieme, come due amanti dopo una notte di passione.* Sospirò. «Che progetti hai?» chiese.

«Dovrò parlare con un avvocato e poi con Mary. Non ho nessun progetto, vivo alla giornata,» rispose Trunk.

«Buona idea.»

«Che altro posso fare?»

«Io sono qui, se hai bisogno di me. Hai un sacco di amici, Trunk, andrà tutto bene.»

«Grazie, Carla. Potrei venire a bussare alla tua porta.»

Bussa quanto vuoi, tesoro.

Quando ebbero finito di mangiare, ripulirono insieme, poi Trunk andò di sopra e tornò con la sua borsa da palestra.

Carla lo fermò. «Prendi una chiave. Nel caso io non ci sia.»

«Sei un angelo,» disse il giocatore, poi si chinò per darle un bacio sulla guancia, si voltò e uscì dalla porta.

Sono un angelo? Oppure una sciocca? Perché non ci provo con lui e basta? Perché è ancora sposato. Cosa succederebbe se si riconciliassero? Sarei il terzo incomodo.

La barista sospirò.

TRUNK MISE IN MOTO la macchina e si allontanò dal ciglio della strada. Mentre guidava, passò davanti alla sua casa e sentì il cuore colmo di tristezza. Quando l'aveva comprata, non aveva una donna, ma solo il desiderio di una vita più stabile. Poi era andato a richiedere un prestito e aveva conosciuto Mary.

Lei era carina, minuta, aveva corti capelli scuri e non era andata fuori di testa quando aveva scoperto che era un famoso giocatore di football. Gli era piaciuto, perché non avrebbe dovuto essere all'altezza delle sue fantasie sul tipo d'uomo che era. Era stata molto professionale, ma quando l'aveva invitata a cena, aveva accettato.

Avevano iniziato lentamente. Trunk non aveva voluto metterle fretta ed era chiaro che lei non aveva intenzione di gettarsi subito a capofitto in una relazione. Gli era piaciuto giocare a bowling e andare a mangiare fuori, e a entrambi piacevano gli stessi film. Lui le aveva insegnato qualcosa sul football e lei qualcosa sul giardinaggio. Anche se a Mary non era mai sembrato importare molto dello sport, l'aveva tollerato per fargli piacere. Al però si era veramente appassionato al giardinaggio. L'idea che bastasse piantare un seme per far crescere del cibo nel proprio cortile lo incantava. Finita la stagione sportiva, dissodava il terreno, fertilizzava le piante e strappava le erbacce.

Parcheggiò, scese dall'auto e raggiunse il suo giardino. Durante l'inverno, il terreno era inattivo e i gambi marroni e spezzati delle vecchie piante gli ricordarono quel che restava del suo matrimonio. Tra lui e Mary non c'era mai stata chimica rovente, ma il sesso era sempre stato piacevole, anche se non lo facevano abbastanza spesso. Mary sembrava contenta di farlo solo una volta ogni due settimane, mentre lui avrebbe voluto farlo anche tutti i giorni. A essere onesti, doveva ammettere che era stata la bassa libido di Mary il motivo per cui andava negli strip club, ma era stato proprio quello l'inizio della fine. Almeno, così gli sembrava.

Quei pensieri si rincorrevano dentro la sua testa. Sebbene non avesse alcuna risposta, più ci pensava, più si rendeva conto che lui e Mary non avevano mai voluto davvero le stesse cose. *Forse si è stancata di fare sempre come volevo io. Forse non voleva più aspettare per fare quel che voleva lei. Forse aveva bisogno di andarsene e vivere come le pareva.* Non poteva scaricare tutte le responsabilità su di lei, sapeva che in qualche modo era stata anche colpa sua. Avrebbe voluto poter rimettere le cose a posto. Mary era una brava persona e perderla l'aveva lasciato completamente solo. Non aveva nessuno da cui tornare a casa, nessuno che prendesse le sue parti, o che sentisse la sua mancanza, nessuno che si preoccupasse se tornava tardi o se si infortunava in campo.

Al Mahoney odiava stare da solo, non gli era mai piaciuto. Aveva passato troppe ore, giorni, settimane da solo, quand'era bambino. Per lui era come una condanna a morte, perché significava che di lui non importava a nessuno, proprio come quand'era ragazzo. Che tornasse a cena o meno, non importava. Si ricordava cosa gli aveva dato quell'idea, era successo il giorno che era arrivato in ritardo a casa di sua zia. Stava giocando a calcio e non si era accorto di quanto tempo fosse passato.

Era corso su per i gradini e aveva sbirciato attraverso la zanzariera appesa alla porta. Gli altri avevano già detto le preghiere e si stavano passando il cibo. Non c'era nessuno ad aspettarlo sul portico, torcendosi le mani e guardandosi attorno. Nessuno aveva gridato il suo nome o si era presentato nel cortile della scuola a dirgli di filare a casa perché era in ritardo per cena. No, la cena era già iniziata, che lui ci fosse o no.

Ora, la sua vita sarebbe stata proprio così. La solitudine che l'aveva quasi paralizzato da bambino gli permeò le ossa, lo soffocò, lo congelò. Per Carla, era solo un affittuario, e di nuovo, non le sarebbe importato se ci fosse stato a colazione o meno. Aveva sperato di trovare Mary a casa, ma l'abitazione era vuota. La sua fortuna si era esaurita, ma adesso, doveva trascinarsi fino allo stadio e fare esercizio fisico. Doveva tenere la sua carriera nel football sul binario giusto perché era tutto quel che gli era rimasto.

Al si sentiva come un polpettone riscaldato troppe volte. Buttò giù due bottigliette d'acqua, poi salì sul tapis roulant. La testa gli pulsava ancora, così ingoiò altri antidolorifici e bevve dell'altra acqua. Rallentare l'andatura lo aiutò.

«Ehi, Trunk!» Bull Brodsky gli diede uno schiaffo amichevole sulla schiena e quasi lo fece cadere dall'attrezzo. «Come va? Dove sei stato la notte scorsa? Con una di quelle cheerleader?»

«Chiudi il becco, Brodsky. Perché diavolo devi sempre essere così rumoroso?» replicò.

«Postumi della sbornia?»

«Tu credi?» Trunk ormai stava urlando.

«Calma, calma. Dove sei stato, o non te lo ricordi?»

«Sono rimasto al *Beast*.»

«Con Carla?» Le sopracciglia di Brodsky si sollevarono fin quasi all'attaccatura dei capelli.

«Non con Carla, cretino. Sono stato nella sua stanza degli ospiti, l'ho presa in affitto per un mese. Ora, lasciami finire in pace.»

«Hai preso in affitto una stanza da Carla? Wow, amico, sei in cerca di guai? Come cavolo farai a non metterle le mani addosso?»

«È semplice. Lei non è interessata.»

«Nei sei sicuro?»

«Ne sono sicuro,» dichiarò Trunk.

«Okay, amico. Stringi i denti.» Bull gli diede un altro schiaffo e salì su un macchinario lì vicino.

Trunk cercò di schiarirsi le idee. *Lei non è interessata. Giusto?* Immagini nebulose tormentarono la sua memoria. *Cos'è successo? Qualcosa. Probabilmente, mi sono comportato come un cretino.* Si sentì scaldare il collo per l'imbarazzo al solo pensiero di essersi comportato in modo inappropriato. Mentre si muoveva, cercò di ricostruire gli eventi della notte precedente, perché non credeva a quel che gli aveva detto Carla, ovvero che non si era comportato da idiota. Lei non gli avrebbe mai detto la verità. Magari lo avrebbe colpito, se le avesse fatto delle avances, ma non gliel'avrebbe sbattuto in faccia il giorno dopo.

Allora, che diavolo ho fatto? Più esercizio faceva, più il sangue gli pompava rapido nelle vene. La medicina alleviò la pressione nella sua testa e il cibo che aveva nello stomaco gli riempì gli arti d'energia. Anche la sua mente ingranò la quarta e ripercorse mentalmente tutto quello che aveva fatto, passo dopo passo finché ricordò com'era arrivato al piano di sopra.

«Porca puttana!» strillò, e si arrestò completamente, rischiando di cadere dal tapis roulant, che continuava a scorrere. Premette il pulsante per fermarlo e si asciugò il viso con l'asciugamano che aveva attorno al collo.

Bull e diversi altri giocatori lo fissarono.

«Cosa c'è?» chiese Brodsky.

Trunk si chinò e nascose il viso tra le mani. «Ottimo lavoro, cazzo. Che diavolo ho fatto?»

Capitolo Quattro

Dall'altra parte della città, a casa Montgomery
Seduta su una comoda sedia dallo schienale rigido, Lauren istruì Griff su cosa mettere in valigia per quando sarebbe partito alla volta del Texas per giocare contro i Riders. La gravidanza avanzata le rendeva difficile muoversi, tra le altre cose. «Vorrei che non partissi,» disse, poi si coprì la bocca con la mano. «Giuro che non volevo dirlo.»

«Neanch'io vorrei partire, ma papà rimarrà qui. Verna ha organizzato una specie di festa, quindi ha ceduto il suo posto a Monty,» replicò il quarterback.

«Quindi, vuoi che chiami lui, se andrò in travaglio?»

«Potresti farlo.» Griff posò i boxer e la guardò negli occhi. «Ha già assistito a due parti.»

«Sì, giusto. Chiamare Hank? Non credo proprio. Non farò l'esibizionista mostrando le mie parti intime a tuo padre.»

«Non saresti un'esibizionista, ma una donna che sta partorendo.»

«Sbrigati a tornare. Vinci la partita e vieni subito a casa.»

«Tieni chiuse quelle gambe. Di' a Gracie che possiamo aspettare il suo arrivo ancora per qualche giorno.»

Lauren sorrise. «Adori quel nome, non è vero?»

«Era il secondo nome di mia madre.»

«Piace anche a me.»

Griff si chinò su di lei per baciarla e un razzo di nome Chip sfrecciò dentro la loro stanza.

«Da, da, da, da,» disse il bambino, e corse in tondo finché non fu talmente frastornato da cadere sul sederino, poi ridacchiò.

«Stordirsi così non smette mai di essere divertente,» osservò suo padre, poi lo sollevò e gli passò il naso sulla guancia.

«Verna ha detto che è sempre pronta a darmi una mano, e Amy verrà a fare la babysitter ogni giorno che non ci sarai.»

«Bene, così potrai riposarti un po'.»

«Se riesco a staccarmi Chip di dosso.»

«Cavoli, hai bisogno d'aiuto solo per alzarti da una sedia.»

«Lo so. Dimenticati del divano, è off-limits.»

Chip iniziò a dimenarsi e Griff lo mise giù. Il bambino corse di nuovo fuori dalla stanza, facendo versi e ridendo.

Il quarterback si sedette sul letto accanto a sua moglie. «Sono preoccupato per te,» confessò, passandole le dita tra i capelli.

Lauren gli appoggiò la testa contro il petto. «Ho paura, lo ammetto.»

«Abbiamo un ottimo dottore. Non c'è nulla di cui preoccuparsi. Gracie sta bene, tu stai bene, ma non correre rischi, capito? Me lo prometti?»

«Te lo prometto. Mi conosci, non sono una che ama il rischio.»

«Non so. Dopotutto, mi hai sposato.» Griff ridacchiò.

Lauren alzò lo sguardo su di lui e sorrise. «Su questo hai ragione.»

Suo marito chiuse la valigia e Lauren sentì una fitta di dolore, come se si fosse appena resa conto che sarebbe partito veramente. Non voleva ammettere a se stessa che le era stato di gran conforto durante la gravidanza e il suo primo parto, ma quella volta le cose sarebbero potute andare diversamente.

Un lento bacio, un abbraccio al bambino che continuava a dimenarsi, e il suo marito e amante uscì dalla porta e andò ad assicurarsi di arrivare al Super Bowl.

Lauren fece una doccia veloce, non voleva lasciare Chip senza supervisione per più di cinque minuti. Quando finì di vestirsi, barcollò fino alla sua stanza, dove suo figlio stava giocando alle costruzioni con dei blocchi di legno; ne impilava due o tre, poi ne lanciava un altro contro di essi per farli crollare.

La donna si sedette lentamente sulla sedia a dondolo e lo osservò giocare finché il campanello non richiamò la sua attenzione. Le ci volle un po' per scendere al piano di sotto, ma riuscì ad arrivarci prima che Amy si arrendesse e andasse via.

«Di questi tempi, cammino più lentamente. Vieni, Amy,» la invitò.

Chip stava scivolando all'indietro giù per le scale. «Amy!» strillò quando vide la ragazza, poi corse da lei e le abbracciò le gambe. Vedere che al suo bambino piaceva così tanto la babysitter diede a Lauren un immediato sollievo e le rese molto più facile accettare l'idea di doverlo lasciare solo con lei all'arrivo della neonata.

La giornata passò come al solito, senza sorprese. Quando spense la luce, pensò a Griff, nel suo letto in quell'hotel di Houston. L'indomani avrebbe giocato la sua partita e poi sarebbe tornato a casa. Sorrise, ripensando a quanto si era preoccupata.

Alle tre, Lauren si tirò su, buttò le gambe oltre il bordo del materasso e andò in bagno a fare pipì. Tutto a un tratto, sentì un getto d'acqua, abbassò lo sguardo e vide una piccola pozza per terra.

«Oh, merda!»

Le si erano rotte le acque! Per un attimo, si lasciò prendere dal panico, ma poi riuscì a tornare in camera da letto, fare qualche respiro profondo e calmarsi, finché non cominciarono i dolori, che le strapparono dei singhiozzi dalla gola. *Griff, dove sei?*

Fece gli esercizi per la respirazione della tecnica Lamaze e cercò il numero di Verna con mani tremanti.

Ci volle qualche minuto prima che la donna più anziana si svegliasse e capisse cosa stava succedendo. «Oh, cielo. Hai le doglie?» le chiese.

«Sì. Aiutami, aiutami, Verna.» E Lauren ricominciò a piangere.

«Resisti, Lauren. Resisti.»

La moglie del quarterback udì delle voci attutite in sottofondo. *Hank è lì? Va a letto con Verna?* Per un attimo la sua curiosità la portò lontano dalla situazione catastrofica in cui si trovava, finché una contrazione più acuta la riportò alla realtà.

«Hank è lì?» chiese, quando riuscì nuovamente a respirare.

«Sì. Che ne dici? Stiamo venendo lì. Hank si sta vestendo adesso, io rimarrò con Chip e lui ti porterà in ospedale. Hai già una borsa pronta?»

«Sì, ma devo proprio andare con Hank?»

«È meglio che rimanga io con Chip. Lascia che sia lui a portarti in ospedale, vuole farlo.»

«Preferirei andarci con te,» ammise Lauren.

«Io non so come gestire queste situazioni, svengo alla vista del sangue. Ti prego, Lauren, cerca di lasciarti il passato alle spalle e lascia che ti aiuti. È davvero un brav'uomo.»

«Che scelta ho?»

«Bene. Arriviamo subito. Vestiti e non andare nel panico.»

Lauren sbirciò nella camera di Chip e vide che dormiva come un ghiro. Tornò nella sua stanza, chiamò l'ufficio del dottore e prese un paio di leggings e un top lungo. Griff aveva già portato la valigetta al piano di sotto e l'aveva lasciata accanto alla porta d'ingresso. Sorrise, era quasi come se suo marito fosse ancora lì. Le ci volle un po' di tempo per infilare i leggings, ma quando finì di vestirsi, udì lo scricchiolio degli pneumatici sulla ghiaia del vialetto.

Scese di sotto più in fretta che le riuscì. Quando sentì la portiera dell'auto aprirsi socchiuse la porta d'ingresso. *Così Verna non dovrà suonare il campanello.* Guardò la sua amica e Hank avanzare sul vialetto e una forte contrazione la fece piegare in due. Gridò, poi ricordò gli esercizi.

Verna corse da lei. «Lauren! Stai bene?»

«Ti prego, devo andare in ospedale,» rispose.

Hank le raggiunse. «Dov'è la valigia?»

«Eccola,» disse Verna. «Ora ti facciamo salire in macchina. Non preoccuparti per Chip, mi prenderò cura io di lui.»

«Avrà paura, quando si sveglierà e io non ci sarò,» ribatté Lauren.

«Si riprenderà. Qual è il suo programma televisivo preferito?»

«SpongeBob.»

«Oh, cielo. Beh, è quello che è. Non preoccuparti di nulla.»

Hank afferrò la valigia e le seguì. Verna l'aiutò a sedersi sul sedile davanti e il padre di Griff si affrettò a salire dal lato del conducente, poi fece retromarcia sul vialetto, girò e imboccò la strada. Lanciò un'occhiata alla nuora e le disse: «Non preoccuparti, Lauren. Sappiamo quel che stiamo facendo.»

«Non chiamare Griff.»

«Non ne ho intenzione.»

Lauren osservò il profilo di Hank, così simile a quello di suo figlio. *Immagino che sia il miglior sostituto possibile.* La contrazione successiva giunse insieme a dolore, paura e un forte desiderio di essere con suo marito, poi le lacrime le colmarono gli occhi e iniziarono a scorrerle sulle guance.

Hank si fermò davanti a un semaforo rosso. «Lauren, ti prometto che non ti deluderò. Non ti lascerò sola,» disse, e le diede un colpetto sulla mano.

La donna annuì, non riusciva a parlare.

Hank si ficcò una mano in tasca e tirò fuori un fazzoletto pulito, che le porse.

Lauren scoppiò a ridere. «È da te che l'ha imparato, Griff?»

«Cosa?»

«Ha sempre un fazzoletto pulito per me quando piango.»

«È così che l'abbiamo cresciuto sua madre e io.»

«Avete fatto un buon lavoro. Spero di poter ottenere gli stessi risultati con mio figlio.»

«Per ora, mi sembra che vada tutto bene. Chip è un bravo ragazzo,» disse Hank, e mise la freccia.

«Grazie.»

L'uomo parcheggiò sul ciglio della strada davanti all'ospedale, la fece scendere e prese la sua borsa. Fece segno a un assistente di fermarsi e le fece portare una sedia a rotelle. Ormai, c'era un intervallo di dieci minuti tra una contrazione e l'altra.

«Parcheggio la macchina e ti raggiungo appena posso. Resisti,» disse Hank.

Di nuovo, Lauren annuì, si coprì la pancia con le mani e utilizzò la tecnica Lamaze.

Il modo in cui fece il check in, prese una stanza e si svestì divenne ben presto solo un ricordo confuso, delineato dal dolore. Si mise a letto e l'infermiera le sollevò la testa. Fece gli esercizi di respirazione, si sdraiò e chiuse gli occhi.

«Lauren?»

Udì una voce famigliare. *Griff?* Riaprì gli occhi e vide Hank entrare nella stanza.

«Ti posso portare qualcosa?»

«No. Può avere dei cubetti di ghiaccio, ma nient'altro,» rispose l'infermiera al posto della futura madre, e le avvolse una fascia per misurare la pressione attorno al braccio. «Chi è lei? Il padre?»

Hank ridacchiò. «Il nonno. Il padre è in Texas, sta per giocare una partita di football.»

«Hmpf. Quindi la partita è più importante del suo bambino.»

«Non è così,» gracchiò Lauren. «Lo fa per lavoro.»

«È Griff Montgomery, il quarterback dei Connecticut Kings. Forse l'ha già sentito nominare,» intervenne Hank.

«Non seguo gli sport. Occupiamoci di questa signorina, adesso. Vado a chiamare il dottore e poi lo spettacolo potrà iniziare.»

Lauren gridò di nuovo.

«Sembra che tu abbia già cominciato.» L'infermiera sorrise e uscì.

Hank spostò una sedia accanto al letto. «Dimmi cosa fare, Lauren. Comandami, urlami contro, picchiami.»

«Ho bisogno che tu mi aiuti a concentrarmi, e a contare. Ho bisogno che tu mi dica come respirare,» rispose Lauren.

«Vediamo se mi ricordo come si fa. Dimmi se sto facendo qualcosa di sbagliato,» replicò suo suocero, e le prese la mano. Quando un'altra contrazione la colpì, lei gli strinse le dita. «Brava ragazza. Bella stretta.»

Lauren si affidò alla respirazione per attenuare il dolore, e Hank prese ispirazione dai giorni in cui erano nati i suoi figli e la guidò come meglio poteva. L'uomo era alla disperata ricerca di un punto su cui concentrare l'attenzione, quando entrò il dottore.

«Buongiorno, signora Montgomery. E lei è?» li salutò.

«Hank Montgomery, il nonno del bambino. Griff è in Texas.»

«Per i playoff?»

Hank annuì.

«Diamo un'occhiatina,» disse il dottore, poi si sedette e prese lo speculum.

Suo suocero se ne andò per lasciare a Lauren un po' di privacy.

«Vado solo in sala d'attesa. Chiamo Verna, controllo come sta Chip e poi torno subito,» la rassicurò.

Poi, prese il cellulare.

«Merda,» mormorò.

«Griff?» chiese Lauren, tra un esercizio di respirazione e l'altro.

Hank annuì e disse: «Acqua in bocca.» Alzò entrambi i pollici e uscì dalla stanza.

GRIFF SI SVEGLIÒ ALLE sette. Allungò un braccio, ma il letto era vuoto. Quando fu del tutto sveglio, si ricordò dov'era. Odiava dormire senza Lauren. Gli piaceva posare la sua grossa mano sulla sua pancia e sentire la bambina scalciare, ma soprattutto gli mancava sua moglie.

Non c'era tempo per tornare a dormire, la partita avrebbe avuto inizio all'una perciò doveva vestirsi, mangiare e andare allo stadio a fare riscaldamento. Prima, però, chiamò Lauren per controllare come stava. La chiamata venne subito reindirizzata alla segreteria telefonica. *Probabilmente è molto impegnata.* Si fece la doccia e prese i vestiti, poi si infilò mutande e calzini e chiamò ancora. Di nuovo la segreteria. Aggrottò la fronte. Alzò le spalle e finì di vestirsi, ma gli tremavano un po' le mani quando si annodò la cravatta.

Qualcuno bussò alla porta. L'aprì e si trovò davanti Buddy Carruthers, il suo miglior ricevitore.

«Colazione. Andiamo,» disse semplicemente l'altro uomo.

«Ho provato a telefonare a Lauren un paio di volte, ma non ho ricevuto risposta,» disse Griff.

«Sono le sette e trenta, dobbiamo andare. Puoi chiamarla sul bus.»

Griff andò con il suo amico. Per colazione, c'era un buffet in una sala da pranzo privata al primo piano dell'hotel. Il Coach stava discutendo di alcune azioni difensive dell'ultimo minuto insieme a Trunk Mahoney e Devon Drake, mentre Harley Brennan si unì agli attaccanti quando si sedettero e iniziarono a mangiare. Lui però non riusciva a concentrarsi su nessuna conversazione.

«La chiamo di nuovo,» disse a Buddy.

«Non ti ha ancora richiamato?»

«C'è qualcosa che non va, Lauren sa quanto sono preoccupato. Provo a telefonare a mio padre.»

Buddy annuì e prese una forchettata di uova strapazzate. Griff tirò fuori il cellulare e si diresse verso l'ingresso dell'albergo, poi chiamò suo padre.

«Ciao, papà. Per caso, oggi hai sentito Lauren?» esordì.

«Certo. Ho pensato di vedere come stava, tanto per assicurarmi che fosse tutto a posto.»

«Buona idea. Lei si è arrabbiata quando le hai telefonato?»

«No, no, per niente, mi è sembrata riconoscente. Qui va tutto bene, figliolo.»

«Lauren non risponde alle mie chiamate,» ammise Griff.

«Oh, davvero? Forse è uscita con Chip. Mi aveva detto che voleva farlo uscire presto, così si sarebbe stancato subito,» rispose suo padre.

«Oh, sì. Certo. Gli piace un sacco correre in cortile. Nessun problema, allora. La prossima volta che la senti, puoi dirle di chiamarmi, per favore?»

«Certo, certo. Lo farò. Ma non devi preoccuparti, qui è tutto sotto controllo.»

Griff credette di udire qualcuno che urlava in sottofondo. «Ehi, cos'è stato? Qualcuno è stato investito da un'auto, o qualcosa del genere?»

«Quello? È solo la televisione, sto guardando un film.»

«Quale?»

«Devo andare, figliolo. Lì da te va tutto bene?» cambiò argomento suo padre.

«Tutto okay.»

«Fantastico. Buona fortuna per oggi.»

«Papà, non mi stai prendendo per il culo, vero?»

«Certo che no.»

«Lo giuri sulla tomba di mia madre?»

«Griff? Che cosa orribile da dire.»

«Giuralo!»

«Dovrai credermi sulla parola. Gioca la tua partita e vinci. Noi ci stiamo occupando di tutto il resto qui.»

«*Non* ti credo.»

«Devo andare. Stanno arrivando alla parte migliore, adesso lei si spoglia. Ti voglio bene.»

Suo padre attaccò prima che Griff potesse dirgli che gli voleva bene anche lui. Il quarterback sentiva puzza di bruciato, e fissò il cellulare. C'era veramente qualcosa di strano. Buddy gli si avvicinò. «C'è qualcosa che non va,» gli disse.

«Davvero? Ne sei sicuro?»

«Mio padre sembrava strano. Stava guardando un film? Un porno? A quest'ora? Non credo proprio.»

Buddy gli posò una mano sul braccio. «Lascia perdere, probabilmente non è nulla. E anche se fosse qualcosa d'importante, non c'è nulla che tu possa fare da qui.»

«Ma potrebbe trattarsi della nascita di mia figlia.»

«Ehi, la piccola ci sarà sempre, questo è solo un giorno. Lascia stare. Hai una partita da vincere, quindi concentrati sul football.»

«E se qualcosa andasse storto?»

«Se succederà, più tardi avrai tutto il tempo di occupartene. Non c'è niente che tu possa fare da qui, Griff. Finiamo la colazione e facciamo il culo a quei Riders.»

Griff continuò a fissare dritto davanti a sé mentre metabolizzava le parole del suo amico. «Hai ragione. Non posso fare nulla. Papà ha la situazione sotto controllo e se la caverà.»

«Esatto. Se la caverà. E poi, c'è anche mia madre,» concordò Buddy.

Il quarterback si girò verso di lui. «Già, me n'ero dimenticato. Verna se la sa cavare in qualsiasi situazione»

«Beh, magari non in qualsiasi situazione...»

«Ha allevato te, no?»

Le labbra di Buddy s'imbronciarono. «Che vuoi dire?»

«Sai esattamente di che sto parlando.» Griff ridacchiò e gli diede una pacca sulla spalla. «Avanti, mastica. Abbiamo una partita da vincere.»

MONROE COUNTY HOSPITAL, tre del pomeriggio

Hank era in sala d'aspetto, al telefono con Verna. «Continua così da quasi dodici ore. Non so quanto a lungo potrà sopportare ancora.»

«Rimani con lei. I dottori sapranno cosa fare,» gli consigliò lei.

«Come sta Chip?»

«Malissimo. Abbiamo avuto una giornataccia. Chip ha pianto perché voleva la mamma e poi ha continuato a lamentarsi per due ore, credevo di perdere la testa. L'ho portato fuori, abbiamo pranzato e poi lui ha fatto un sonnellino. Adesso stiamo guardando Sponge-Bob. Tra poco preparerò la cena, poi vedremo un film, e poi andremo a letto. Sono sfinita.»

«Stenditi e riposati.»

«Dovresti tornare da Lauren,» disse Verna.

«Okay. Ti informerò dei suoi progressi quando avrò altre notizie,» replicò Hank.

«Devi essere stanco.»

«Dopo otto tazze di caffè, non sento più nulla.» Hank ridacchiò.

«Buon lavoro.»

«Ti amo, Verna.»

«Anch'io.»

Hank spense il cellulare e tornò in sala parto. Lauren era sudata e aveva gli occhi gonfi e circondati da borse e cerchi scuri.

«Cominceremo a spingere non appena sarà completamente dilatata. Non ci vorrà ancora molto,» lo informò l'infermiera.

«Bene. È sfinita, spero che abbia la forza necessaria.»

La donna rise. «Le donne sono molto più resistenti di quanto lei non creda.»

«Non ne dubito affatto.»

L'infermiera gli porse una tazza e Hank si accomodò sulla sedia accanto a Lauren che lo fissò con sguardo ostile.

«Ehi, non sono io quello che ti ha messa in questa situazione,» le disse, alzando una mano come per difendersi. «Ti ho preso degli altri cubetti di ghiaccio.»

Lauren ne prese uno dal contenitore. «Non voglio mai più vedere un cubetto di ghiaccio in tutta la mia vita.»

Hank le prese la mano nella sua. «Credo che tu sia la donna più coraggiosa del mondo.»

«Non dirmi cazzate, Hank,» replicò lei.

«Dico sul serio. Stai affrontando tutto questo senza Griff. Sei unica, signorina.»

Lauren lo guardò dritto negli occhi. «Ho paura,» sussurrò.

«Cosa?» Hank si sporse verso di lei.

«Ho paura. Una paura folle. Paura da morire. Sono terrorizzata.»

«Va tutto bene, dolcezza. I dottori non lasceranno che succeda nulla di male a te o alla piccola Gracie,» replicò Hank.

Quando una violenta contrazione la scosse, la donna ricominciò ad ansimare e soffiare. Gli strinse forte le mani, il viso pallido e gli occhi spalancati.

Hank si voltò verso l'infermiera. «Dov'è il dottore? Lauren deve sapere cosa sta succedendo.»

«Arriverà tra cinque minuti. Resisti, tesoro. Andrà tutto bene.»

Hank comprese che il dolore era passato perché Lauren crollò sui cuscini. Aveva il camice zuppo di sudore, i capelli attaccati alla fronte e un aspetto avvilito. Gli si spezzò il cuore, guardandola.

«Griff è fortunato a non essere qui. Lo ucciderei, gli ficcherei quei cubetti di ghiaccio su per il naso,» borbottò lei tra i denti.

«Lo so, tesoro, lo so. Concentrati sul fiore rosa in quella foto, dall'altra parte della stanza.»

Il dottore entrò nella stanza ed esaminò le condizioni di Lauren, proprio mentre un'altra contrazione la colpiva. L'intervallo tra i dolori era molto breve.

Hank controllò l'ora. «Okay, doc. Adesso arrivano a distanza di un minuto.»

«È dilatata. È il momento.»

L'infermiera rientrò e aiutò Hank a guidare Lauren. L'uomo passò un panno umido sul viso della nuora e lei gli afferrò il bicipite e glielo strizzò finché non fu certo che ci avesse lasciato un livido. Ma era un piccolo prezzo da pagare, per aiutarla a mettere al mondo la bambina.

Le spinte continuarono per un'altra mezz'ora.

Lauren sembrava allo stremo delle forze. «Non posso farlo. Non posso più farlo,» gemette, e chiuse gli occhi.

«Si riposi un attimo,» le consigliò il dottore, rimettendosi in piedi.

«Andiamo, Lauren, solo un altro po'. Puoi farcela.»

«Non ho più energie, sono vuota,» si lamentò Lauren.

«Anche vuota, una tanica di benzina contiene sempre un gallone.»

«Io no.»

«Signora Montgomery...» cominciò il dottore.

«La prego, mi chiami Lauren. Ci conosciamo intimamente,» scherzò la donna.

«Lauren, il signore ha ragione. Solo un po' di più. La bambina uscirà subito.»

Hank vide Lauren lanciare un'occhiata maligna all'altro uomo, fare diversi respiri profondi e spingere ancora una volta. La bambina finalmente si decise a uscire e il dottore la tirò fuori completamente.

Qualche minuto più tardi, la neonata cominciò a piangere e urlare; Lauren scoppiò in singhiozzi, così come anche Hank.

Uscì dalla stanza, così che l'infermiera potesse ripulire Lauren. Quando arrivò in sala d'aspetto, gli tremavano le mani e non riusciva a smettere di piangere. La bambina era bellissima, aveva i capelli castano chiaro e gli occhi azzurri. Si versò un'altra tazza di caffè e chiamò Verna.

«È nata! Ed è una bellezza. Proprio come sua madre,» annunciò.

«Oh, mio Dio! Hank, è così eccitante.»

Hank si sedette e raccontò tutto a Verna. Quando l'infermiera lo chiamò, salutò la donna, e mentre si avvicinava al letto di Lauren, prese un tovagliolo di carta e si tamponò il viso. Una Lauren molto stanca reggeva tra le braccia la neonata in fasce. Per certi versi somigliava a qualsiasi altro neonato, ma riusciva a vedere delle tracce dei Montgomery in lei. Era veramente carina, e lo era anche Lauren, esausta ma serena.

«È bellissima. Hai fatto un lavoro fantastico,» si complimentò.

Lauren si girò verso di lui e lo guardò con espressione riconoscente. «Grazie. Non ce l'avrei fatta senza di te.»

«Sì, che ce l'avresti fatta, ma sono onorato di essere stato qui. Acqua?» Hank gliene versò una tazza e le portò la cannuccia alle labbra aride.

Lauren bevve avidamente. «Mi ero sbagliata su di te. Sei sempre stato qui per me.»

«Dove altro avrei dovuto essere? Sei stata fantastica, e così coraggiosa. Vuoi parlare con Griff? La partita è finita.»

La neomamma annuì, Hank ricevette l'okay del dottore per effettuare la chiamata nella sua stanza e compose il numero.

«Papà? Dove diavolo sei stato? Ti ho lasciato una dozzina di messaggi,» disse subito Griff.

«Hai una bellissima bambina, figliolo.»

«Davvero?» Hank udì chiaramente la meraviglia nella voce del quarterback.

«Davvero. Vuoi parlare con tua moglie?»

«Ma certo.»

«Aspetta. Avete vinto?» chiese Hank.

«Avevi qualche dubbio?»

«Congratulazioni.»

«Eri con lei, papà?» chiese Griff.

«Sono sempre rimasto con lei, figliolo. Sempre.»

«Grazie.»

Hank porse il telefono a Lauren e l'infermiera prese Gracie e uscì dalla stanza. L'uomo crollò su una delle sedie e appoggiò la schiena al muro. Il nonno di Gracie si addormentò prima che Lauren finisse di parlare con Griff.

Capitolo Cinque

Trunk era felice di aver preso il volo per Houston. Non solo avevano sconfitto i Riders, ma era riuscito a evitare Carla. Starle lontano nei giorni precedenti alla partita era stata una faticaccia, ma ce l'aveva fatta. Nascondersi nella palestra dello stadio gli era stato d'aiuto. Se ne stava lì sul tapis roulant, come al solito, e cercava di capire cosa fare della sua vita.

Adesso, però, era di nuovo a Monroe, e la prossima sarebbe stata una partita giocata in casa, al Barker Stadium. Iniziò a sudare sotto le braccia. *Come posso affrontare Carla? E il ricordo di quel bacio, quell'incredibile, sbalorditivo, sconvolgente bacio?* Carla non aveva lottato contro di lui. Per quanto la sua memoria fosse annebbiata, all'improvviso ricordò chiaramente la sensazione delle labbra della sua amica sulle sue, la pressione dei suoi fianchi contro di lui, e ogni nervo che aveva in corpo andò a fuoco. Lei non aveva detto una parola, nemmeno una sillaba, la mattina successiva, o le poche volte che si erano incontrati prima che partisse per il Texas.

Che diavolo faccio ora? Non poteva scappare e non poteva evitarla ancora a lungo.

«Posso giocare al suo stesso gioco,» si disse, decidendo di ignorare il problema come faceva lei. Se lei poteva fingere di non ricordare, allora poteva farlo anche lui. Almeno aveva una scusa, dato che quella notte era ubriaco fradicio, anzi forse dipendeva tutto da quello. Forse Carla si era risentita per le sue avances, perché era ubriaco e credeva che fosse stato l'alcol a parlare. *Che cazzata.* L'alcol gli aveva solamente dato il coraggio di fare qualcosa che voleva fin dalla prima volta che l'aveva vista.

Quelle riflessioni lo distrassero dall'esercizio di cui si stava occupando e perse il ritmo. Cadde in ginocchio e crollò mentre il macchinario continuava a muoversi. Usò ogni imprecazione che conosceva, schiacciò con forza il pulsante per fermare il tapis roulant e si massaggiò le rotule. *Maledizione!* Aveva Carla nella testa e questo poteva solo portare guai.

«Cos'è successo?» Bullhorn Brodsky appoggiò per terra i pesi che stava sollevando e lo aiutò a rialzarsi.

«Niente, Bull. Niente.»

«A me non sembrava niente. Ti sei quasi ammazzato.»

«Sto bene.»

«Dovresti farti controllare quel ginocchio.»

«È tutto okay.»

«Non è okay, non fare il coglione.»

«Va bene.» Trunk afferrò l'asciugamano e si diresse verso l'ufficio del dottore, in fondo al corridoio.

Il medico disse che gli sarebbe rimasto un livido, ma lo rassicurò che il suo ginocchio sarebbe guarito all'ottantacinque per cento in tempo per la partita dell'indomani.

Era ora di vestirsi e filare in campo. Aveva bisogno di una distrazione, che gli impedisse di creare nella sua testa un centinaio di scenari diversi in cui baciava quella barista sexy.

Dopo l'allenamento, Trunk guidò fino a casa sua, aprì la porta chiusa a chiave e raccolse le lettere sparse per terra. La porta aveva una fessura in cui infilare la posta, così non doveva preoccuparsi che la cassetta delle lettere si riempisse fino a scoppiare.

C'erano un paio di lettere indirizzate a Mary, ma poi trovò la grossa busta che stava aspettando. Si sedette sulle scale e l'aprì con le dita sudate. Era da parte dell'avvocato della sua ex-moglie, richiedeva una riunione per un patteggiamento e dei documenti necessari per iniziare le procedure per il divorzio. Trunk tirò fuori il cellulare e chiamò il rappresentante legale che gli aveva consigliato Lyle Barker.

Dopodiché, chiamò l'avvocato di Mary. La receptionist trasferì subito la sua chiamata.

«Signor Mahoney.»

«Lasci che le dica una cosa, non ci sarà alcun accordo su nulla, né alcun documento firmato, finché non riuscirò a parlare faccia a faccia con Mary.»

«Non posso acconsentire. Lei non vuole vederla.»

«Ma che peccato. Niente incontro, niente divorzio,» minacciò Trunk.

«Questo è un divorzio senza addebito di colpa, signor Mahoney.»

«Non me ne frega un cazzo, Lambert. Gliel'ho detto: niente incontro, niente divorzio.»

«Potremmo chiamare in causa un terzo? Per la sicurezza della mia cliente.»

Trunk scoppiò a ridere. «Crede che la picchierò? Gliel'ha detto Mary?»

«No, ma conosco gli atleti professionisti, soprattutto i giocatori di football, e so quanto possono essere violenti.»

«Non sono mai stato violento fuori dal campo in tutta la mia vita. E mai con Mary. Ha le palle, per dirmi una cosa del genere. Nessun incontro, nessun divorzio. Nessun terzo. Mary non ha nulla di cui aver paura. Non voglio bloccare il divorzio, voglio solo parlare con lei.»

«Va bene. Glielo dirò,» cedette Lambert.

«Qui, a casa nostra.»

«Okay.»

Trunk terminò la chiamata. Raccolse le lettere, lasciò lì quelle indirizzate a Mary e guidò fino al *Savage Beast*. Aprì la porta con la sua chiave e salì le scale. Carla era in cucina e stava parlando con Doodles, così riuscì a superare la stanza e a raggiungere la sua camera senza farsi scoprire.

Si buttò sul letto, prese la busta di Lambert e Soci e cominciò a leggere quel che c'era scritto. Qualche minuto più tardi, si stancò e mise giù i fogli poi si sdraiò e chiuse gli occhi. *Che significa, quando c'è più passione in un solo bacio ubriaco con un'altra di quanta ce ne sia mai stata in tutto il tuo matrimonio?*

Il suo cervello rifiutava di spegnersi, ma il suo corpo aveva disperatamente bisogno di riposo. Si addormentò prima di riuscire a rispondere alle domande che continuavano a tormentare la sua mente.

Il suo sonnellino durò un'ora. Poi, qualcuno bussò alla porta.

NON CHE CARLA NON AVESSE notato il modo in cui Trunk Mahoney la evitava giorno dopo giorno e sera dopo sera. La risposta a quell'interrogativo era ovvia: gli era tornata la memoria e ricordava il loro bacio appassionato. Il modo in cui rifiutava di guardarla negli occhi la turbava e le dava sui nervi. *Si è pentito di averlo fatto.*

Era stata sgarbata con Doodles senza motivo, e attribuì il proprio comportamento alla *cosa* in sospeso tra lei e Trunk. Doveva chiarire quella faccenda, così salì le scale con passo deciso e marciò fino in fondo al corridoio, bussando con un gesto risoluto per far capire al giocatore le sue intenzioni. Ancora un attimo, e avrebbe affrontato l'uomo che desiderava... e non nel modo che avrebbe preferito. Le tremavano le ginocchia.

La maniglia girò lentamente e un Trunk dagli occhi cisposi le aprì la porta, sfregandosi la guancia non rasata. Indossava solo una canottiera e dei boxer.

«Oh, scusa. Non sapevo che fossi tu,» disse, e prese una vestaglia dall'armadio.

«Non ce n'è bisogno. Non hai nulla che non abbia già visto,» ribatté la barista.

«Sul serio? Non ricordo di essermi mai spogliato davanti a te.»

«Tutti gli uomini hanno lo stesso equipaggiamento, no?»

«Carina, questa.» Trunk scosse la testa. «Sto solo cercando di essere cortese.»

«Certo. Mi dispiace.»

L'atleta si infilò la vestaglia sopra le spalle sotto l'occhio attento di Carla. *Il suo corpo è perfetto.*

«Che posso fare per te?» le chiese.

«Posso entrare?» disse lei.

Trunk arretrò per farle spazio e agitò un braccio per invitarla dentro la stanza. «Ma certo che puoi entrare. È casa tua.»

Carla si diresse verso l'unica sedia, mentre il suo amico si sedette sul bordo del letto. Sperò che non la distraesse, ma vederlo svestito e seduto lì le fece battere più veloce il cuore. «Riguardo all'altra notte,» esordì.

Notò che Trunk aveva abbassato lo sguardo dal suo viso sulle proprie mani. Le sue dita giocherellavano con la fascia della vestaglia.

«Non hai nulla di cui preoccuparti,» gli assicurò.

L'uomo rialzò lo sguardo di scatto. «Davvero?»

Carla annuì. «Insomma, cos'è successo, in realtà?» *Ho ricevuto il bacio più incredibile della mia vita.*

«Ti ho baciata.»

«Già. Esatto. Non è successo nulla d'importante.» *Importantissimo. Più che importante, molto di più.*

«Oh? Credevo che fosse piuttosto importante.» Trunk ancora non riusciva a guardarla.

«Beh, certo,» cominciò Carla, ma poi batté in ritirata più in fretta che poteva. «Insomma, ricevere un bacio da te sarebbe fantastico. Voglio dire, è stato fantastico. Sicuro. Non c'è neanche bisogno di dirlo...»

«Davvero? Hai appena detto che non è successo niente. Se è così che vuoi considerarlo… ma è stato più di niente, per me.» Trunk si alzò e andò alla finestra.

Ottimo, adesso l'ho offeso. Carla lo seguì. «Non intendevo dire questo.»

«Per me è stato meraviglioso. Mi dispiace che per te non sia stato nulla.»

La donna si spostò alle spalle del suo amico e gli posò le mani sui bicipiti. «Non ho detto questo. È stato meraviglioso anche per me. Volevo solo dire che…»

«Lo è stato? Lo è stato anche per te?» Trunk si voltò e scrutò il suo viso.

La bugia che stava per pronunciare le si congelò sulle labbra. Annuì e guardò negli occhi pieni di bisogno di Al.

Trunk le si avvicinò, le appoggiò con delicatezza le mani sulla vita e l'attirò a sé. «Allora, facciamolo ancora.»

Premette la bocca sulla sua, le labbra esitanti, come se le stesse rivolgendo una domanda e attendesse la sua risposta. Carla non era preparata alle sue avances. Nella sua testa c'era una dozzina di ragioni perché non sarebbe dovuto accadere mai più, ma adesso, il desiderio le aveva cancellate tutte in un lampo. Il calore di Trunk sciolse la sua resistenza come burro al sole, si aprì a lui e lui entrò, dolcemente, come se stesse cercando di persuaderla a giocare. Trunk aprì le dita sulla sua schiena e sulle sue natiche, e rimasero lì in piedi, petto contro petto, mentre lui la baciava fino a farle dimenticare ogni cosa.

Il suo cervello aveva smesso di funzionare, le sensazioni avevano rimpiazzato i pensieri. Era schiava delle sue dita, delle sue labbra, della sua lingua, del suo petto, dei suoi fianchi che premevano contro di lei e la incitavano a cedere, a lasciare che la passione prendesse il controllo. Le sue scuse svanirono come il miraggio di una pozza d'acqua sull'asfalto bollente in autostrada, e le sue mani agirono di propria volontà, aprendo la vestaglia e infilandosi sotto la canottiera.

Sentire i suoi muscoli sodi, la sua pelle calda e i morbidi peli che gli coprivano il petto sotto la punta delle dita le strappò un lieve gemito. Dio, lo desiderava come non aveva mai desiderato nessun'altra. Trunk abbassò una mano e le strizzò il sedere. La bocca dell'atleta tormentò la sua, stuzzicandola, accarezzandola, seducendola. Tutti i pensieri razionali stavano per scomparire dalla sua testa, quando lui la lasciò andare.

«Non è stato nulla?» la sfidò.

Incapace di riprendere fiato, Carla si limitò a fissarlo.

Trunk ridacchiò, con un suono basso e di petto, sexy.

«È stato meraviglioso,» sussurrò lei.

«Esatto.» Gli occhi di Trunk brillavano di desiderio, quando la guardò. «Ma io sono ancora sposato, anche se solo per qualche giorno. Quindi, meglio che ci fermiamo qui.»

Carla non riusciva a credere alle proprie orecchie.

«Ho un appuntamento con il mio avvocato tra un'ora, poi mi incontrerò con Mary e probabilmente dovrò firmare delle carte. Tornerò presto.»

Trunk si scrollò di dosso la vestaglia e prese una camicia dall'armadio. Se l'abbottonò, poi infilò le gambe nei jeans, mentre Carla se ne stava lì a cercare di comprendere le sue parole e reprimere l'impulso di buttarlo sul letto e saltargli addosso.

«Torno presto. E dopo, le cose saranno diverse tra di noi.»

Voleva fermarlo, fargli delle domande, fare qualcosa, ma era paralizzata. Trunk si fermò a darle un bacio sulla cima della testa, afferrò la giacca e se ne andò prima che le tornasse la facoltà di parlare.

TRUNK MISE DA PARTE la confusione dentro la sua testa. Okay, quindi non potevano sposarsi per via del suo *problema,* ma potevano almeno avere una gran bella storia. Doveva avere Carla, doveva passare ogni notte a fare l'amore con lei, perché nient'altro avrebbe estinto la sua sete. La sua splendida bocca impertinente lo tormenta-va, e le sue curve lo seducevano; la sua capacità di resistere era quasi prossima allo zero. Doveva risolvere i suoi problemi con Mary, senza rimanere in mutande e passare oltre.

Il suo avvocato era già pronto, quando arrivò. Parlarono per un po', poi Trunk firmò dei documenti e anche un pallone da football per il figlio dell'altro uomo. Guardò l'orologio e vide che aveva tempo per un boccone veloce al *Dutton Hill Diner* prima dell'incontro con Mary.

Si fermò nel piccolo parcheggio ed entrò nel locale. Fuori faceva freddo. Ordinò un caffè e lo speciale del giorno, ovvero punta di petto con patate al forno e fagiolini. La grande partita incombeva, avrebbero giocato contro i Nebraska Huskers e lui doveva schiarirsi le idee per riuscire a concentrarsi sul football. Fu tentato dalla torta di mele, ma non la ordinò, e fu orgoglioso del sentiero più salutare che aveva seguito. L'ultima cosa di cui aveva bisogno erano dei chili extra da portarsi in giro.

Guidò fino a casa e arrivò circa quindici minuti prima dell'ap-puntamento con la sua ex. L'abitazione era buia e fredda, così accese il riscaldamento e andò in soggiorno ad accendere il camino.

Le sedie non c'erano più, quindi si sedette a gambe incrociate sul pavimento, vicino al fuoco. Si guardò attorno, ricordando i tempi più felici che aveva passato lì. Non aveva una famiglia sua, quindi era stato felice di entrare a far parte di quella di Mary. Gli tornarono al-la mente certi venerdì sera passati a fare puzzle con loro sul tavolo di fronte al camino quando Mary cucinava lo stufato di manzo, oppure ordinavano una pizza.

Amava quelle occasioni, e anche le vacanze. I momenti migliori del loro matrimonio erano quando andavano a casa dei genitori di Mary per il Ringraziamento e per Natale. I due erano stati felici di ac-cettarlo nella loro famiglia. A volte, Trunk se n'era meravigliato, ma si era detto che erano solo delle persone gentili senza alcun secondo fine.

Sarebbe stato contento di passare più tempo con loro, ma Mary non era mai sembrata incline a organizzare nulla di più dell'occasionale riunione di famiglia. Era sempre un po' tesa, quando i suoi genitori venivano a farle visita, ma immaginava che fosse perché voleva che fosse tutto perfetto quando li ospitavano a casa loro.

Il campanello suonò e Trunk si alzò e andò ad aprire. *Avrà buttato via la chiave.*

«Scusa, ho lasciato la chiave a casa,» disse Mary, allontanandosi dall'aria gelida all'esterno ed entrando nella casa che iniziava a scaldarsi.

«Non c'è problema. Ho acceso il camino. Qui dentro fa più caldo,» indicò Trunk.

«Hai firmato i documenti?» gli chiese la sua ex, dirigendosi verso la fonte del calore.

«Calma. Possiamo parlarne, prima?»

«Okay.» Mary si sedette sul tappeto e si portò le ginocchia al petto. Si passò le braccia attorno alle gambe e lo guardò con espressione incolore.

«Sei arrabbiata con me, Mary?» le chiese lui.

«Assolutamente no. Dico sul serio, Al, tutto questo non ha nulla a che fare con te.»

«Nulla a che fare con me? Stai divorziando da me, e questo non ha nulla a che fare con me?»

«Non proprio. Ho incontrato qualcun altro.»

Le orecchie di Al si scaldarono e sentì la rabbia crescere lentamente dentro di sé. «Hai una relazione con un altro uomo?»

«Non esattamente.» La donna evitò il suo sguardo colmo d'ira.

«Allora, cosa intendi, esattamente?»

«Con un'altra donna. Sono andata a vivere con una donna, Al. Si chiama Connie. Sono lesbica,» confessò Mary.

Al si sentiva così debole che anche il tocco di una piuma sarebbe bastato per buttarlo a terra. «Tu sei cosa?»

«Mi hai sentita. Sono lesbica, mi piacciono le donne.»

«Porca miseria. Davvero?»

«Già.»

«Come? Quando? Com'è successo?»

Mary gli mise una mano sul ginocchio. «Non è colpa tua. Sono sempre stata lesbica, solo che l'ho negato per anni.»

«Perché mi hai sposato allora?» chiese Trunk con voce piena di meraviglia.

«A causa dei miei genitori.»

«Che c'entrano loro?»

«Mi hanno sempre fatto pressioni perché mi sposassi. Credo che sospettassero che ero lesbica e non volessero accettarlo. Volevano che avessi dei bambini, che fossi normale, come tutti gli altri. Non riescono a sopportare di avere una figlia che è diversa.»

«Gliel'hai detto?»

Mary scosse la testa. «Beh, sì, gli ho detto del divorzio. Ma non che vivo con Connie. Quindi, vedi, non ha proprio nulla a che fare con te.»

«Oh, ma davvero? Che ne dici di quando mi hai illuso di potermi dare la vita famigliare che sognavo e che non ho mai avuto, e poi me l'hai strappata via?» l'accusò Trunk.

La donna fece una smorfia. «Andiamo, Al. So che passavi un sacco di tempo negli strip club quand'eri in viaggio.»

«Come fai a saperlo, hai delle spie?»

«I ragazzi si sono lasciati sfuggire qualcosa. Ogni volta che ti chiamavo, c'era sempre molto rumore in sottofondo. Non potevi mai parlare e giuravi che mi avresti richiamata. La metà delle volte lo facevi, ma l'altra metà no. Non sono stupida, sapevo che cosa stava succedendo.» Mary si sedette più comodamente e appoggiò la schiena contro il muro.

«Hai ragione, andavo negli strip club. Forse avrò pagato per una lap dance o due...» cominciò Trunk.

Mary lo fissò con sguardo severo.

«Okay, forse l'ho fatto più di un paio di volte, ma non mi sono mai scopato nessuno. Tu sei l'unica donna con la quale sia mai andato a letto durante il nostro matrimonio.»

«Vuoi dire che non c'è mai stato nessuno, proprio nessuno, con cui hai desiderato fare sesso?»

«Beh, desiderato sì, magari, ma non l'ho mai fatto per davvero.»

«C'era una donna in particolare che ti attraeva?»

Al scelse la strada più semplice, quella del codardo. «No,» mentì.

Mary abbassò lo sguardo sulle proprie mai e lui notò che le si stavano arrossando il collo e le guance.

«Credevo che mi tradissi. Quindi, quando ho conosciuto Connie, ho pensato: *perché no? Lui lo fa. Potrei farlo anch'io.* Immagino che mi sbagliassi.»

«Sei andata a letto con lei?»

La sua ex-moglie annuì.

«Per tutto il tempo che siamo stati sposati?»

«Solo nell'ultimo anno.»

«Gesù Cristo! Un anno intero?» Trunk si alzò in piedi e passeggiò avanti a indietro davanti alla finestra sul retro, il cuore colmo di sdegno. Era stato tradito. Una donna l'aveva battuto, conquistando la sua compagna. L'umiliazione era insopportabile. Non gl'importava che sua moglie fosse lesbica, e nemmeno che lui non l'avesse mai amata veramente, non gli importava la verità. L'emozione montò dentro di lui e gli ribollì nel petto.

«Andiamo, Trunk. Tu non mi hai mai amata.»

«È per questo che non abbiamo fatto sesso per un anno? Perché non c'eri mai quando tornavo a casa da un viaggio?»

«Credevo andassi a letto con altre donne,» si difese Mary.

«Avevi torto.»

«Mi dispiace. Non avrei mai dovuto sposarti...»

«Puoi dirlo forte.»

«Perché sono lesbica, intendo. Non ho mai voluto vivere con un uomo, essere una moglie. Non è il mio stile.»

«Ma l'hai fatto per via dei tuoi genitori?» chiese Trunk.

«Per via della pressione a cui ero sottoposta, della società, del mio lavoro in banca, dei miei genitori. Tutto mi spingeva a comportarmi come tutti gli altri. E quando sei arrivato tu... cavolo, eri perfetto.»

«In che senso?» Il difensore si sedette di nuovo di fronte alla donna.

«Eri così mascolino, così sexy. Nessuno avrebbe mai capito che ero lesbica, se ti avessi sposato. Se avessi sposato un uomo gay, o anche solo un uomo un po' effeminato, la gente avrebbe sparlato di me. Ma nessuno l'avrebbe fatto, se mi fossi messa con te.»

«Dimmelo, Mary. Onestamente. Ti è mai piaciuto? Il sesso? Essere mia moglie?» Trunk sentì una fitta di dolore attraversarlo, era come se Mary gli avesse conficcato un coltello ardente nelle viscere.

«Non era così male,» rispose lei.

Lui fece una smorfia.

Mary gli mise una mano sul braccio. «Non intendo in quel senso. Essere tua moglie è stato fantastico. Sei una celebrità in città, la gente mi rispettava molto perché ero la signora Al Mahoney. Riguardo al sesso, beh, è difficile dirlo. Era okay, ma non era quello che desideravo.»

«Sarebbe stato meglio se avessi fatto l'amore con te come una donna, usando la lingua e un dildo?»

«Non essere volgare. Beh, magari sì, non lo so. Mi piace toccare cose più morbide e senza peli ruvidi.»

Trunk annuì. «Capisco.»

«Non è personale,» disse Mary.

«Non potrebbe essere più personale.»

«Insomma, proverei le stesse cose nei confronti di qualsiasi altro uomo. Non sei tu. In effetti, se non fossi stato tu, me ne sarei andata molto prima.»

«Sul serio?» Trunk ormai si stava arrampicando sugli specchi, ma non riusciva a fermarsi. «Che intendi?»

«Connie voleva che ti lasciassi sei mesi fa, ma io e te ci divertivamo insieme. Facevamo i puzzle, andavamo al bowling, organizzavamo grandi pranzi. Tu mi piaci, Al. C'erano molte cose che mi piacevano dell'essere la signora Trunk Mahoney.»

«Mi stai solo prendendo per il culo.»

«Sto dicendo la verità. Altrimenti, me ne sarei andata prima.»

«Quando hai capito che non avrebbe funzionato tra di noi?» chiese Trunk.

«Nei primi sei mesi, probabilmente,» rispose Mary.

«Sei mesi?»

«Già, ma ho tenuto duro perché speravo di sbagliarmi.»

Quando le emozioni dentro di lui iniziarono ad affievolirsi, la realtà della situazione lo colpì. Aveva sposato una lesbica e non lo sapeva. Il fatto che lei non fosse attratta dagli uomini non aveva nulla a che fare con lui, era semplicemente nata così. E se la società e i suoi genitori non le avessero reso la vita difficile per questo, non si sarebbe mai messa con lui.

«Adoravo far parte una famiglia. Avere qualcuno che aspettava che tornassi per cena era fantastico, e lo era anche avere qualcuno che sentiva la mia mancanza quand'ero in ritardo. Tu mi hai dato tutto questo, Mary. Non l'avevo mai avuto prima,» confessò.

Aveva le lacrime agli occhi e quando alzò lo sguardo su Mary, vide che anche lei era sul punto di piangere.

«Lo so. Le storie di quand'eri bambino che mi hai raccontato mi hanno spezzato il cuore,» sussurrò.

Al allungò una mano e le strinse piano la spalla. «Grazie. Tutto questo mi è stato molto d'aiuto.» La squadrò dalla testa ai piedi, sembrava diversa. Teneva i capelli più corti e aveva messo su qualche chilo. «Connie dev'essere un'ottima cuoca,» le disse, perché non sapeva che altro dire e stava ancora metabolizzando quel che gli aveva detto lei.

«Quella è l'altra parte della storia.» Mary si mosse nervosamente e ancora una volta, abbassò lo sguardo sulle proprie mani.

«Cosa? C'è altro?»

«Ancora una volta, questo non ha nulla a che fare con te.»

«Va' avanti. Che succede?»

«Sono incinta.»

Se l'avesse colpito al plesso solare con tutta la forza di un culturista, non sarebbe comunque riuscita a sorprenderlo di più. Gli aveva mozzato il fiato, e Al si limitò a fissarla senza dire nulla.

«Non è tuo. Ho fatto ricorso all'inseminazione artificiale. Connie vuole diventare mamma,» spiegò Mary.

«Credevo mi avessi detto che non volevi figli.»

«Non li volevo, infatti. Però adesso, beh, le cose sono diverse. Connie è troppo vecchia, e questo significa che devo essere io a portare avanti la gravidanza.»

«A che mese sei?»

«Al quarto, circa.»

«Gesù Cristo.» Trunk chinò la testa e sentì un dolore acuto diffondersi in tutto il suo corpo. Un paio di lacrime gli rotolarono lungo le guance. Nonostante quel che provava per Mary, o quel che Mary provava per lui, la menzogna e l'inganno lo ferirono. L'aveva preso in giro, e lui era stato un coglione: si era bevuto tutto, si era fidato di lei e le aveva creduto.

«Per questo non volevo vederti, sapevo che l'avresti notato. Avresti capito che avevo messo su qualche chilo. Non riesco a mentirti,» disse Mary.

Ad Al tornò finalmente la voce. «Non riesci a mentirmi? Non hai fatto altro per anni. Non ti darò la casa,» concluse, tenendo lo sguardo basso.

«Va bene, mi hai già dato i mobili. Erano tutto quel che volevo. Ho già rinunciato alla casa, è tutto nei documenti che il mio avvocato ti spedirà domani.»

«Dopo il nostro incontro, giusto? Tanto per assicurarmi che non ti abbia picchiata?» Lui alzò lo sguardo, i suoi occhi mandavano lampi ardenti.

«Quella è stata una sua idea. Avevo già firmato tutto prima di venire qui. In qualsiasi modo fosse andato questo incontro, non ti avrei comunque chiesto metà della proprietà. Ho riso, quando l'avvocato ha insinuato che avresti potuto diventare violento con me. Gli ho detto che si stava comportando da stronzo, che non tu non sei così,» ribatté Mary.

«Che mi dici dei nostri risparmi e degli investimenti?» Trunk ignorò il complimento, si sentiva troppo ferito per permette a qualsiasi altro sentimento di intrufolarsi nel suo cuore.

«Ho preso solo il dieci per cento. Sei tu che hai dato il contributo maggiore, quindi mi è sembrato giusto così. Se tu non pensi che lo sia, possiamo discuterne. Io guadagno bene, e anche Connie.»

«No, è giusto così.» Era al limite, non riusciva più a essere civile. Il desiderio di rimproverare Mary per avergli mentito, di ricoprirla d'insulti, sorse dentro di lui come un'onda anomala. Tutto a un tratto, desiderò che quell'incontro terminasse. Voleva che lei uscisse dalla sua vita, la voleva fuori dalla sua vista.

«Al, ti auguro ogni bene. Spero che troverai la felicità,» gli disse la sua ex-moglie.

«Già, ci scommetto. Come se ne avessi la possibilità.»

«Sono sicura che accadrà.»

«Sul serio? Con il mio... uh... problema? Ne dubito. Tu eri la soluzione perfetta.»

Mary gli toccò la mano, ma Trunk la ritrasse bruscamente, come se le sue dita fossero carboni ardenti. «Ce la farai. Ti conosco, e sono sicura che là fuori ci sono dozzine di donne che sarebbero felicissime di essere la signora Mahoney.»

«Ne dubito, ma non importa. Ho già viaggiato da solo, posso farlo di nuovo,» replicò il difensore.

Mary annuì. «Sì, puoi farlo. Sei un uomo forte, Al.»

«È per questo che mi chiamano *Trunk*. Sono forte come il tronco di un albero.»

«Quel soprannome è proprio adatto a te.» Lei sorrise.

Trunk si alzò in piedi, spinto dall'urgente bisogno di andar via. Le offrì la mano e Mary la prese poi lo strinse in un abbraccio, ma lui si scostò.

«Sono stati quattro anni incredibili. Grazie per avermi amata,» disse Mary.

«Non sono sicuro di averlo mai fatto davvero,» ribatté.

Mary si ritrasse come se qualcosa l'avesse punta. «Lo dici solo per ferirmi.»

Trunk scosse la testa. «Mi dispiace...» In realtà, non gli dispiaceva per niente. «Ma credo sia la verità. Forse ho sempre saputo che eri gay, da qualche parte, sotto tutto il resto,. Non credo di aver mai trovato una connessione con te a un livello più profondo e istintivo.»

La sua ex fece un respiro profondo. «Forse hai ragione. Ti auguro ogni bene, Al, e spero che troverai quello che stai cercando.»

«Lo spero anch'io. Buona fortuna con il bambino e tutto il resto. Come stanno i tuoi?»

«Sono così felici di diventare nonni, non sono nemmeno sicura che abbiano davvero capito che sto divorziando. Non hanno ancora idea che sono gay.» Mary rise brevemente.

«Lo capiranno non appena ti beccheranno a limonare con Connie,» scherzò Trunk.

«Già, lo capiranno.» La donna annuì.

Al si sistemò meglio la giacca, spense quel che rimaneva del fuoco e abbassò il riscaldamento.

Per quanto volesse odiare Mary, non ci riusciva. Stava solo accettando chi era davvero. Il risultato, però, era sempre lo stesso: avrebbe perso il dieci per cento dei soldi che aveva messo da parte e sarebbe rimasto di nuovo da solo, e nessuna delle due prospettive lo entusiasmava. Mentre guidava verso il *Savage Beast*, continuò a ripetersi che sarebbe potuta andare peggio, ma non riuscì a trovare un'alternativa peggiore.

Per quattro anni, lui e Mary avevano vissuto una menzogna. Era stato ingannato da sua moglie, la persona di cui si fidava di più in tutto il mondo, e si sentì sopraffare dalla tristezza. La rabbia evaporò, sostituita da una lieve depressione e dal dolore. Tutto quel che voleva era andare a letto, tirarsi le coperte fin sopra la testa e fingere che il mondo non esistesse.

Si fermò sul ciglio della strada, a un paio di porte di distanza dal bar e rabbrividì al pensiero di affrontare Carla. Era solo l'ombra dell'uomo che era stato prima, e non voleva spiegarle quant'era stato sciocco, come si era lasciato fregare, come aveva riposto la sua fiducia in qualcuno che l'aveva tradito. Come poteva raccontarle del vero Trunk? Dell'uomo vulnerabile che aveva appena ricevuto un grosso calcio nelle parti basse?

Desiderava tanto un po' di sollievo e qualcuno che risolvesse tutto, ma non c'era nessuno che potesse farlo. Non poteva assolutamente cercare conforto tra le braccia di Carla, non quella sera. Non era abbastanza forte per rivelarle la verità, per affidarle i suoi sentimenti, e poi era sicuro che lei non ne volesse sapere nulla. Quella situazione era estremamente brutta. Comunque, uno shot di antidolorifico liquido gli sembrava molto attraente.

Entrò e si fermò al bar. Ordinò uno shot doppio di Chivas Regal e Carla si unì a lui con in mano un bicchiere di quello che sembrava ginger ale. Trunk buttò giù metà del suo drink in un sorso e si girò verso di lei. Doodles uscì dalla cucina con un vassoio carico di bicchieri puliti.

«Beh?» La barista sorseggiò la sua bibita, guardandolo negli occhi e attendendo una spiegazione.

Lui aprì leggermente le labbra, ma le parole non vollero saperne di uscire; gli si erano bloccate in gola mentre lottava per scegliere quelle giuste. Quando non riuscì a trovare nulla da dire, rimase in silenzio.

Bevve il resto del drink, poi le diede un bacio sulla guancia e salì le scale con passo pesante, senza dire una parola.

«Porca miseria. Dev'essere andata peggio di quanto mi aspettassi,» sentì dire Carla al cuoco.

«Puoi dirlo forte,» borbottò tra sé e sé, mentre percorreva il corridoio. Sgusciò fuori dai vestiti e si mise a letto, addormentandosi subito e perdendosi nel sonno.

Capitolo Sei

Carla si svegliò alle nove. La porta della camera di Trunk era aperta, lui non si svegliava mai più tardi delle otto e trenta. Faceva colazione alla tavola calda, poi andava allo stadio a fare esercizio e allenarsi. Era sollevata di non doverlo affrontare.

Aveva recuperato la fede nuziale che aveva buttato nel cestino, nel caso avesse cambiato idea. Se la rigirò nella mano, se la provò e si meravigliò di quanto fosse larga, quando le scivolò dal dito. *Signora Trunk Mahoney.* Si annodò la vestaglia in ciniglia e andò in camera di Al. Rimase sulla soglia, stupita di trovarla tanto ordinata. Non c'era nulla fuori posto, niente vestiti sporchi sparsi in giro, e gli articoli per l'igiene personale erano sistemati ordinatamente sopra la cassettiera. Entrò e posò l'anello accanto al rasoio.

Prese in mano la spazzola e passò il pollice sulle setole, poi si portò la bottiglietta di colonia da uomo al naso. Quel profumo la fece sorridere. Sul contenitore c'era la stessa etichetta della bottiglia più grossa di dopobarba.

«Scommetto che la usa quando non si rasa,» disse tra sé e sé.

«Come hai indovinato?» chiese una voce profonda.

Carla era così sorpresa che quasi lasciò cadere la colonia. Con le guance rosse, si affrettò a rimetterla a posto. *Mi ha beccato mentre rovistavo tra le sue cose. Che idiota!*

A Trunk sfuggì una bassa risata. «Controllavi che non distruggessi la tua stanza?»

«La porta era aperta.»

«Ehi, non ho nulla da nascondere.»

«Non stavo curiosando,» insistette Carla, poi si ricordò cos'era venuta a fare. «Sono venuta solo per restituirti questa. Pensavo che magari avresti cambiato idea.» Raccolse la fede.

Trunk aggrottò la fronte. Gliela prese dalle mani e passò il dito sulla parte interna, poi la buttò nel cestino un'altra volta. «No, è lì che deve stare. Non appena avrò compilato tutti i documenti, sarò un divorziato. Single. Totalmente libero.»

«E adesso?»

«Sono legalmente separato. Insomma, non mi posso risposare. Non ancora.»

«Oddio. Ti va di gettarti di nuovo in quel fuoco?»

«Non proprio.»

Una relazione, allora. Nulla di più. Nonostante i suoi ragionamenti, Carla sentiva il corpo pesante. Il suo cuore non era d'accordo e le sue speranze si affievolirono quando Trunk la squadrò rapidamente, senza alcun calore nello sguardo. Era gentile, quasi professionale. Le mancava il modo in cui lasciava vagare lo sguardo su tutto il suo corpo, notando cosa indossava e annuendo soddisfatto. Non quel giorno e le spalle le si incurvarono un po'.

«Forse un giorno, Carla, se troverò mai la donna giusta. Ma è come trovare un quadrifoglio... impossibile.»

Carla ignorò la fitta di dolore che accompagnò le parole di Trunk. «Perché sei tornato?»

«Il libretto degli assegni.» Il difensore aprì il cassetto in alto e prese una cartelletta in plastica verde.

«Mi dispiace di essere entrata qui,» si scusò lei.

Trunk sollevò una mano. «Non preoccuparti, non è un problema. Ehi, questa è casa tua. Hai il diritto di andare dove cavolo vuoi.»

«Niente allenamenti, oggi?»

«Ho un appuntamento, ma poi, sì, andrò allo stadio. Mi allenerò fino allo sfinimento. Ci vediamo dopo.» E Trunk sparì in un lampo guardandola a malapena negli occhi. Carla si chiese se avesse sognato quel bacio mozzafiato. *Era reale?* Il vuoto lasciato dalla sua partenza la raggelò.

Il suono del campanello la riportò alla realtà: era arrivata una consegna, e lei doveva andare al lavoro. Doodles fece entrare il fattorino, mentre lei si infilava rapidamente dei jeans e una maglietta, prima di scendere le scale. Accolse con gioia la possibilità di perdersi nel lavoro al bar e non pensare a Trunk. Non aveva tempo per avere una vita sentimentale, in ogni caso. Non se l'era ripetuto un centinaio di volte?

Sì, e magari un giorno ci avrebbe creduto veramente.

TRUNK BUSSÒ ALLA PORTA della dottoressa McMillan e lei rispose.

«Sono davvero felice che abbia potuto ricevermi oggi,» le disse.

«Entra.» La donna fece un passò indietro e lo lasciò passare.

Trunk entrò nella stanza senza tanti convenevoli, andò subito alla finestra e iniziò a passeggiare su e giù.

«Per favore, siediti.»

«Devo proprio?»

«Certo che no. Ma è più facile mantenere il contatto visivo, se sei qui,» rispose la dottoressa, battendo un colpetto sul divano.

Lui annuì e si sedette accanto a lei. Aveva la bocca secca e i palmi un po' sudati.

«Cos'è successo?» gli chiese la donna, le sopracciglia corrugate e lo sguardo fisso su di lui.

«Ho avuto un incontro con Mary. So perché mi ha lasciato.»

Al le raccontò tutta la storia.

La McMillan annuì. «Questo come ti fa sentire?»

«Di merda.»

«Perché?»

«Non per il motivo che crede lei. Se Mary è lesbica, vuol dire che è nata così, non sono stato io a farla diventare gay. E poi, ha detto che le sono sempre piaciute le donne, ma cercava di negarlo a se stessa. Però mi ha mentito e quindi... abbiamo vissuto una bugia per quattro anni. Niente della nostra vita era reale. Non so cosa pensare.»

Trunk sentì le lacrime pungergli dolorosamente gli occhi, ma non riuscì a ricacciarle indietro. *Cazzo! Non posso piangere, a meno di non essere ferito.* Ma le lacrime rifiutavano di lasciarsi controllare, e nascose il viso tra le mani quando iniziò a singhiozzare.

La dottoressa gli toccò la spalla e gli avvicinò una scatola di fazzolettini.

«Credevo di avere quel che desideravo, avevo finalmente la famiglia che non avevo mai avuto. Anche se era solo una persona, era tutto quello di cui avevo bisogno. Mary me l'aveva promesso, ed è stato bello, per un po'. Lei era lì ad aspettarmi, quando tornavo da un viaggio, facevamo sesso, e poi lei organizzava una grande cena. Era bello, però in realtà non lo era. Era solo una bugia, lei fingeva sempre. E adesso, non ho più nulla. Ma in realtà non l'ho mai avuto per davvero,» spiegò.

La dottoressa rimase seduta senza dire una parola e lo lasciò finire. Quando si fermò per riprendere fiato e asciugarsi il viso, lo guardò con aria comprensiva. «Sembri confuso,» commentò.

Trunk si lasciò sfuggire una risata priva di divertimento. «Può dirlo forte.» Si soffiò il naso e fece un respiro profondo, poi aggiunse: «Devo affrontare la realtà, doc. Non avrò mai quel che voglio. Non avrò mai una famiglia. Non succederà mai, quindi potrei anche arrendermi e basta. Rimarrò single per sempre.»

«Perché dici così?»

«Perché è vero. Nessun'altra donna vorrà mai sposarmi.»

«Cielo, Al! Sei un uomo attraente, una brava persona, e guadagni bene. Chi mai non si interesserebbe a te?»

«Una donna che vuole dei figli, ecco chi,» rispose Al.

La sua dichiarazione rimase sospesa nell'aria come una densa nuvola scura.

«Cosa?» chiese la dottoressa, incredula.

«Sparo sempre a salve. Sono sterile. Mary e io ci abbiamo provato con tutte le nostre forze. I risultati dei suoi test erano positivi, ma i miei no. Ho fallito. Sono stato bocciato. Mary mi confessò di non aver mai voluto figli, allora, e mi disse di sentirsi sollevata. Mi rese le cose più facili.»

«E adesso?»

«Adesso, lei è incinta, quindi anche quelle cazzate erano tutte bugie.» Trunk si sentì di nuovo stringere la gola per l'emozione e gli occhi gli si riempirono un'altra volta di lacrime.

«Non credi che riuscirai a trovare una donna disposta ad adottare?»

«Ne dubito. Nessuno vuole un uomo che non può avere figli.»

«Non penso sia davvero così.»

Al alzò lo sguardo sulla dottoressa McMillan. «Ne è sicura? Sul serio? Ha qualcuno in mente?»

«Beh, no, ma...»

«Ma niente. Sono tutte cazzate, non mi costringa ad ascoltarle. Non mi dia false speranze.»

«Mi dispiace che tu la veda in questo modo.»

«Non è come la vedo io, è la verità.»

«Questo come ti fa sentire?»

«Ho fatto pace con il fatto che non avrò figli. Dubito che sarei un bravo genitore, comunque. Mio padre è morto quando avevo tredici anni. Non ho idea di come sia un buon padre. Ma forse potrei diventare come il Coach Bass. L'ho già fatto. L'abbiamo fatto io e Mary, insieme. Farò la parte di Babbo Natale alla festa di Natale dei Kings e mi unirò allo staff del campo estivo di football di Griff. Ecco tutto.»

«Magari troverai qualcuno che ha già dei figli,» suggerì la dottoressa.

«Fare il patrigno? Non credo, non sono il tipo. Non ho pazienza. Una cosa è farlo per un paio d'ore, ma a tempo pieno? Dubito di riuscirci.»

«Se non ci provi, non lo saprai mai.»

«Avrei dovuto capirlo quand'ero ragazzo, che non avrei mai avuto una famiglia,» insistette Trunk.

«Oh, Al, è un pensiero così triste. Ti prego, non dire così. Non arrenderti. Quanti anni hai?»

«Trentadue.»

«Hai un sacco di tempo per trovare la donna giusta e mettere su famiglia.»

Trunk alzò le spalle.

«Torniamo a Mary,» cambiò argomento la McMillan.

«Che altro c'è da dire? È una bugiarda e un'imbrogliona. Mi ha illuso e poi mi ha scaricato quando stare con me non le conveniva più.»

«Ma c'è una cosa che non ti ho ancora sentito dire.»

«Cosa?»

«Quanto la ami, o quanto ti mancherà.»

Trunk si lasciò scappare una risata secca e gutturale. «L'ha notato, eh?»

La donna annuì.

«Già, me ne sono reso conto un po' di tempo fa. Avevo più chimica con alcune delle ragazze agli strip club che con lei.»

«Forse hai sempre avvertito la sua ambivalenza sessuale.»

«Forse sì. Pagavo per una lap dance o due, ma non facevo mai sesso con quelle donne. Non sono mai stato infedele.» Al sbuffò una risata. «E guardi com'è finita. Mary si è scopata Connie per un anno, mentre io mi sono sempre comportato come uno stupido bravo bambino.»

«Beh, andare negli strip club e pagare per la lap dance non è proprio un comportamento eccellente.»

«Davvero? Anche se non ho mai fatto nulla? Insomma, non mi sono mai fatto fare nemmeno un pompino.»

«In ogni caso, sono comunque azioni al limite dell'infedeltà.»

«Oh? Bene. Allora, non mi sento più tanto un cretino,» sorrise Trunk.

La dottoressa McMillan rise.

«Mary mi ha detto che credeva la tradissi e che è per questo che ha fatto sesso con Connie,» continuò il difensore in tono più serio.

«Ma tu non la tradivi, giusto?»

«No. Se noi due avessimo fatto sesso, non sarei nemmeno andato nei club.»

«Quando avete smesso di andare a letto insieme?»

«Circa un anno fa. No, aspetti. Di più, forse.»

«Un lungo periodo in bianco.»

Al ridacchiò. «E lo dice a me?»

«Beh, forse questo giustifica le lap dance.»

«Forse. Se avessi avuto una vera moglie, non sarei mai andato in quei locali. Sono un tipo leale, lo chieda ai miei amici.»

«Ti credo, Al. Hai mai discusso della vostra inesistente vita sessuale con lei?» gli chiese la dottoressa.

«Mary aveva sempre una scusa pronta. L'anno scorso, poi, non l'ho vista molto. Mi aveva detto di essere diventata membro di un qualche gruppo di supporto, e poi di un club del libro. Quando tornava a casa, io dormivo già, perché dovevo svegliarmi presto per andare agli allenamenti. Immagino che fosse tutta un'enorme bugia che mi raccontava per poter passare del tempo con la sua ragazza.» Trunk si appoggiò allo schienale del divano e allungò le gambe, poi prese un fazzolettino e si asciugò il sudore dal viso.

«La cosa più importante, ora, è come farai ad andare avanti.»

«Non ne ho idea.»

«Hai sempre la tua squadra e i tuoi amici, giusto?»

Il difensore annuì.

«Hai incontrato qualche donna interessante?»

Sentì il viso andargli a fuoco. «Beh, c'è Carla. È la proprietaria del *Savage Beast,* mi ha affittato una stanza.»

«Oh?» La dottoressa McMillan alzò un sopracciglio.

Dovrei dirglielo? «È un'amica. Siamo amici da due anni.»

«Solo un'amica?»

«Non voglio parlare di lei.»

«Perché no?»

«Perché è una tentazione.» Trunk abbassò lo sguardo sulle proprie mani. «Cos'ho da offrirle? Niente. E l'ultima cosa che mi serve è un'altra donna che mi prenda per il culo.»

«Non pensare subito che lo farà. Non ti ha detto nulla?»

«Mi ha solo offerto la stanza.»

«E non è successo nient'altro tra di voi?»

Di nuovo, l'uomo si sentì scaldare le guance. «Non ne voglio parlare.»

«Non devi parlare di nulla che tu non voglia, Al. Ma non posso aiutarti, se non so cosa sta succedendo,» gli ricordò la dottoressa.

Lui si tormentò una cuticola ed evitò il suo sguardo.

«Forse vuoi pensarci un po'. Il nostro tempo è finito.»

Al non sapeva se sentirsi deluso o sollevato. «Okay, okay. Sì, l'ho baciata. Sì, volevo fare di più. Sì, a lei è piaciuto... credo. Tutto a meraviglia, finché lei non scoprirà che non posso avere bambini,» ammise.

«Come lo scoprirà?» chiese la dottoressa.

L'atleta alzò lo sguardo su di lei e la fissò. «Andiamo, doc. Conosce la faccenda delle api e dei fiori. Non abbiamo bisogno di usare contraccettivi. Non ne dovremo parlare, quando faremo sesso?»

Fu il turno della McMillan di arrossire. «Hai ragione, Al. Mi dispiace. Vorresti continuare la seduta per un'altra mezz'ora? La mia agenda è vuota. Potremmo parlare di Carla.»

L'idea di parlare della barista era piacevole e dolorosa al tempo stesso.

Annuì.

«Allora, dimmi, cosa ti attrae di lei?»

«È FINITA,» DICHIARÒ Carla al telefono.

«Cosa? Che cosa è finita?» domandò Stormy.

«Tra me e Trunk.»

«E chi l'ha detto?»

«Stamattina mi sono imbattuta in lui per caso.»

«Per caso?»

«È una lunga storia.» Carla si sentì in imbarazzo al ricordo di come si era fatta scoprire nella sua stanza. «E non c'era niente tra di noi. Lui non sembrava minimamente interessato a me. Abbiamo parlato un po', poi lui è uscito. Non c'è più niente. È finita. Kaput.» Il dolore che sentiva al cuore non sembrava avere intenzione di andarsene.

«Stai saltando a conclusioni affrettate. Forse aveva qualcos'altro per la testa,» le fece notare Stormy.

«Puoi dirlo forte. Stava pensando al suo divorzio da quella stronza di Mary.»

«Perché la chiami stronza?»

«Mi prometti di non dirlo a nessuno?»

«Lo giuro.»

«La notte scorsa, sono andata a letto verso le due. Al era salito al piano di sopra molto prima di quell'ora. Ho salito le scale senza far rumore, perché pensavo che fosse già a letto. Ma poi l'ho sentito. Era nella sua stanza, e stava piangendo,» rivelò Carla.

«Trunk che piangeva?» Riuscì quasi a udire il rumore delle sopracciglia di Stormy che si alzavano.

«Non dirlo a nessuno! Me l'hai promesso. Si sentirebbe molto in imbarazzo, se sapesse che lo so. Agli uomini come lui non piace piangere.»

«Credi che non lo sappia? Devon è uguale. È una cosa un po' stupida, se lo chiedi a me.»

«Sono d'accordo, ma Trunk è fatto così.»

«Tu che hai fatto?»

«Ho finto di non averlo sentito e sono andata a letto.»

«Maledizione. Sembra una faccenda abbastanza seria,» commentò Stormy.

«Vorrei poterlo aiutare, ma lui non mi parla. Non vuole dirmi nulla.»

«Come potrebbe? È una cosa personale e imbarazzante. Mary lo sta lasciando, scommetto che sta da schifo.»

«Mary è una stupida e una cretina, se lo chiedi a me. Chi lascerebbe un uomo come Al Mahoney? È il ragazzo più dolce del mondo.» Carla sentì la rabbia montare dentro di sé. «Vorrei tirarle un pugno in faccia.»

«Dovresti darle una medaglia, invece. Ti sta lasciando campo libero, ti sta facendo spazio. Fa' la prima mossa, non aspettare,» le consigliò la sua amica.

«Non credi che dovrei dargli un po' di tempo per riprendersi?»

«Fa' come ti pare, ma poi non dire che non ti avevo avvertita. Sono sicura che una di quelle cheerleader ci proverà con lui, se non lo farai tu.»

«Sembrano un po' disperate, non è vero?»

Stormy rise. «Questo è un eufemismo.»

«E se lui mi rifiutasse? Morirei, se lo facesse.»

«Beh, almeno ci avresti provato.»

«È vero,» concordò Carla con un sospiro.

«E se non ti rifiutasse? Se volesse stare insieme a te quanto tu vuoi stare con lui?» chiese l'altra donna.

«Sarebbe meraviglioso. A breve termine.»

«Perché continui a dire così?»

«Perché io non voglio figli, e nessun uomo potrebbe mai sposare una donna che non li vuole. Tutti gli uomini vogliono avere dei figli,» rispose Carla.

«Non necessariamente. Perché non scopri cosa ne pensa, prima di decidere?»

«Ottimo consiglio, come sempre. Grazie mille, Stormy. Sei un'amica fantastica. È appena arrivato Doodles, quindi adesso devo prepararmi a servire i clienti di stasera.»

«Buona fortuna, Carla. Non rinunciare subito a Trunk. Lui ha bisogno di te.»

La conversazione terminò e Carla rifletté sulle ultime parole di Stormy, mentre andava ad accogliere il suo cuoco.

«Sorridi, Carla. Non sta mica finendo il mondo,» scherzò lui, con un ampio sorriso.

«Potrebbe. Sta per finire la stagione del football.» La barista si morse il labbro. *Spero di avere abbastanza soldi per pagare il mutuo, quando la squadra smetterà di venire qui.*

«Scommetto che farai un sacco di soldi il giorno del Super Bowl.»

«Meglio che sia davvero così,» borbottò Carla. «Non farti venire strane idee. Quei soldi dovranno bastarmi per mesi. Quando la stagione sportiva finisce, i guadagni della mia attività si riducono della metà.»

«Beh, che sfortuna.»

«Risparmio tutto l'anno per quel momento, Doodles.»

«Sei fantastica, Carla.»

Lei sorrise. «Grazie. Quanta carne abbiamo? Penso che ne dovremmo ordinare di più.»

Scesero nel seminterrato per controllare il freezer extra. Doodles tirò fuori il cellulare e prese appunti.

«Questo freezer è piuttosto vecchio, Carla. Sembra che sia sopravvissuto alla Prima Guerra Mondiale. Quando ne comprerai uno nuovo?» chiese.

Carla rise. «Ci penserò quando si romperà.»

Il rumore di passi al piano di sopra le disse che era tornato Trunk.

Salì la ripida scalinata. «Com'è andato l'allenamento?» lo salutò.

«Bene,» rispose lui.

«Devi essere affamato. Vuoi un hamburger?»

«Mi sono fermato alla tavola calda mentre tornavo a casa.»

«I miei hamburger non sono abbastanza buoni per te?» Carla aveva la gola serrata per il dolore.

«Non intendevo questo. Non volevo offenderti,» si scusò Trunk.

«Oh, capisco. Okay, sicuro. Nessun problema, allora.» La barista si girò, prima che le lacrime iniziassero a scorrerle sulle guance.

«Che reazione da donna.»

Carla strinse i pugni e se li portò ai fianchi, poi tirò su con il naso e batté le palpebre velocemente, prima di voltarsi di nuovo verso il difensore. «Cosa?»

«Tipico.» Trunk scosse la testa.

Carla inarcò le sopracciglia e la sua voce si alzò quasi di un'ottava. «Cosa?» ripeté.

«Dici una cosa, ma intendi l'esatto opposto. Non fare la stronza.»

«Trunk Mahoney! Razza di coglione! Come osi parlarmi in questo modo?» Le parole di Trunk l'avevano ferita e aveva esaurito la pazienza. Lo superò e corse su per le scale, diretta in camera sua.

Trunk fece marcia indietro e le afferrò il braccio per scusarsi: «Carla, mi dispiace. Non sei una stronza. Non volevo dire questo. È solo che in questo momento sono giù di morale. Ehi, andiamo. Non piangere. Non ti incazzare.»

«Troppo tardi, stronzo,» sputò lei, mentre si liberava dalla sua stretta e gli passava accanto.

Quando arrivò in camera sua, sbatté la porta, si gettò sul letto e cominciò a singhiozzare. *Oh, è finita per davvero.*

Capitolo Sette

Trunk lasciò a Carla un po' di spazio per riflettere. Entro un paio di giorni, sarebbe partito per il Nebraska, e prima di allora, avrebbe voluto passare la notte con lei, o almeno ricominciare a parlare. Sarebbe stato tutto più facile, se Carla non fosse stata ancora arrabbiata con lui. Il lineman salì in macchina e guidò fino al supermercato, dove sapeva di poter trovare qualsiasi cosa, inclusi fiori e dolcetti.

Quando tornò al bar, verso le sei del pomeriggio, i tavoli stavano iniziando a riempirsi di gente. C'erano Stormy Gregory e Devon Drake e anche Bullhorn Brodsky e Samantha, ma non conosceva nessuno degli altri clienti.

Carla si spostava da cliente a cliente, prendeva gli ordini e li consegnava a Doodles e poi miscelava i drink e versava la birra. Era ovvio che non aveva tempo per lui. Si unì a Bull e Samantha.

La barista lo fissò con uno sguardo gelido, quando ordinò un hamburger. «Arriva subito, signor Mahoney,» disse.

Trunk le afferrò il braccio. «Andiamo, Carla, non fare così. Ti prego, accetta le mie scuse.»

«Ci penserò.» Lei girò i tacchi e se ne andò.

Al chiacchierò insieme ai suoi compagni di squadra, mentre Carla lavorava sodo. Continuava a cercare il suo sguardo, ma lei lo evitava. Verso le dieci, la gente cominciò ad andarsene. Era mercoledì sera, di solito quella non era una nottata molto movimentata, al *Beast*.

L'ultimo cliente andò via alle undici. Carla crollò su una sedia, si sfilò le scarpe e sollevò i piedi mentre Doodles puliva la cucina. Alle undici e un quarto, il cuoco fece capolino dalla porta e le diede la buonanotte.

Trunk si sedette accanto alla barista. «Ho mangiato alla tavola calda perché non volevo continuare a scroccarti cibo gratis. Guadagno un sacco di soldi, posso pagare,» le spiegò.

«È solo un hamburger, Al. Non mi manderà in rovina.»

«Questa storia non mi piace comunque. Non capisci? Io credo che un uomo debba pagare con i propri soldi, non vivere alle spalle della sua ragazza.»

Carla spalancò gli occhi. «Ora sono la tua ragazza?»

Oh, merda. Trunk abbassò lo sguardo sul pavimento per impedirle di capire la verità. «Sai che intendo.»

«Sì, lo so.» La donna si lasciò sfuggire un sospiro sfinito.

Il difensore recuperò i fiori e i dolci che aveva appoggiato dietro il bancone del bar. «Questi sono per te. Mi dispiace di aver ferito i tuoi sentimenti.»

I fiori la fecero sorridere, e gli offrì un cioccolatino dalla scatola.

«Perdonato?» le chiese.

«Ci sto pensando.»

Trunk le prese il piede tra le mani e lo sollevò.

«Che cavolo fai?» domandò Carla, confusa.

«Shhh. Tranquilla, rilassati.» Si appoggiò il piede in grembo e poi cominciò a massaggiarlo.

«Oddio,» gemette la barista, e chiuse gli occhi. «Si può avere un orgasmo a causa di un massaggio ai piedi?»

Al ridacchiò. «Dov'è che ti fa male? L'arco plantare?» Fece scivolare le dita dal tallone fino al centro della pianta.

«Lì, sì, lì. Oh, mio Dio.»

Trunk cambiò piede e sorrise mentre osservava Carla rilassarsi contro lo schienale della sedia e sospirare. *Riesco ancora a far eccitare una donna.* Sentì un intenso calore riempirlo. Risalì lentamente con le mani per massaggiare la parte inferiore del polpaccio e lei gemette più forte. Quando finì, aveva il viso arrossato e stava sorridendo.

«Immagino di essere perdonato, adesso,» le disse.

«Se riesci a fare questo? Sì, che lo sei. È stato meraviglioso,» replicò Carla.

«Te lo meriti. Lavori sodo.»

«Quando parti per il Nebraska?»

«Dopodomani. Presto.»

Carla annuì. «Bene.»

Trunk si alzò in piedi. «Se mi hai perdonato, ora vado di sopra.»

«Sei perdonato, ma non farlo più.»

L'atleta si passò le dita sul petto. «Croce sul cuore. Prometto di sfruttarti ogni volta che ne avrò l'opportunità.»

Carla scoppiò a ridere e poi salirono le scale insieme. In cima, Trunk si fermò e le lanciò uno sguardo carico di desiderio.

Lei allungò una mano e gliela posò sulla guancia. «Sei un brav'uomo, Al,» disse.

«Tu credi? Sei l'unica a pensarla così.»

«Non lasciare che Mary ti butti giù. Lasciatela alle spalle. Hai tutta una vita davanti.»

«Una vita da solo,» chiarì Al.

«Non dev'essere così per forza.»

Sta cercando di dirmi qualcosa? «Ti stai offrendo volontaria per quel posto?»

«Non so. Forse.» Carla inarcò un sopracciglio.

«Non prendermi in giro,» ribatté il difensore.

La donna alzò le spalle. «Non sono certa che tu sia già sul mercato e in cerca di qualcosa di nuovo. Non devi liberarti del vecchio, prima?»

«È finita un anno fa,» confessò Trunk.

Carla spalancò gli occhi. «Davvero? Perché sei rimasto con lei, allora?»

«Per lealtà. Pensavo che le cose potessero migliorare. Il fallimento non è mai stata un'opzione, per me.»

«Perfino gli atleti perdono una partita, ogni tanto.»

Trunk ridacchiò. «Buona analogia. Sì, è vero, ma io odio gettare la spugna.»

«Allora, che progetti hai, adesso?» Carla alzò lo sguardo su di lui, il suo viso stanco era ancora vivace, ancora bellissimo, e si aspettava di sentirgli dire una qualche perla di saggezza.

«Non ho progetti. Sto ancora cercando di abituarmi a stare da solo.»

Carla gli diede un colpetto sul braccio per confortarlo. «Non sei solo.»

Al scrutò nei suoi occhi, cercando un significato nascosto alle sue parole.

«Hai degli amici,» chiarì lei.

«Oh, sì. Amici.» Annuì, cercando di nascondere la frustrazione.

«Cos'è che vuoi, Al?»

«Essere amato. Mancare a qualcuno. Appartenere a un luogo in cui sarò sempre il benvenuto, per quanto suoni smielato.»

«Tutti lo vogliono.»

«C'è una cosa che mi impedisce di avere tutto questo, ma non ne voglio parlare.»

«Va bene, non ti costringerò a farlo. Scommetto che il tuo desiderio si esaudirà,» disse Carla.

«Lo credi davvero?»

«Ho un buon presentimento.»

Trunk voleva baciarla, ma era troppo tardi e lei era stanca. Così, invece, le diede la buonanotte e si costrinse a ignorare la traccia di delusione nella voce di Carla, quando girò a destra per andare in camera sua e lui andò a sinistra.

Quando la porta si chiuse con un rumore secco, tirò fuori una bottiglia di scotch dal cassetto della cassettiera, poi si versò un bicchierino e dopo aver messo via la bottiglia lo mando giù tutto d'un sorso. *Solo per assicurarmi di riuscire a dormire.* Sapeva che il Coach e Bull si preoccupavano che bevesse troppo, ma era tutta colpa di Mary e del modo in cui il suo matrimonio si era disintegrato. Sapeva cosa stava per accadere, anche se non consciamente. Aveva intenzione di bere di meno, perché non puoi bere se giochi a livello agonistico, ma per il momento, se aveva bisogno dell'alcol per riposarsi, se lo sarebbe concesso solo un pochino, e avrebbe affrontato le conseguenze delle sue azioni dopo la fine dei playoff.

CARLA SI SVEGLIÒ DI buon'ora, le doleva ancora un po' tutto, tranne i piedi. Sorrise allegramente al ricordo del massaggio che le aveva fatto Trunk, ma il suo sorriso svanì quando le tornò alla mente la loro conversazione. Il desiderio del suo amico di essere amato e ben accolto nella sua stessa casa la rattristava. Si chiese che razza di infanzia avesse avuto e come fosse possibile che Mary non gli avesse dato quel che voleva durante il loro matrimonio. *Perché è rimasto con lei tanto a lungo? È rimasto leale nei confronti della persona sbagliata.*

Gettò le gambe oltre il bordo del letto, si alzò in piedi e allungò le braccia sopra la testa, sbadigliando mentre si stiracchiava. *È l'ora di fare la doccia.* Mentre l'acqua tiepida rilassava il suo corpo dolorante, lasciò vagare la mente. *E se Trunk fosse qui con me?* L'idea di ritrovarsi nuda insieme a quello splendido uomo le fece correre un brivido lungo la schiena. Con gli occhi chiusi, poteva immaginare che fosse lì, riusciva quasi a sentire le sue dita che le massaggiavano i muscoli della schiena e delle spalle e scendevano fino al sedere.

Oh, cosa le sarebbe piaciuto fargli sotto il getto caldo della doccia! Chiuse l'acqua, anche se lasciarsi alle spalle la sua fantasia la intristiva, e uscì dalla doccia, posando i piedi sul tappetino. Si asciugò, poi si infilò un soffice accappatoio bianco. Si frizionò i capelli con un asciugamano, scese le scale e andò a fare il caffè.

Adorava l'odore del caffè che bolliva, le solleticava le papille gustative e le faceva venire l'acquolina in bocca al pensiero del sapore e delle sensazioni che le donava quella calda sveglia. Un rumore di passi al piano di sopra la spinse a prendere un'altra tazza dalla credenza. La appoggiò su un vassoio colorato e aggiunse latte e zucchero, perché anche a Trunk piaceva versarli nel suo caffè. Infine, portò il vassoio al bar e lo posò sul tavolo, mentre aspettava che la macchinetta fosse pronta.

Se ne versò una tazza, ci aggiunse tutto quel che le piaceva e camminò a piedi nudi fino alla finestra, notando che negli angoli dei piccoli pannelli di vetro c'era un po' di brina. Adorava quella finestra, era così in stile New England. Nonostante gli inverni freddi, lì si sentiva a casa, ed era stata felice di lasciare l'abitazione rumorosa e affollata della sua famiglia a Chicago. Con nove ragazzi, non c'era mai abbastanza spazio per respirare, o abbastanza tempo per usare il bagno.

Il rumore della doccia mise in moto la sua immaginazione. Le venne la pelle d'oca sulle braccia, quando si rese conto che c'era uno stupendo giocatore di football completamente nudo e bagnato, solo una rampa di scale più su. Venne scossa da un altro brivido, quindi preparò il caffè per Trunk, finì di bere il suo e risalì le scale.

Trunk uscì dal bagno con addosso solo un asciugamano. Si fermarono in corridoio.

«Buongiorno,» squittì lei, incapace di distogliere lo sguardo dal suo corpo coperto di gocce luccicanti.

«Buongiorno. Quello è per me?» chiese lui.

Carla annuì e Trunk le si avvicinò per prenderle la bevanda bollente dalle mani, poi si tornò alla distanza più sicura, almeno un metro da lei. La barista notò il calore del suo sguardo seguire le linee del suo corpo, soffermandosi sul seno, mentre sorseggiava la bevanda. La vestaglia le si stava aprendo pian piano, la fascia cedeva come di volontà propria. Una brezza fresca l'avvertì che stava per ritrovarsi nuda davanti a Trunk, ma non le importava. *Stormy ha ragione. Ques-*

ta storia è durata troppo a lungo, è ora di fare qualcosa. Il lineman finì il caffè e posò la tazza vuota per terra.

Carla gli si avvicinò di un passo, e anche lui avanzò. Si avvicinarono lentamente, passo dopo passo, finché quasi non si toccarono. Trunk cercò il suo sguardo, mentre il calore che emanava il suo corpo le scaldò la pelle nuda.

«Trunk, io...» cominciò, ma non riuscì a finire la frase. La bocca del difensore calò sulla sua, risucchiando le sue parole e il suo respiro, premendo e assaggiandola, consumandola.

Carla si aprì a lui e mise da parte le sue inibizioni. Lo desiderava e aveva aspettato abbastanza. La fascia si snodò quando Trunk se la tirò contro, i peli che aveva sul petto le solleticarono il seno facendole inturgidire i capezzoli. Carla tirò piano e l'asciugamano di Trunk cadde a terra. Si aggrappò alle sue spalle e gli si premette contro finché non ci fu più nemmeno abbastanza spazio per far scivolare un pezzo di carta tra di loro.

Trunk le infilò le mani sotto l'accappatoio, gliele passò sulla schiena e scese fino al sedere, che strizzò, mentre la premeva ancora di più contro di lui. Carla abbassò le braccia, permettendo all'ampio indumento di scivolare via.

«Oddio, sei così bella,» sussurrò il lineman, poi si scostò e la fissò.

«Anche tu.» Carla lasciò vagare lo sguardo su di lui, soffermandosi sulla sua erezione. Quella vista glielo fece desiderare tanto da far male.

Trunk le chiuse le dita sui seni, li massaggiò e ne pizzicò le punte. Gemette quando la sua erezione trovò la sua apertura, pregandola di lasciarlo entrare. Non appena la toccò, un fuoco si accese dentro di lei. Aveva sognato quel momento un centinaio o un migliaio di volte, ma i sogni non erano nulla in confronto alla realtà.

Tutti i suoi nervi erano in allerta, sentiva i suoi fianchi, i muscoli del suo petto e quelli delle sue cosce, le sue mani. E poi, di nuovo la sua bocca. Trunk la schiacciò contro di sé, e quella stretta fece fuoriuscire tutte le emozioni, tutto l'amore che aveva represso per anni. Gli ficcò la lingua in bocca e lasciò vagare le mani sul suo corpo, fino a posargliele sul sedere. Era perfetto.

Infine, si tirò indietro. «Qui si gela. Perché non andiamo in camera mia?» propose.

Trunk le sorrise, quando si girò e lo prese per mano. «Che bella vista,» mormorò, facendola ridacchiare.

Quando entrarono nella sua stanza, la buttò sul letto come se fosse un sacco di vestiti e poi la seguì a carponi, come una pantera che incombeva sulla sua preda.

Carla si sedette. «Prendo la pillola, quindi non c'è nulla di cui preoccuparsi,» disse.

Trunk si fermò, aggrottò la fronte, annuì e poi lasciò vagare lo sguardo carico di desiderio sul suo corpo. «Ti voglio da anni,» ammise, mentre la faceva sdraiare di nuovo.

«Dici sul serio?» squittì lei.

«Non te ne sei mai accorta? Credevo fosse evidente.» Il difensore le posò le labbra sul petto.

«Oddio,» mormorò Carla, inarcando la schiena per spingersi più a fondo nella sua bocca.

All'improvviso, Trunk rialzò la testa. «Non sei gay, vero? Non sei lesbica?»

Carla lo fissò come se avesse tre teste e scoppiò a ridere. «Assolutamente no. No, per niente. Adoro l'equipaggiamento maschile. Che domanda strana. Perché me l'hai chiesto?»

«Perché Mary lo è, e io neanche lo sapevo.»

Carla fece un verso sorpreso e inspirò bruscamente. «Non c'è da meravigliarsi se stavi male. Che segreto!»

«E lo dici a me?» Trunk scosse la testa. «Non perdiamo altro tempo.»

Al concentrò tutta la sua attenzione su di lei, toccò ogni singolo centimetro della sua pelle e si meravigliò ad alta voce di quanto fosse liscia. Carla gli passò le dita tra i capelli corti e lui le fece scorrere il palmo sulla spalla, sul petto e sull'addome, fino ad arrivare alla coscia. La sua grossa mano si chiuse attorno ai suoi muscoli snelli, le accarezzò la carne tenera e risalì finché il pollice non sfiorò il suo centro.

Carla non avrebbe potuto sentire una scossa d'elettricità più intensa neanche se le avessero infilato un dito del piede in una presa.

Trunk alzò lo sguardo su di lei, quando sollevò i fianchi di scatto sotto le sue carezze. «Ti piace?»

Annuì rapidamente, incapace di parlare. Trunk si inginocchiò e sostituì il pollice con la lingua, e la donna si inarcò sul letto. Lui la strinse tra le sue grandi mani e l'attirò a sé, continuando a toccarla senza mai fermarsi, finché non esplose nell'orgasmo più intenso della sua vita. Un brillante caleidoscopio di colori lampeggiò dietro le sue palpebre chiuse.

Quando aprì gli occhi, vide che quelli di Trunk erano scuriti dalla lussuria, mentre si asciugava la bocca con il dorso della mano e si rimetteva in ginocchio. Gli passò la lingua sulle labbra per sentire il suo sapore e si godette la vista del suo torace.

«Fallo, mi fa impazzire.»

Carla ridacchiò. «Allora, lo farò di nuovo.»

«Non credo proprio,» disse Trunk, e catturò la sua bocca con la sua. Il bacio terminò troppo presto. «Adesso è il mio turno.» Le sollevò una gamba e poi le spinse un ginocchio contro il petto.

Carla abbassò una mano e chiuse le dita attorno a lui. Era duro come la roccia, ma la sua pelle era liscia come seta.

«Così non ce la faccio.» Al le fece togliere la mano, poi si sfregò contro di lei lentamente, inumidendosi l'erezione con i suoi umori. Diede una lieve spinta e fu dentro di lei. Fece un respiro profondo e la guardò negli occhi. «Tutto bene?»

«Smettila di farmi domande, fallo e basta!»

«Mi vuoi?»

«È da secoli che ti voglio. Devo pregarti?»

Trunk ridacchiò. «Lo faresti?»

«Sì, sì, farei qualsiasi cosa. Ti prego!»

Trunk iniziò a muoversi. Carla l'aveva visto giocare, correre e placcare, ma non aveva idea che i suoi movimenti potessero essere tanto sensuali. Spinse nel suo corpo, uscì, rientrò e poi oscillò i fianchi, premendosi dentro di lei. Era una sensazione incredibilmente intensa.

Carla era come creta tra le sue mani così si rilassò, lasciando ad Al il totale controllo della situazione e un'espressione di pura gioia sul viso.

«Ti porterò al settimo cielo, piccola,» mormorò, puntellandosi sulle braccia.

La toccò dappertutto, e lei chiuse gli occhi e si arrese a un altro travolgente orgasmo. Urlò il suo nome, mentre oscillava i fianchi allo stesso ritmo dei suoi. Trunk continuò a muoversi, finché la fronte e la schiena non gli si ricoprirono di sudore. Carla socchiuse gli occhi e vide che gli si stava arrossando il petto. *Il sesso a volte fa questo effetto.*

«Oh, piccola. Tesoro. Oh, mio Dio.» Trunk chiuse gli occhi, spinse dentro di lei con forza e si bloccò, il petto che si alzava e abbassava pesantemente. Carla ci premette sopra il palmo e provò un brivido, quando sentì i muscoli sodi.

Al chinò la testa e appoggiò la fronte contro la sua. Il suo alito aveva un profumo dolce, come di caffelatte. Gli passò la mano sulla guancia ispida e gli accarezzò la mascella con il pollice.

Le emozioni le colmarono il petto e le venne da piangere, ma si trattenne, sentendosi una sciocca. *Perché dovresti piangere dopo il sesso migliore di sempre?* Ma non poteva scacciare quell'emozione, per quanto ci provasse. Il suo cuore era pieno d'amore per Al. Allontanò i pensieri negativi dalla sua mente e si lasciò andare, accarezzandogli la parte inferiore della schiena e baciandogli il collo. Il suo sapore salato le ricordò che avevano appena fatto l'amore.

Amore. Ecco cos'era, cos'è stato, cos'è... amore. Lo amava, lo aveva amato per molto tempo, e per quanto lo desiderasse, non poteva cambiare i suoi sentimenti. Lui l'avrebbe scaricata non appena gli avesse detto che non voleva figli? Probabilmente, ma la vita era piena di rischi, e innamorarsi di Al Mahoney era uno di essi.

Trunk alzò lo sguardo su di lei, solo pochi centimetri di distanza li separavano. Gli passò le dita tra i corti capelli castani, pettinandoglieli, ma lui le afferrò la mano e le baciò il palmo.

«È stato fantastico, Al. Il miglior sesso di sempre,» gli disse.

«Non lo dici tanto per dire, vero?» Al aggrottò la fronte.

«Andiamo, tu mi conosci. Non faccio cose del genere. Sono troppo sincera per il mio stesso bene.»

«Okay, giusto. Quindi lo è stato, eh?»

Carla annuì.

Trunk le sfiorò le labbra con le sue. «Sei un tesoro, Carla.»

Adorava l'espressione sul suo viso, era così piena d'amore. *Mi ama anche lui? Forse. Finché non lo scoprirà, almeno. Poi, tra di noi sarà tutto finito.* Gli accarezzò la guancia ruvida, gliela baciò e lo guardò dritto negli occhi. Erano come sfere di cristallo che le annunciavano un futuro insieme, o come profeti di sventura che le dicevano che si sarebbe fatta spezzare il cuore?

Al si tirò su e uscì da lei, poi si girò sul fianco e piegò un braccio sotto la testa. «Il sesso è molto meglio con una donna a cui piacciono gli uomini.»

«È una gara, adesso?» lo accusò.

«Dicevo così per dire.»

«So cosa stai facendo. Mi stai mettendo a confronto con Mary. Non ci provare.»

«Okay, okay, non fare la permalosa.»

Carla sentì l'ira montare dentro di sé. «Lo farò, se voglio.»

Trunk si sporse verso di lei, le strinse i polsi nel pugno e glieli tenne sollevati sopra la testa per tenerla sotto controllo, poi avvicinò il viso al suo. «Tu non sei affatto come lei. Non potresti mai esserlo. Tu sei fantastica, la migliore, e lei non è nulla a paragone con te. Quindi, non fare l'insicura con me. Lasciami parlare senza incazzarti, okay?» disse. Poi, la baciò con forza.

«Okay,» replicò Carla con voce flebile. *Potrebbe essere la cosa più simile a un ti amo che riesce a dirmi.*

Trunk la lasciò andare. «Non ti ho fatto male, giusto?»

«Sto bene,» gli rispose, poi lanciò un'occhiata all'orologio. Erano le nove e mezzo. Sbadigliò e si girò sul fianco per guardare il difensore in viso, e lui l'abbracciò. «Non hai gli allenamenti?» gli chiese, e gli si accoccolò più vicino, appoggiandogli la testa sulla spalla.

«C'è tempo.»

«Speravo che lo dicessi.» Carla chiuse gli occhi e fece un respiro profondo. Al sapeva di sapone, sudore e un profumo unicamente suo. Sorrise.

«Potrei puzzare un po', dopo aver fatto l'amore così a lungo.»

«Sei a posto così.»

«Tu hai un odore fantastico.» Trunk le annusò i capelli. «Usi uno shampoo speciale?»

«Una donna non rivela i suoi segreti,» gli rispose, passandogli un braccio attorno alla vita.

Rimasero sdraiati in silenzio per un po'. Carla ascoltò il battito del cuore del suo uomo e quel rumore la tranquillizzò. Unito all'effetto dei due orgasmi strabilianti che aveva appena avuto la rilassò tanto che non le sarebbe importato nemmeno se la casa le fosse crollata tutto attorno. *Immagina di addormentarti così tutte le notti.* Sospirò.

Trunk le accarezzò la schiena e coprì entrambi con le coperte, poi le diede un bacio sulla cima della testa e la strinse a sé, come se avesse paura di lasciarla andare. La sua stretta la fece sentire al sicuro.

«Potrei stare così tutto il giorno,» mormorò.

«Io anche per vent'anni,» replicò Al.

A livello inconscio, il suo cervello percepì quel commento e iniziò a reagire, ma il suo cuore lo respinse, permettendole semplicemente di sorridere e non pensarci troppo.

ALLE DIECI IN PUNTO, Trunk si girò e gemette. «Se non filo subito agli allenamenti, mi becco una multa.»

Carla gli tolse il braccio dalla vita e si rilassò sul letto.

Le fissò il petto e poi la toccò, incapace di resistere. «Sei davvero una bella donna,» disse, lasciando scorrere la mano lungo il suo seno e soffermandosi a baciarlo.

«E tu sei davvero un bell'uomo.» Gli occhi scuri di Carla lasciarono vagare il loro sguardo su di lui, lasciandosi dietro una scia di calore.

Scostò le coperte e gettò le gambe oltre il bordo del letto, poi si tirò su e si voltò. Non aveva mai trovato così difficile lasciare una donna. Lei se ne stava lì con la sua pelle rosea e candida, i capelli arruffati, scuri e indisciplinati come la passione stessa, e le labbra arrossate dai loro baci intensi.

«Vorrei poter restare, dolcezza,» le confessò.

«Capisco.»

«Quando torno, possiamo rifarlo di nuovo?»

Carla ghignò, scoccandogli un sorriso furbo e sexy, e lui sentì un fremito tra le gambe. Non aveva tempo per quello, in quel momento. Percorse il corridoio a piedi nudi e si fermò a raccogliere l'asciugamano, che era ancora lì dov'era caduto, rivelando il suo corpo agli occhi di Carla. Andò in camera sua e, visto che non aveva tempo per farsi di nuovo la doccia, si infilò dei pantaloni da tuta e un paio di scarpe e uscì dalla porta.

Lei lo aspettava sulla soglia, ancora avvolta nel morbido accappatoio. La fascia non era annodata, quindi era nuda, solo per i suoi occhi. Deglutì a vuoto: era l'invito più irresistibile che gli avessero mai rivolto.

«Ciao, bellezza,» disse.

Il Coach Bass multava i giocatori che arrivavano in ritardo agli allenamenti, quindi non poteva fermarsi. Raccolse tutta la sua forza di volontà e le soffiò un bacio, poi agitò la mano in segno di saluto e scese le scale più in fretta che poteva, prima di cambiare idea.

Buttò la sua roba dentro l'armadietto e salì sul tapis roulant. Era carico d'energia, il suo passo era rapido e sicuro e si sentiva leggero. I ricordi della sua avventura con Carla gli balenarono nella mente, lasciandogli un sorriso sulle labbra mentre correva per riscaldarsi. Non notò le occhiate curiose e i commenti dei suoi compagni di squadra, era totalmente concentrato.

«Qualcuno è felice, oggi,» disse Griff, prendendo in mano un solo bilanciere.

«Io credo che qualcuno si sia fatto una scopata,» replicò Buddy.

«Ecco! Non riuscivo a capire esattamente cosa fosse successo. Sì, Trunk ha scopato stanotte,» concordò Bull.

«Chi è la fortunata signorina?» domandò Devon Drake.

Trunk si sentì arrossire. «Ragazzi, sapete che non sono uno che prima bacia e poi si vanta.»

«E chi ha detto nulla dei baci? Non me ne frega un cazzo di chi hai baciato. Chi ti sei fatto?» chiese Griff.

Gli uomini risero, ma Trunk si limitò ad aumentare la velocità del tapis roulant.

«È in imbarazzo, quindi dev'essere qualcuno che conosciamo,» dedusse Bull.

«Mhmm, Chrissy?» azzardò Buddy,

«Chiudete il becco, ragazzi.»

«Credevo che lei andasse a letto con Anthony,» ribatté Bull.

«Quello è successo la scorsa stagione,» lo corresse Devon. «Rimani sempre indietro, quando si parla di queste cose.»

«Andiamo, Trunk,» supplicò Buddy.

«Chiudete il becco, cazzo,» ripeté il difensore, assottigliando le labbra.

«Vediamo, alloggia al *Savage Beast*. Quindi, dev'essere Carla!» disse Devon.

A Trunk venne voglia di dargli un pugno in faccia.

«Nah. Ma scherzi? Carla? Lei è decisamente troppo schizzinosa per accontentarsi di Trunk,» ribatté Griff.

Il difensore sospirò e rallentò fino a camminare sul tapis roulant. *Grazie a Dio.* Se avessero indovinato, sarebbe stato nei guai. Chiunque avesse provato a prendere in giro Carla si sarebbe beccato un pugno, e non gli sarebbe per niente piaciuto dover pestare uno dei suoi compagni di squadra.

I ragazzi cambiarono argomento.

«Tuffer Demson ce l'ha, la ragazza?» chiese Bull.

«Credo di aver visto una mucca nei campi. Penso che stesse aspettando lui.» Buddy ridacchiò.

«È un miglioramento, rispetto alla capra che lo aspettava accanto alla sua macchina dopo l'ultima partita,» aggiunse Bull.

«Era carina, per essere una capra,» rise Devon.

La testa del Coach fece capolino dalla porta. «In campo, ragazzi. L'allenamento inizia tra dieci minuti.»

Gli uomini tornarono nello spogliatoio a prendere le giacche pesanti, tutti tranne Griff e Trunk. Il quarterback afferrò la spalla del difensore.

«Ti posso parlare?» chiese.

«Certo, Griff. Che c'è?»

«So che vai a letto con Carla. Non ho detto nulla davanti ai ragazzi perché non volevo che scherzassero su di lei in modo volgare.»

Trunk sentì una fitta allo stomaco.

«So che lei ha un debole per te. Me l'ha detto un po' di tempo fa,» continuò Griff.

«Perché non mi hai detto nulla?» chiese il linebacker.

«Perché eri sposato, e felicemente, credevo. Ho deciso di non stuzzicare il can che dorme, sai?»

«E adesso?»

«Io stavo con Carla prima che ti conoscesse.»

«Eri tu quello?»

Griff annuì. «Le voglio bene.»

«Ma tu sei sposato, hai una moglie fantastica e due bambini,» gli fece notare Trunk.

«Non fraintendermi, amo mia moglie. Non c'è nessuno migliore di Lauren e non la tradirei mai, né la ferirei o la lascerei. Ma Carla è un'amica speciale, quindi voglio avvertirti. Se mai le dovessi spezzare il cuore o farle del male, te ne farò pentire. Capito?»

«Ehi, non hai nulla di cui preoccuparti. Lei è tutto per me.»

«La ami?»

«Non posso farne a meno,» confessò Trunk.

«Okay, allora. Fa' il bravo con lei, o dovrai risponderne a me.»

«Mi prenderò cura di lei. Te lo prometto.»

«Sei un uomo fortunato.»

«Sì, lo so.»

Griff gli diede uno schiaffo amichevole sulla schiena e poi i due uscirono in campo.

Capitolo Otto

Durante il volo verso il Nebraska, Griff, Buddy e Tuffer si misero a giocare a carte, mentre Lawson Breaker lesse un libro. Trunk non riusciva a rimanere seduto, gli mancava già Carla. Avevano passato un'ultima notte bollente insieme, poi lui si era dovuto presentare allo stadio per la partenza. Quella seconda notte gli aveva assicurato che la chimica tra di loro non era solo un'illusione. Forse era reale, ma era troppo presto per dirlo.

Non voleva pensare a cosa sarebbe successo quando le avrebbe detto la verità riguardo alla sua sterilità. Cercava di tenerla nascosta, ma alla fine tornava sempre a galla. Adesso, però, doveva concentrarsi sul football e dimenticarsi del fatto che forse stava correndo a canto miglia all'ora per farsi spezzare il cuore.

Il Coach Bass convocò lui, Griff e Tuffer per una riunione.

«Il Nebraska ha un nuovo quarterback. Sembra che Taylor si sia rotto la clavicola, quindi è fuorigioco. Quello nuovo, Clement Wills, è grosso. È alto un metro e novantatré, ma non troppo robusto. Ed è anche bravo, da quel che ho sentito,» annunciò. «State all'erta. Lo proteggeranno con tutte le loro forze, perché non hanno nessuno con cui sostituirlo. Magari potrebbero rimpiazzarlo con qualche coglione che si sono beccati per colpa di uno scambio sbagliato, ma non con un titolare. Questo renderà il vostro lavoro più difficile.»

«Possiamo reagire a qualsiasi loro tattica,» gli assicurò Tuffer.

«Non fare lo spaccone. Quelli non piacciono a nessuno,» ribatté l'allenatore.

«Grazie per il consiglio, Coach. Abbiamo capito,» disse Trunk.

«Contiamo su di voi,» replicò Pete.

Quando l'aereo atterrò, la temperatura era di un grado sotto lo zero e c'era il sole. La squadra era stata avvertita che le temperature sarebbero potute calare ancora quella mattina. Trunk ringraziò Dio, perché avrebbe giocato all'una del pomeriggio, e anche perché il fuso orario del Nebraska era indietro solo di un'ora rispetto al loro. Adattarsi a cambiamenti più importanti era sempre difficile, ma poteva gestire quella situazione senza problemi.

Il bus li portò al miglior hotel di Omaha e lui sorrise quando vide il letto a due piazze. Aveva bisogno di spazio, e quel letto era perfetto. Anche il resto della stanza era pulito e spazioso, e c'era una bellissima vista dall'alto della città. Avrebbe voluto che Carla potesse condividerla con lui. Accese la televisione e aprì la valigia, disfaceva sempre i bagagli prima di una partita. Avrebbero giocato il giorno dopo, quindi aveva una notte per rilassarsi.

Fu sorpreso di trovare una spessa sciarpa blu marino sopra i suoi vestiti ripiegati ordinatamente. Non era sua. La prese in mano e sentì che la lana era morbida e non pizzicava così se la avvolse attorno al collo e tornò a controllare il contenuto della valigia. Nascosto sotto un paio di calzini trovò un bigliettino:

Ho sentito che fa maledettamente freddo in Nebraska in questo periodo dell'anno. Questo dovrebbe tenerti caldo.

Carla

«Tu potresti tenermi al caldo in modo molto più efficace.» Trunk ridacchiò, ma si rigirò il regalo tra le dita e sentì il cuore riempirsi d'affetto. Carla aveva pensato a lui, si era preoccupata per lui e del tempo. Era una novità, perché nessuno si era mai preoccupato per lui. Sorrise. *Potrei abituarmi.*

Il Coach aveva fatto in modo che arrivassero di buon'ora, in modo da potersi abituare al nuovo ambiente e riposarsi in vista della partita. A nessuno dispiaceva stare un po' di più in viaggio, venivano trattati come le star che erano e non dovevano pagare per il cibo o gli hotel.

Trunk stappò una bottiglietta d'acqua, si sedette su una sedia comoda e si girò per guardare la grande finestra. *Se andassi allo strip club, stasera? Mary non mi chiamerà, non ho bisogno di farmi problemi.*

«Ehi, coglione! Sei là dentro?» La voce tonante di Bull interruppe i suoi pensieri.

Trunk aprì la porta per far entrare il suo amico e Bull si fiondò nella stanza e si sedette sulla sedia che occupava lui fino a un attimo prima. «Andiamo a vedere un film stasera.»

«Un film? Pensavo di andare in uno strip club.»

«Oh, andiamo, Trunk.»

«Che c'è? Ora che hai Samantha, non ci vuoi più andare? Lei non è qui, amico,» disse Trunk.

«Lo so, e allora? Quella merda non mi piace più. Sono un uomo impegnato.»

«Prima eri fantastico e adesso sei noioso. Andiamo, Bull. Un'ultima volta.»

«E la tua amica di letto dell'altra notte?» indagò Bull.

«Che c'entra lei?»

«Non ti preoccupa il fatto che potrebbe scoprire tutto?»

«Come potrebbe? Glielo dirai tu?»

Bull scosse la testa.

«Allora, non lo verrà mai a sapere,» concluse Trunk.

«Chi è, comunque?»

«Non importa.»

«Devi trovarti una brava donna, Trunk. Sei su una brutta china.»

«Che intendi?»

«Il tuo problema con l'alcol e gli strip club.»

«È solo per stanotte, okay?» si difese Trunk.

«Okay, ma niente alcol.»

«No. Non la notte prima della partita.»

«Potrebbero buttarci fuori.»

Trunk scoppiò a ridere. «I buttafuori dovrebbero essere belli grossi.»

Bull sorrise. «Puoi scommetterci il culo. Andiamo a fare shopping, voglio comprare qualcosa per Sam.»

«Le compri dei regali mentre sei in viaggio? Sei proprio un bravo marito.»

«Ci provo.»

I due uomini indossarono dei vestiti pesanti e uscirono in strada, fecero un giro in città, esaminando i negozi e arrivarono a un piccolo centro commerciale.

Bull trascinò Trunk all'interno. «Sam ha bisogno di guanti caldi. Forza.»

C'era una donna matura, ma di bell'aspetto dietro il bancone, e l'attaccante le fece tirare fuori diversi tipi di guanti. Glieli fece perfino provare, mentre Trunk osservava la scena in silenzio, almeno finché non li vide... un paio di guanti neri in pelle foderati di pelliccia.

«Potrei vederli?» chiese alla donna, indicando la vetrina.

«Sono molto belli. Un po' costosi, però,» replicò lei.

Lui la guardò dritta negli occhi. «Il prezzo non è un problema. Li proverebbe per me?»

La donna l'accontentò.

Trunk le prese la mano, facendola arrossire e ridacchiare, e immaginò che fosse quella di Carla, coperta da quel bellissimo pezzo di pelle. «Li prendo. Può farmi un pacchetto regalo?»

«Certo, signore.» La donna prese le due paia di guanti scelti da Bull e quello di Trunk e scomparve.

«Hai comprato qualcosa per la tua amica di letto?» indagò Brodsky.

«Non chiamarla così.»

«Allora, dimmi il suo nome.»

«Non posso e non voglio. Non ancora.»

«Okay, fa' pure il misterioso. La chiamerò come cazzo mi pare.»

«Non c'è bisogno che ti incazzi,» ribatté Trunk.

Prima che la discussione potesse scaldarsi, la donna tornò con due pacchetti rettangolari avvolti in una carta dai colori vivaci. Pagarono i loro acquisti e uscirono.

Cenarono insieme in una sala privata nell'hotel, poi ognuno andò per la sua strada.

Trunk picchiettò il dito sulla spalla di Bull. «Vediamoci all'ingresso tra quindici minuti.»

«Fai venti, devo chiamare a casa,» replicò il suo amico.

«La vecchia palla al piede, eh?» scherzò il difensore.

«Piantala.»

«Sto solo scherzando.»

Bull sollevò la mano in un cenno di saluto e si diresse verso l'ascensore. Trunk decise di fare le scale, e scosse la testa. *Devo smetterla di dire cose del genere a Bull riguardo a Sam. Sono geloso, devo ammetterlo. Vorrei che ci fosse qualcuno in attesa di una mia telefonata. Potrei chiamare Carla.* Controllò l'ora. *Nah. Probabilmente in questo momento il locale è pieno e lei sta correndo di qua e di là come una matta.*

Si lavò i denti, indossò una cravatta e andò all'ingresso per incontrarsi con il suo amico.

«Per prima cosa, io non ordinerò nessuna lap dance, okay?» annunciò Bull.

«Senti, ci guardiamo in giro, ci beviamo una Coca e poi torniamo in hotel, okay?»

«Per me va bene. Comunque, ho detto a Sam dove saresti andato.»

«Tu cosa?» Trunk si bloccò e alzò le sopracciglia.

«Non ho segreti con Samantha. Non voglio che mi telefoni e si chieda dove sono, se non rispondo.»

«Ti tiene al guinzaglio.»

«Forse, ma a me piace.»

«Che ha risposto, quando gliel'hai detto?»

«Non era contenta, ma si fida di me.»

«Bene. Andiamo, amico,» disse Trunk, tenendo la porta aperta per Bull. Girò a sinistra e si avvolse la sciarpa che gli aveva regalato Carla attorno al collo. *Ma che sto facendo?*

Bull si fermò alla fine dell'isolato. «Sei sicuro di volerlo fare?»

«C'è un locale a tre isolati da qui, su una stradina laterale. Daremo un'occhiata. Se è affollato, ce ne andremo.» Trunk sentì il freddo pungergli la punta del naso, riusciva a vedere il suo respiro nell'aria.

L'attaccante controllò il suo orologio. «Hai un'ora, Trunk,» lo avvisò.

«Dovrebbe bastare.»

Arrivarono davanti a un edificio con le finestre oscurate. Un'insegna rossa e bianca annunciava il suo nome, *The Wet T-Shirt,* e sulla porta era dipinta l'immagine in stile cartone animato di una donna prosperosa con addosso una maglietta aderente e fradicia. Fuori c'era un uomo massiccio con le braccia incrociate sul petto, che controllò i loro documenti, prese i soldi del biglietto e poi si scostò per farli passare. Bull occhieggiò il bar e ci trascinò Trunk, ordinarono due bevande analcoliche e poi cercarono un posto vicino al palco, largo quanto una fetta di pane. La musica era talmente forte che riduceva le conversazioni al minimo. C'erano una dozzina di tavolini e circa una mezza dozzina di clienti.

Bull e Trunk presero le loro bibite e si sedettero davanti a un piccolo palco dove due ragazze si contendevano la scena. La bionda indossava un perizoma a laccio, il suo grosso seno a malapena contenuto dal minuscolo top di un bikini che ballonzolava mentre sembrava facesse l'amore con il palo. La rossa indossava un bikini identico e altrettanto stretto e ballava seguendo la musica, il suo seno era più piccolo ma rimbalzava comunque al ritmo della musica.

Le pareti erano dipinte di uno squallido, lurido grigio chiaro, mentre i tavoli e le sedie erano verniciati di nero, ma la vernice era scheggiata. Gli venne in mente la parola *sordido*. Le donne non sorridevano, sembravano annoiate, anche se si sforzavano di essere sexy era evidente che non ci riuscissero molto bene. Lasciò vagare lo sguardo su di loro. *Carla ha un corpo più bello.*

«Perché non sono nude? Posso vedere tutto questo gratis in spiaggia,» chiese al suo amico.

Bull scosse la testa. «Dev'essere una legge o qualcosa del genere.»

Trunk corrugò le sopracciglia e alzò le spalle.

Una ragazza dai capelli scuri in un abito quasi inesistente uscì da una stanza sul retro e li raggiunse. «Mi offrite un drink?» chiese.

«Sicuro,» rispose Trunk. «Cosa bevi?»

«Un Cosmo,» disse lei, e fece cenno al barista, che le portò il drink. Bevve un sorso e aggiunse: «Allora, di dove siete?»

«Del Connecticut?»

«Sei sposato?» La domanda era rivolta a Bull.

«Sono solo qui per tenere compagnia al mio amico,» rispose l'attaccante, abbassando lo sguardo sul suo orologio.

«Hai figli?» chiese Trunk di punto in bianco. Non parlava mai della vita reale con le tipe degli strip club.

«Sì, e allora?» chiese la donna, assumendo improvvisamente un tono aggressivo.

«Non volevo offenderti, ero solo curioso. Dev'essere dura lasciarli per venire qui a fare questo.»

Lei bevve un grosso sorso. «Non mi giudicare, signorino.»

«Non ti sto giudicando, sto cercando di capire.»

«Tu hai figli?»

Trunk scosse la testa.

«Allora, non puoi capire.»

«Io credo di sì.» Il difensore prese una banconota da cento dollari dal portafogli e gliela infilò nella parte inferiore del bikini.

«Cosa vuoi?» chiese la donna.

«Niente. So che ti servono.»

«Una lap dance? Ehi, non dovremmo farlo, ma potrei farti una sega qui e ora,» insistette la donna, e allungò una mano verso la sua zip.

Trunk strinse saldamente le dita lunghe attorno al suo polso minuto e lo immobilizzò, poi la guardò negli occhi. «Ti ho detto che non voglio nulla. Dico sul serio.» Riportò la sua mano sul tavolo.

«Ehi, amico, chi sei, Babbo Natale?»

Trunk e Bull si scambiarono un'occhiata e scoppiarono a ridere.

«Potresti dire così.» Bull ridacchiò.

Trunk controllò di nuovo l'ora. «È ora di andare, Bull. Prenditi cura di te stessa, dolcezza. Va' a casa, dai tuoi bambini. Guarda un film insieme a loro, prepara i popcorn. Sii una mamma.» La diede un colpetto amichevole sul braccio, scostò la sedia e si alzò. Bull seguì il suo esempio.

«Grazie, amico,» esclamò la donna mentre se ne andava.

Un attimo più tardi, si immersero di nuovo nella gelida aria di Omaha. Trunk si avvolse più strettamente nella sua sciarpa. Il profumo del tessuto gli ricordò Carla e sorrise, sapendo che lei avrebbe approvato quel che aveva appena fatto. Aveva le mani e i piedi freddi, ma il suo collo era al calduccio.

«Bel lavoro là dentro,» disse Bull, e rabbrividì.

«Già. Un passaggio incompleto.»

I due uomini ridacchiarono.

Quando tornarono in hotel, Trunk andò nella sua stanza, si spogliò e si mise a letto. Prese il cellulare e chiamò il numero di Carla, e una voce stanca gli rispose.

«Come va, bellezza?» la salutò.

«Al?»

«Già. Ti ho pensata. Grazie per la sciarpa. Avevi ragione, qui mi sto congelando il culo. Tu come stai?»

«Sono stanca, ma è stata una bella giornata. Tutto okay?»

«Sì. Domani c'è una grande partita.»

«Davvero?»

«Giochiamo contro gli Huskers. Hanno avuto una stagione piuttosto buona e hanno un nuovo quarterback. Sei già a letto?»

«Dove altro dovrei essere?»

«Vorrei essere lì con te.»

«Vuol dire che siamo in due. Dimmi del nuovo quarterback.»

Trunk si sdraiò, piegò un braccio sotto la testa e iniziò a riferire il racconto che aveva sentito dal Coach, mentre Carla ogni tanto mormorava per indicare che lo stava ascoltando. Quando infine si diedero la buonanotte, il lineman spense la luce e cadde in un sonno profondo e riposante.

TRUNK CORSE IN CAMPO con Griff Montgomery e Tuffer Demson. Griff perse il lancio.

«Porta sfortuna, giusto?» gli chiese Tuffer.

«'Fanculo la fortuna. Concentrati, ragazzino, e muovi il culo.» Quando gli Huskers scelsero di andare in ricezione, Trunk si mise l'elmetto e si unì alla formazione. Il run back che seguì il kickoff fu impressionante e portò gli Huskers sulla linea delle quarantacinque iarde dei Kings.

Dopo lo snap, Trunk partì a tutta velocità, ma venne bloccato da un enorme linebacker attaccante. Quell'uomo era come un muro di pietra, che si spostava da sinistra a destra ogni volta che lui si muoveva. Il quarterback dei loro avversari effettuò uno splendido passaggio prima che Tuffer potesse superare la loro solida linea di difesa. Il giocatore che lo bloccava si fece da parte dopo che la palla lasciò le mani del quarterback e Demson sbatté contro il giocatore che aveva effettuato il passaggio, commettendo un fallo e subendo una punizione di quindici iarde per aver *aggredito un giocatore durante il passaggio.* Quella penalità, unita alle dodici iarde conquistate dagli Huskers, li spedì nella zona rossa.

Devon Drake riuscì a bloccare il ricevitore di punta dell'altra squadra e il resto della difesa ricacciò indietro i loro runner, quindi il team del Nebraska dovette accontentarsi di un field goal. Quando ripresero il controllo della palla, gli attaccanti dei Kings si affrettarono a proteggere Griff Montgomery, che però venne comunque atterrato due volte. A metà partita, il quarterback uscì dal campo insieme alla sua squadra, lentamente. Il punteggio era di sei a zero a favore degli Huskers.

Negli spogliatoi, il Coach Bass diede di matto. «Sono sempre le piccole squadrette di merda, quelle che non hai nemmeno mai sentito nominare, che ti fregano. Beh, noi non ci faremo fregare. È l'ultima volta che quegli Huskers del cazzo ci fanno un sack!» Per primo, prese da parte Bull, e poi toccò a Tuffer e Trunk. «State attaccati come gemelli siamesi e prendete di mira il bestione. Quando si lancia verso di voi, separatevi e andate in direzioni opposte. Questo lo confonderà, non sembra troppo intelligente. Poi, muovete il culo e atterrate quel figlio di puttana,» li istruì.

I due uomini annuirono e poi tutti i giocatori buttarono giù un succo di frutta.

«Potete farcela. Credete in voi stessi, perché io credo in voi. Non lasciate che quegli stronzetti di Cowtown vi battano, potete sconfiggerli. Qui le mani. Pronti?» disse il Coach.

I Kings lanciarono il loro tipico grido e tornarono in campo.

Furono loro a ottenere il kickoff. Il running back, Harley Brennan, portò la palla sulla linea delle venticinque iarde, poi Bullhorn Brodsky e Lawson Breaker procurarono a Griff il tempo che gli serviva per completare un catch and run insieme a Buddy Carruthers.

Il ricevitore conquistò altre venti iarde, dopo aver ricevuto il passo di venti iarde del quarterback. Così, la squadra si guadagnò un first down e quaranta iarde. Erano tornati in gioco. Finalmente, i movimenti dei lineman, dei wide receiver e del quarterback erano coordinati e in sincronia.

Buddy e Harley avevano tutta la protezione di cui avevano bisogno. Breaker e Bull aprirono un passaggio perfetto per Brennan, che corse tra di loro e segnò un touchdown. Adesso il punteggio era sette a sei, i Kings erano in testa di un punto. Entrambi i team riuscirono a effettuare dei field goal nel terzo quarto della partita, e la partita tra di loro si fece più intensa, mentre l'uno ricorreva a tutta la sua determinazione per vincere, l'altro faceva del suo meglio per impedirglielo.

Gli Huskers ricevettero la palla quando i Kings effettuarono un punto durante un fourth down. Trunk fece il segnale a Tuffer, e subito dopo lo snap, i due batterono le spalle tra di loro e si diressero verso il quarterback avversario, quasi come se stessero danzando un numero coreografato a Broadway. L'enorme linebacker avanzò verso di loro.

Trunk iniziò a sudare. Osservò l'altro giocatore che si avvicinava e, non appena arrivò a un metro da loro, diede di gomito a Demson. Si separarono e ognuno corse in una direzione diversa. Il colosso guardò di qua e di là, perplesso: quell'azione di gioco era stata creata proprio per confondere l'avversario. Dovevano far sì che il gigante continuasse a chiedersi cosa fare, magari anche spingerlo a scegliere l'uomo sbagliato da bloccare. In un attimo, il giocatore degli Huskers si lanciò all'inseguimento di Tuffer, e Trunk corse verso il quarterback.

Gli girò attorno rimanendogli alle spalle, nascondendosi al giocatore avversario, che stava per effettuare il passaggio. Balzò in aria proprio quando Wills tirò indietro il braccio per tirare la palla, lui fece contatto e gli strappò di mano il pallone di cuoio, e se lo premette contro lo stomaco prima di cadere a terra pesantemente. Non appena fu a terra, i linebacker attaccanti degli Huskers si gettarono su di lui e cercarono di prendergli la palla. Trunk non ero uno sciocco e si rannicchiò attorno a essa, portandosi le ginocchia al petto, poi chiuse gli occhi e si chiese dove diavolo fosse Tuffer. *Cristo, spero che stia bene.*

Il suono del fischietto e il silenzio improvviso del pubblico gli fecero battere le palpebre e poi spalancare gli occhi, mentre l'arbitro trascinava via i bestioni dalla pila. Trunk gli porse il pallone e si rimise in piedi. L'ufficiale segnalò con un gesto che i Kings avevano il possesso della palla, scatenando le rumorose grida di disappunto dei fan del Nebraska. Trunk lanciò uno sguardo alla panchina e sorrise allegramente, quando vide il Coach Bass saltare tra le braccia di Hank Montgomery per la gioia.

Tuffer lo raggiunse e insieme fecero il giro del campo per lasciare spazio agli attaccanti. Griff gli diede una pacca sulla schiena, mentre gli passava accanto e i suoi compagni di squadra gli corsero tutti incontro, quando arrivò a bordocampo. Qualcuno gli gettò una specie di mantello sulle spalle e gli porse dell'acqua.

Il Coach Bass si sporse verso di lui. «Ben fatto, ragazzi. Ben fatto.»

Trunk e Tuffer si sorrisero e batterono i pugni, poi tornarono a concentrarsi sul campo. Trunk si strinse nella coperta per stare al caldo e osservò la battaglia tra gli attaccanti per guadagnare più terreno. Marquel Johnson e Harley Brennan presero possesso della palla a turno, mentre Caleb Turner e Buddy Carruthers lottarono per smarcarsi in attesa di ricevere i passaggi di Griff.

Gli Huskers lottarono con tutte le loro forze, ma l'attacco dei Kings filava come una macchina ben oliata e continuava a conquistare un first down dopo l'altro, riuscendo a procedere fino alla zona rossa, negli ultimi quattro minuti dell'ultimo quarto di gioco. Trunk sentì una stretta allo stomaco, mentre guardava i suoi compagni sforzarsi di non lasciar cadere la palla con le dita gelate. Bull e Kid si stavano stancando, ma non avevano intenzione di arrendersi. C'erano tre gradi e un vento leggero, il freddo sembrava rinvigorirli, ma allo stesso tempo consumava le loro energie.

«Almeno non sono troppo accaldati,» disse Mahoney a Tuffer.

«No, a me invece si stanno ghiacciando le palle,» replicò Demson, e batté i piedi per terra per non congelarsi le dita dei piedi.

Le squadre erano ancora separate da un solo punto, il punteggio era di quattordici a tredici, ma gli Huskers continuavano a ribattere ai Kings punto su punto. Griff organizzò una finta, Trunk sapeva che Marquel era un'esca e che sarebbe stato Harley a ricevere la palla. Breaker avanzò lungo il campo a tutta velocità, raggiunse Brennan e si intrufolò oltre la difesa. Harley si lanciò verso la goal line, ma un difensore balzò verso di lui. Breaker chinò il capo, alzò le spalle e colpì il linebacker al petto. Crollarono entrambi a terra e Brennan, che aveva accelerato, sfrecciò oltre la goal line. Lanciò la palla e poi tornò indietro a controllare come stava Kid.

Lawson Breaker si stava rotolando a terra, e Trunk sospettava che si fosse slogato la spalla. L'altro tizio era sdraiato sul campo, immobile. Di nuovo, il silenzio calò sulla folla. Gli assistenti allenatori di entrambi le squadre corsero in campo. Breaker riuscì ad alzarsi e venne scortato fuoricampo. Trunk fece una smorfia, conosceva il dolore che avrebbe provato quando gli avrebbero rimesso a posto la spalla.

Il giocatore degli Huskers che era stato atterrato si girò su un fianco, sembrava che l'urto gli avesse mozzato il respiro. Al sorrise. Non desiderava mai che qualcuno subisse un infortunio permanente. Sapeva che Lawson si sarebbe sentito molto meglio, quando avrebbe saputo che il suo avversario non si era fatto troppo male.

Robbie Anthony entrò in campo e calciò un punto extra.

Trunk si rimise l'elmetto e diede un colpetto sulla spalla a Demson. «Ora tocca a noi,» lo avvisò, e corse fino alla linea della mischia.

Tuffer lo seguì. Il clima, la determinazione dell'altra squadra e il poco tempo rimasto misero a dura prova la difesa, ma dovevano bloccare gli Huskers. La vittoria era a portata di mano, se solo non avessero rovinato tutto. Tuffer e Trunk effettuarono di nuovo la loro azione sul gigante degli avversari. Dopo un po', lui capì e portò con sé un compagno di squadra. A quel punto, dovettero inventarsi una nuova azione di gioco.

Decisero di cambiare formazione. Una volta, Tuffer partì per primo e Trunk si nascose dietro di lui, e un'altra, invertirono i ruoli. Dovunque il colosso andasse, il giocatore nascosto alle spalle del suo compagno andava dalla parte opposta. Riuscirono a completare altri due sack e a irritare tanto il loro avversario che rinunciò ai passaggi e cominciò a correre durante ogni azione, anche se questo gli faceva perdere tempo.

Devon Drake si impegnò di più e riuscì a bloccare i ricevitori degli Huskers e a impedire loro di completare le azioni. Infine, intercettò un passaggio. Trunk corse subito verso di lui, costringendo le sue gambe a correre a tutta velocità. Affiancò il cornerback e tenne a bada gli Huskers finché Dev non raggiunse la zona rossa. L'orologio segnalava che rimanevano solo venti secondi, quando Drake, Demson e Mahoney riconquistarono il campo per i loro attaccanti.

Griff Montgomery si mise in ginocchio, e la partita finì. I Kings andarono in delirio. Il Coach Bass ballò per un attimo, poi andò a congratularsi con gli Huskers per la bella partita.

Trunk alzò l'indice e diede inizio al coro. «Uno!»

Ben presto, tutti i Kings lo imitarono. C'era solo un'altra partita a separarli dal Super Bowl. Entro una decina di giorni, avrebbero giocato contro i Chicago Panthers, per guadagnarsi il diritto di competere nella finale. Trunk era su di giri, non vedeva l'ora di tornare in Connecticut a festeggiare. Di tornare al *Savage Beast* e dalla sua ragazza.

Un messaggio attirò la sua attenzione. Era da parte del suo avvocato.

Hanno rinunciato a presentarsi in tribunale. I documenti sono stati firmati e approvati dal giudice. Sei un uomo libero. Congratulazioni.

Il sollievo si mischiò ala tristezza dentro di lui: Al Mahoney era nuovamente single. Era pronto per ricominciare a uscire con le donne? Scosse la testa. Stavolta, avrebbe gestito la cosa diversamente. Se solo avesse avuto la certezza che il suo *problema* non gli sarebbe stato d'ostacolo nella ricerca del vero amore...

Rubare la palla e vincere la partita lo fece sentire più deciso. Avrebbe trovato l'amore di cui aveva bisogno, che si meritava e che non aveva mai avuto. Era il momento del suo trionfo, della sua felicità. Nessuno gli avrebbe messo i bastoni tra le ruote. Sperava che Carla fosse la risposta alle sue preghiere, ma se non fosse riuscita a sopportare quella situazione, avrebbe trovato qualcun altro.

«Siete stati fantastici, ragazzi! Ottima partita. Adesso, portate quei culi congelati sul bus e andiamo a casa. È ora di festeggiare,» disse il Coach Bass.

I suoi uomini manifestarono la loro approvazione con un assordante urlo di gioia.

Capitolo Nove

Sul bus, i compagni di squadra di Trunk gli batterono il cinque e gli diedero pacche sulle spalle e schiaffi sul sedere mentre percorreva lo spazio tra i sedili, fino al posto che Bull gli aveva tenuto. Dormì per tutto il viaggio in aereo e si svegliò, intontito, all'aeroporto di New York City.

Scrisse a Carla che sarebbe arrivato a casa molto tardi, poi si riaddormentò, mentre il lungo veicolo usciva dal Kennedy Airport e si dirigeva verso Monroe.

I giocatori vennero lasciati allo stadio. Le mogli di alcuni di loro li aspettavano pigramente nelle loro auto, ma altri salirono in macchina e guidarono fino a casa da soli. Trunk alzò il riscaldamento al massimo e uscì dal parcheggio. Guidò in silenzio, era l'una e mezza del mattino e le strade erano vuote. Quando svoltò l'angolo, notò che c'erano luci accese tutto attorno alla porta d'ingresso del *Beast*. Quella vista gli scaldò il cuore, Carla le aveva accese per lui. Nessuno l'aveva mai fatto prima.

Tirò fuori la chiave e la girò nella serratura.

«Beh, Cristo, era ora!» lo salutò la sua donna preferita.

«Sei ancora in piedi?» le chiese.

«Cavoli, sì. Non hai fame?»

Trunk la fissò.

«Ho messo a riscaldare un hamburger sulla griglia. Ci sono anche delle patatine fritte.»

Carla sparì in cucina e, cinque minuti più tardi, ne riemerse con un piatto pieno del suo cibo preferito. Il difensore si sedette a un tavolo, all'improvviso il suo appetito era fuori controllo.

«E ti ho tenuto da parte anche un pezzo di quella nuova cheesecake. Sai, quella roba ottima che prendiamo da Patina? Ne è rimasta una fetta e c'è il tuo nome scritto sopra.»

Trunk si bloccò. Carla gli aveva messo da parte la cheesecake. Gli occhi gli si riempirono di lacrime, e per un attimo, fu di nuovo a casa di sua zia, quando faceva le superiori.

Quando tornò a casa dopo l'allenamento di football, la cena era già terminata. Sua zia gli aveva messo da parte un piattino di avanzi. Era lì sul tavolo, freddo come il ghiaccio e coperto da un tovagliolo di carta. Si avventò sul cibo, poi vide la teglia vuota.

«Scusa, Al, la torta è finita molto in fretta. Sai come sono tutti, e tu eri così in ritardo. Non sapevamo nemmeno se avessi già mangiato. Martha ha scommesso che ti fossi fermato a cena da un amico, quindi l'hanno finita.»

Al aveva tanta fame che si sarebbe mangiato perfino la colla per la carta da parati, se ne avesse avuta. La rabbia si mescolò alla tristezza nel suo cuore. Non lo consideravano neanche. Sua zia si era inventata quella storia, ma sapeva che non avevano mai nemmeno pensato a lui. Si erano semplicemente seduti a tavola e avevano divorato tutto quel che c'era.

Non che avessero un sacco di soldi, ma venivano pagati dallo Stato per prendersi cura di lui. Sarebbe rimasto in affidamento da loro finché non avesse compiuto diciott'anni, anche se era un parente. Mangiò quel poco che c'era e poi tornò in camera sua e prese un borsellino che teneva nascosto. Lì metteva da parte i soldi che guadagnava spazzando le foglie, tagliando l'erba e facendo altri lavoretti. Tirò fuori tutto quel che gli rimaneva, ovvero tre dollari.

Non aveva la macchina, così prese in prestito la bici di suo cugino e si diresse verso il fast-food più vicino. Non si aspettava che la moglie del suo coach si fermasse accanto a lui davanti al semaforo rosso.

«Al Mahoney. Che ci fai qua fuori a quest'ora di notte?» gli chiese.

«Vado a mangiare un hamburger al Frosty Freeze,» le rispose.

«Al Frosty Freeze? Cielo, ho ancora una torta alla pesca che ho preparato questo pomeriggio e il Chili che abbiamo mangiato a cena. Perché non risparmi un po' di soldi e mi segui fino a casa?»

«Non vorrei disturbare, signora Lawrence.»

«Nessun disturbo. Sei il nostro linebacker di punta, è il minimo che possa fare per te. Andiamo, Al. Non accetterò un no come risposta.»

Trunk seguì la signora Lawrence fino a casa sua in bici. Quella donna gli piaceva. Era sicuro che sapesse quant'era difficile la sua vita, ma non si lasciava mai sfuggire nulla. Spesso lei e il Coach l'avevano invitato a mangiare a casa loro, in genere l'allenatore lo accoglieva offrendogli una bibita, mentre sua moglie gli riscaldava una scodella di Chili e gli tagliava una generosa fetta di torta. Nessuna torta era buona quanto la torta alla pesca della signora Lawrence. Il Coach discuteva di football con lui mentre mangiava.

Il Coach e sua moglie erano stati come dei genitori per lui, tranne per il fatto che avevano già tre figli di cui preoccuparsi. Ma quando includevano Al nel gruppo, diventavano la sua famiglia, anche se solo per una sera. Purtroppo, aveva perso i contatti con il Coach Lawrence e la sua famiglia dopo il college.

E ora, ecco Carla che cucinava solo per lui e gli teneva da parte quella delizia invece di mangiarsela. Non sapeva come reagire. Le parole gli si gelarono in gola, le emozioni gli strinsero il petto fino a soffocarlo. Non riusciva a respirare, la sua donna gli aveva tolto il fiato con la sua gentilezza.

«Che c'è? L'hamburger ha qualcosa che non va?» chiese Carla.

Trunk scosse la testa, lottando per ricominciare a spingere l'aria dentro e fuori dai polmoni senza scoppiare a piangere.

«Mangia, allora.»

Carla tornò al bancone, prese due bicchieri puliti e li riempì di ghiaccio. Aprì una lattina e divise la bibita tra di loro, poi completò i drink con la limonata di un cartone nel frigo del bar. Bevve un sorso, sorrise e portò i bicchieri al tavolo.

«È ottimo, Carla. Grazie,» le disse, prendendo in mano l'hamburger.

«Provalo. Puoi berne uno insieme a me, invece di prenderti un whiskey,» propose la barista.

Trunk assaggiò la bevanda. «È davvero buono.»

«Visto? Non serve l'alcol.»

Quando finì di mangiare, Trunk spostò il piatto principale e si avvicinò quello più piccolo con sopra il dessert. Spalancò gli occhi, guardando il dolce umido. Adorava la cheesecake, ma chi non la amava? «Ne vuoi un po'?» chiese, sperando che Carla rifiutasse.

«Io ho già mangiato la mia. Questa è tutta per te,» rispose lei.

Quelle parole furono musica per le sue orecchie, non le aveva mai sentite prima. Sebbene il suo appetito non fosse soddisfatto e fosse in grado di mandar giù il dessert in tre morsi o giù di lì, prese piccoli bocconi per farlo durare di più. Lo fece rotolare sulla lingua per gustarne i diversi sapori e assaporarne il gusto ricco.

«È incredibile.» Le prese il viso tra le mani e la baciò. «Sei una su un milione, Carla.»

«È solo della cheesecake, Al. I loro dessert daranno un incentivo alla mia attività. Ora, raccontami della partita. Per un attimo ho creduto che fossi spacciato,» disse la barista.

«Quando ho rubato la palla?»

«Sì, è stata una brutta caduta.»

«Mi ha anche lasciato dei lividi. Domani farò un bagno allo stadio.»

«Sei stato un eroe. Sono fiera di te.»

Trunk abbassò lo sguardo sul cibo, il suo complimento gli fece provare piacere e allo stesso tempo imbarazzo. «È il mio lavoro.»

«Sei stato fantastico. Che partita!»

Tra un boccone di dolce e l'altro, Al ricostruì la partita per Carla. Lei rimase seduta lì a sorseggiare il suo drink speciale e ascoltarlo, si fecero le due e mezzo prima che la coppia, esausta, si trascinasse su per le scale.

«Stanotte sono troppo stanco per divertirmi, ma posso dormire comunque nel tuo letto?» chiese Trunk.

Carla ridacchiò. «Certo.»

Il difensore si sfilò i vestiti, ma si girò quando udì un verso sorpreso.

Carla gli fissava la schiena.

«Che c'è?»

«Maledizione, hai dei grossi lividi.»

«Non è niente. Svaniranno prima della prossima partita.»

«E quand'è la prossima partita?»

«Ho dieci giorni liberi.»

«Devi riposare.»

Guardò Carla spogliarsi e scostare le coperte e studiò il suo corpo, confrontandola nella sua testa con le ragazze allo strip club. C'era qualcosa di tenero, caldo e sexy in lei, mentre le altre donne avevano un'aria dura e visi simili a maschere, che esprimevano la loro fragilità. Non c'era nulla di gentile in loro.

Si unì a lei, avvicinandosi lentamente finché non poté stringerla tra le braccia.

Carla rabbrividì. «Si gela,» disse, premendosi contro il suo petto.

«Ti scaldo io.»

«Lo fai sempre,» rispose ridacchiando.

Trunk inspirò il gradevole odore della sua pelle e quel che rimaneva del suo profumo. Aveva un buon odore. Le strofinò il naso contro il collo e la strinse più forte, poi alzò le coperte. Carla si lasciò sfuggire un lieve sospiro, fece un respiro profondo, e si rilassò contro di lui.

«Mi sei mancata,» sussurrò Al.

«Bentornato a casa.»

LA STANCHEZZA E I LIVIDI tennero Trunk confinato a letto fino alle undici della mattina seguente. Quando aprì gli occhi, Carla se n'era già andata e il letto vuoto lo fece deprimere perché gli ricordava la sua vita matrimoniale.

Carla non è Mary.

Si sedette e si grattò il viso ispido, quando lei rientrò nella stanza. Indossava un accappatoio soffice e si stava tamponando i capelli con un asciugamano.

«Buongiorno, dormiglione,» lo salutò.

«Perché non mi hai svegliato?» le chiese.

«Perché eri così carino, e poi ho pensato che avessi bisogno di riposo. Ieri è stata una lunga giornata.»

Al sorrise. «Hai ragione su tutta la linea.»

Carla gli tirò un cuscino. «Come fai a sapere che sei carino?» scherzò.

Lui allungò le braccia e, prima che lei potesse anche solo battere le palpebre, gliele passò attorno alla vita e la trascinò sul letto. Lei prese un altro cuscino e glielo sbatté in faccia. Trunk rise, strappandoglielo dalle manie lanciandolo da parte, poi le tenne ferme le mani e calò la bocca sulla sua.

Quel bacio fu dolce. Liberò una mano per infilargliela sotto l'accappatoio e strizzarle il seno, e Carla si inarcò verso di lui. Sentiva il sangue corrergli tra le gambe, ma poi il suono del campanello al piano di sotto li interruppe.

«Cavoli!» Carla si sedette di scatto, gettò le gambe oltre il bordo del letto, si alzò in piedi e diede un'occhiata fuori dalla finestra. «Maledizione. La consegna.»

«Merda.» Trunk si lasciò ricadere contro la testiera.

«Il lavoro in un bar non finisce mai.» Carla si infilò i leggings e un top lungo e andò alla porta mentre il campanello suonava di nuovo. «Sta' calmo!» strillò.

Trunk scostò le coperte e si alzò dal letto senza fretta, si sentiva rigido. Si guardò nello specchio a figura intera, osservando il proprio corpo, e scoprì che aveva diversi lividi sulla spalla e sul fianco. Aveva in programma una giornata tranquilla da passare a rimettersi in forze. Andò in bagno a piedi nudi e aprì l'acqua della doccia. Mentre il getto lo riscaldava, cantò una canzoncina sporca dei tempi del college.

Quando scese le scale, il bar fremeva d'attività. Lunedì era il giorno delle consegne, quindi Carla faceva avanti e indietro dalla cucina al bar, dall'ingresso al retro, con in mano un portablocco, mentre abbaiava ordini. Doodles era già arrivato, ma aveva l'aria insonnolita. Seguendo il delizioso aroma del caffè caldo, Trunk si insinuò tra di loro e andò in cucina.

Si riempì una tazza del contenuto della caraffa piena, poi si sedette pesantemente a un tavolo in un punto dove non avrebbe dato fastidio. Quel trambusto gli faceva ribollire il sangue. Aveva un appuntamento con la dottoressa McMillan, quel pomeriggio, ma prima avrebbe fatto un bagno caldo allo stadio.

Brandendo una tazza di caffè, Carla fece un respiro profondo e lo raggiunse.

«Fai un caffè ottimo, piccola,» le disse, tenendo lo sguardo fisso su di lei.

La barista fece un ampio sorriso. «Il lunedì è il giorno della consegna dei documenti, i piatti di ricambio, la lavanderia e i bicchieri. La carne, il formaggio, le patatine e le altre merci arrivano giovedì. Devono essere freschi, per essere i migliori,» spiegò.

«Hai una reputazione da mantenere.»

«Assolutamente.»

«Comunque, ieri il mio avvocato mi ha detto che sono un uomo libero. Tutti i documenti sono stati accettati e il divorzio è stato finalizzato,» annunciò Al.

«Congratulazioni. Almeno quella parte è finita.»

«Adesso, dovrò rifarmi una vita.»

«Ci riuscirai.» Carla gli diede un colpetto sul braccio e si alzò in piedi.

Trunk le diede un bacio d'addio, poi fece una rapida colazione alla tavola calda, andò allo stadio ed entrò nello spogliatoio.

Tuffer Demson era appena uscito dalla vasca, che era quasi vuota e pronta per essere riempita di nuovo. Trunk si spogliò velocemente, ma il suo compagno di squadra rimase lì con un asciugamano avvolto attorno alla vita.

«Quant'è grave?» gli chiese Trunk.

«Non è così terribile,» rispose l'altro linebacker, e si voltò, dandogli le spalle. Aveva un grosso livido proprio in mezzo alla schiena.

«Non è così male, ma è stata una partita dura. Quel gorilla degli Huskers, che razza di mostro.» Trunk si lasciò scivolare nell'acqua calda. Maledizione, che bella sensazione.

«Già, grazie per il consiglio. Credo che ce la siamo cavata abbastanza bene.»

«Abbiamo vinto, è questo che conta.»

Il più giovane tra i due si rivestì e se ne andò, lasciandolo da solo.

«Ora tutto quel che mi serve è Carla che mi strofina la schiena,» mormorò.

La testa del Coach fece capolino dalla porta. «Credevo di aver sentito delle voci. Dovresti andare a casa, Trunk. Rilassati, prenditela comoda, riprenditi.»

«Lo farò, Coach.»

«La dottoressa McMillan ti stava cercando.»

«Cazzo, è già ora?» Trunk si tirò in piedi, rimosse il tappo e afferrò un asciugamano. Non c'era nessuna partita, quindi non doveva mettersi in tiro. Si infilò dei pantaloni della tuta e un paio di scarpe da ginnastica e percorse le scale due gradini alla volta.

«Entra, Trunk. Sei perfettamente in orario,» lo invitò la dottoressa McMillan.

«Bene. Pensavo di essere in ritardo,» replicò.

«Come stai oggi?»

«Meglio dell'altra volta.»

«Che intendi?» La psicologa si sedette sul divano, a due cuscini di distanza da lui, e aprì un taccuino.

«Beh, vediamo. Primo, ieri abbiamo vinto, e io ho eseguito un'azione decisiva e rubato la palla al quarterback. Secondo, il mio avvocato mi ha comunicato che il mio divorzio è stato finalizzato e che la casa è mia. Terzo, vado a letto con Carla. Quarto...» elencò Trunk.

«Aspetta, aspetta. Torna indietro. Carla è il numero tre?» lo interruppe la McMillan.

«Non erano in un ordine preciso.»

«Okay, allora cominciamo da Carla. Congratulazioni per la finalizzazione del tuo divorzio. Adesso, torniamo alla barista.»

«Cosa vuole sapere?»

«Come hai superato la tua riluttanza a iniziare una relazione con lei?»

«Lei è irresistibile,» rispose semplicemente Trunk.

«Che vuoi dire? Parli della chimica tra di voi? Del sesso?»

«Di tutto. Carla è bellissima, e gentile. Gentile con me. Più gentile di chiunque in tutta la mia vita, tranne forse l'allenatore che mi seguiva alle superiori e sua moglie. Oh, e il Coach Bass e la sua signora.»

«Più gentile di Mary?» volle sapere la McMillan.

Trunk fece un verso sprezzante. «Mary? Lei non è nulla al confronto di Carla.»

«Parliamo di Mary. Beh, magari non di lei, ma della ragione per cui l'hai scelta.»

«L'ho incontrata in banca. Era simpatica, era carina e non pensava che fossi solo un atleta senza cervello.»

«Come facevano le altre donne?»

«Cavoli, sì, mi trattano sempre in quel modo e questo mi fa incazzare. Non ho mai preso brutti voti, studiavo un sacco. Non avevo videogame e robaccia del genere a distrarmi, tutto quel che avevo erano il football e i compiti. Sono andato al Kensington State, frequentavo il corso avanzato.»

«Davvero?»

«Vede? Perfino lei è sorpresa,» si lamentò Trunk.

«Scusa, Al, non intendevo in quel senso.» La dottoressa arrossì sotto il suo sguardo fisso.

«Sì, invece. La pensano tutti così, ma a me non importa più. Carla non la pensa così.»

«Lei ti tratta con rispetto?»

«Sì, che lo fa, e questo è incredibilmente sexy.»

La dottoressa McMillan si coprì la bocca con la mano per nascondere un sorriso.

«Va bene, doc, può sorridere. Può anche ridere. Ma quale uomo non vuole una donna sexy?»

«Sei un uomo molto fedele, giusto?»

«Per questo non tradivo Mary. Okay, ho pagato per un paio di lap dance in viaggio. Beh, magari più di un paio. Però non mi sono mai fatto nessun'altra.»

«È una linea sottile, non è vero?»

«Nah, le ragazze degli strip club sono abbastanza anonime.»

«Ma sono persone anche loro, giusto?» chiese la dottoressa.

«Sta cercando di farmi sentire in colpa?»

«No, mi dispiace. Ma devi assumerti la responsabilità delle tue azioni. Continuerai a frequentare gli strip club anche ora che hai una relazione con Carla?»

«Tradire Carla? Mai,» dichiarò Trunk.

«Ma hai appena detto che le lap dance non contano, che non sono tradimenti. Lei sarebbe d'accordo?»

Il difensore scoppiò a ridere. «Per niente. Mi ucciderebbe.»

«Okay, allora. Cosa scegli? Carla o le lap dance agli strip club?»

«Cavoli, doc, lei sì, che sa come rovinare la festa a un uomo.»

«Voglio che tu capisca cosa potresti rischiare, se continui con queste, queste... attività.»

«Lo so. Sono andato in un club con Bull in Nebraska. Cavoli, le ragazze non erano nemmeno nude.» Trunk ridacchiò. «Ma non reggevano il confronto con Carla. Lei è... lei ha... il suo...» Si interruppe e arrossì.

«Capisco. La trovi più attraente di quelle spogliarelliste,» concluse la McMillan.

«Esatto, sì, la trovo più attraente. È molto bella e affettuosa, è diversa.»

«Tu le piaci, giusto?»

«Credo di sì. Mi aveva perfino tenuto da parte del cibo, quando sono tornato a casa stanotte. Anche la cheesecake.» Al si interruppe di nuovo quando le emozioni lo soffocarono, sgradevoli ricordi della casa di sua zia gli invasero la mente. La dottoressa McMillan gli avvicinò una confezione di fazzolettini. «Nessuno l'aveva mai fatto per me, nessuno. Non dopo la morte dei miei genitori. Ma lei l'ha fatto, e senza che glielo chiedessi. Solo perché voleva farlo.»

«Si è presa cura di te, eh?»

Trunk annuì e si asciugò le lacrime dalle guance.

«Mary non lo faceva?» insistette la psicologa.

Il linebacker scosse la testa e fece un profondo respiro tremante.

«Ma Carla sì.»

«È una cosa molto premurosa, non è vero? Nutrirti, prendersi cura di te.»

«Mi ha sorpreso. È passato tanto tempo, non me l'aspettavo. Mary non rimaneva nemmeno sveglia ad aspettarmi quando tornavo a casa. Dovevo fermarmi a mangiare per strada oppure frugare in cerca degli avanzi.»

«Carla invece era ancora sveglia?»

«Sì, e stava tenendo il cibo in caldo sulla griglia. Mi ha lasciato l'ultima fetta della cheesecake. Non ho mai mangiato nulla di tanto buono.» Trunk schioccò le labbra a quel ricordo.

«Sembra che Carla abbia molto più da offrirti che del semplice sesso.»

Trunk sospirò e abbassò lo sguardo. «È la migliore. È troppo buona per me, e quando scoprirà il mio segreto, mi lascerà subito.»

«Forse, o forse no,» ribatté la dottoressa McMillan.

Il difensore si prese il viso tra le mani. «Non so che fare, doc. Me lo dica. Se rimarrò con lei, mi rifiuterà. Se me ne andrò, starò malissimo. In ogni caso, sarò io a perdere.»

«Non è vero. Non perderai se starai con lei, qualsiasi cosa accada. Il tempo che passerete insieme potrebbe valerne la pena. Sembra che stare insieme a lei ti faccia bene.»

«Sì, mi sento meglio.»

«Io rimarrei, se fossi in te. Ma ovviamente, è una decisione che devi prendere tu.»

«È proprio quello che provo, doc. Se verrò mollato comunque, tanto vale godermela adesso, mentre ancora posso. Perché permettere al dolore di arrivare prima di quando dovrebbe?»

«Esatto. Sono felice che tu ti senta meglio.»

Al annuì. «Giusto. Ho risolto con l'avvocato, abbiamo vinto la partita e ce ne manca solo un'altra per andare al Super Bowl, metterò in vendita la casa e me ne comprerò un'altra che non mi ricordi nulla. Mi sento piuttosto bene.»

«E riguardo agli strip club?» indagò la McMillan.

«Con loro è finita, adesso ho la ragazza. E poi, mi dispiace per quelle donne. Non sembrano felici.»

«Infatti non lo sono. Beh, il nostro tempo è finito per oggi. Alla prossima settimana, allora?»

«Okay. Grazie, doc.»

Trunk si alzò in piedi, strinse la mano alla dottoressa e si diresse verso la sua macchina. Aveva degli affari di cui occuparsi.

Capitolo Dieci

Carla passò uno straccio bagnato sul bancone per la quinta volta, quella sera. Era mercoledì, generalmente una serata fiacca, e aveva intenzione di chiudere in anticipo perché il locale era vuoto. Doodles andò a casa. Erano le undici e lei era sola, Betty suonava solo nei weekend.

Mise un paio di monetine nel jukebox e scelse una delle sue canzoni preferite, *Lay, Lady Lay* di Bob Dylan. Cantò, mentre riponeva i bicchieri insieme alle vecchie bottiglie semivuote, poi ne prese delle altre per sostituire quelle che contenevano solo un goccio o giù di lì.

Si preparò un Carla Special, si sedette a un tavolo e sollevò i piedi. Trunk era a cena da Bull e si chiese se dopo sarebbe andato in uno strip club locale. Ce n'era uno a circa ventiquattro miglia da lì. Lo aveva sentito parlare di quel genere di posti, in passato, soprattutto quando beveva.

Era a metà del suo drink quando smise di fissare la porta. *Suppongo che passerà la notte in un altro letto. È un eroe del football, probabilmente può scegliere qualsiasi letto voglia. Perché dovrebbe tornare in questo posto vecchio e fatiscente?*

Sospirò, appoggiò di nuovo per terra i piedi doloranti, e si alzò. Aveva bisogno di sdraiarsi, forse un breve bagno nella vasca le sarebbe stato d'aiuto. Salì lentamente le scale e fece scorrere l'acqua, poi ci versò dentro del bagnoschiuma al lillà e vi calò senza fretta il suo corpo stanco.

Il calore la rilassò, ma non riuscì a farla sorridere. Le lacrime minacciavano di iniziare a scorrere. *Dov'è? So che non ho il diritto di chiederlo, ma maledizione, io lo amo. Lo voglio qui, con me.* Prese una salvietta e si sfregò le braccia e le gambe, poi si immerse finché solo il mento rimase al di sopra della superficie dell'acqua e lasciò il suo corpo libero di galleggiare, le braccia molli.

Canticchiò un motivetto, appoggiò la testa al bordo dell'antiquata vasca con le zampe di leone e chiuse gli occhi. Qualcuno bussò con forza alla porta, facendola sobbalzare. Saltò fuori dalla vasca, spruzzando d'acqua il pavimento, e gridò: «Merda! Non entrare! Chi è?»

«Sono io. Al.»

Carla sospirò, sollevata. «Muovi il culo ed entra!»

Al aprì la porta.

«Dai muoviti. Stai facendo entrare l'aria fredda.»

«Fa più caldo che all'inferno.»

«Allora, togliti i vestiti e salta nella vasca.»

Il difensore rise e si sedette sulla sedia in legno curvato vicino alla vasca. Notò il modo in cui il suo sguardo vagava su di lei, soffermandosi sui punti nascosti dalle bollicine.

«Ti sei divertito con Bull e Sam?» gli chiese.

«È stata una cena fantastica, Sam è una brava cuoca. Dopo, siamo andati al bowling.»

«Al bowling? Ti aspetti che ci creda? Siete andati al bowling? Non allo strip club a Canterville?»

«Quella topaia? Certo che no,» negò Trunk.

«Puoi dirmi la verità. Non ti sbatterò fuori, nulla del genere.»

«Ma è la verità. E ho battuto sia Bull che Sam al bowling, ho fatto sei strike.»

Carla sorrise allegramente. «Sei come un ragazzino, tutto orgoglioso dei tuoi risultati.»

«Sì, che sono orgoglioso. Bull ne ha fatti solo cinque, ho vinto io.»

«Stiamo ancora insieme?»

Trunk le si avvicinò e le prese la mano nella sua. «Certo che sì, piccola. Sei la migliore, Carla, nessun'altra potrebbe reggere il confronto con te. Qui dentro fa così caldo. Forza, divertiamoci un po'.»

Si alzò in piedi, afferrò un asciugamano e glielo porse. Carla riemerse come una sirena dall'acqua bollente e schiumosa, il vapore si sollevava dal suo corpo mentre l'aria fresca lo accarezzava. Il suo uomo le appoggiò l'asciugamano sulle spalle e lei si sciolse contro di lui. *Nessuno abbraccia come Al.*

Trunk le scostò i capelli umidi e le sfiorò il collo con il naso. Carla si girò verso di lui e gli circondò la vita con le braccia. Aveva un buon odore, sudore, misto al profumo della sua pelle e al dopobarba. Sul viso aveva un po' di barba corta e scura, abbastanza da essere attraente, e il desiderio si risvegliò dentro di lei, mentre lo stringeva a sé e le labbra di Al indugiavano sopra le sue.

«È ora di andare a letto,» sussurrò.

Carla tirò indietro il viso per guardarlo negli occhi. Erano ardenti di passione, e la fecero fremere.

«Sì,» mormorò.

Al la prese per mano e la condusse in camera di lei. Carla si sfilò l'asciugamano mentre lui si sfilava i vestiti, le piaceva guardarlo mentre si spogliava. *Sarebbe un bravo spogliarellista.* Ogni volta che scopriva una parte del suo corpo, il suo sguardo si concentrava su di essa per bearsi della sua mascolinità... dai muscoli tesi degli avambracci, a quelli della schiena che si muovevano mentre allungava le mani per prendere qualcosa, ai polpacci ben definiti grazie alla corsa. Era un bell'esemplare d'uomo, un atleta che sapeva prendersi cura di se stesso.

«Che hai bevuto stasera?» gli chiese, in tono fin troppo casuale.

«Coca.»

«Con il rum?»

«Liscia. Sto seguendo il tuo esempio. Non è facile, ma mi sento meglio senza l'alcol.»

«Niente sbronze.»

«Giusto.»

«Non te ne pentirai. Non vuol dire che non potrai mai più farti un drink, solo che non potrai più bere così tanto. Se ti fermi adesso e smetti di bere, il tuo corpo si adatterà e poi, da un piccolo sforzo otterrai grandi risultati.»

«Basta parlare. Sono stato lontano da te troppo a lungo, vieni qui,» disse Al.

Carla si sdraiò e si girò su un fianco, poi alzò la mano e gli sfiorò la guancia con le dita. Lui le baciò il palmo e scese con la mano lungo il suo braccio, fino ad arrivare al petto.

«Sono bellissime,» borbottò, tutta la sua attenzione concentrata su quel punto.

Carla si schiarì le idee. Non importava che avesse a malapena abbastanza soldi sul suo conto in banca per pagare il tizio delle consegne di cibo il giorno seguente, quel che importava era Al Trunk Mahoney: i suoi occhi, le sue labbra e il suo corpo. Al si prese tutto il tempo che gli serviva mentre facevano l'amore, per riacquistare famigliarità con ogni centimetro della sua pelle. E Carla represse l'impazienza e si godette le sue attenzioni.

Al le passò i polpastrelli sulla gabbia toracica e risalì sul suo seno, fino a catturarne la punta. Calò la bocca su quel bottoncino di carne e lo succhiò e leccò finché non si inturgidì, facendo montare il desiderio dentro di lei.

Al alzò lo sguardo, aveva un sorriso malizioso sulle labbra. «Ti piace?»

Carla annuì, non si fidava della sua stessa voce.

«Piace anche a me.»

Trunk si occupò anche dell'altro seno. La donna gli premette le dita nei muscoli della spalla, afferrandolo, massaggiandolo, sentendo la frizione della pelle contro la pelle. Lui gemette, mentre si metteva all'opera sul suo corpo.

«Hai le dita magiche,» si complimentò con lei, e si sedette. L'accarezzò con lo sguardo, che scivolò dai suoi occhi fino al punto in cui le sue cosce si univano, e poi si sporse per baciarla. Carla lo tirò verso di sé, finché i loro petti si sfiorarono e i loro fianchi furono premuti insieme.

Trunk le passò una mano sotto la gamba e proseguì fino a strizzarle il culo, poi scese con le dita lunghe e si insinuò tra le sue cosce, percorrendo la carne umida ed entrando dentro di lei. Carla sobbalzò leggermente e gemette il suo nome mentre si muoveva dentro al suo corpo.

«Dammelo. Andiamo al sodo,» sospirò.

Al non rispose, ma la girò sullo stomaco e le sollevò i fianchi. Si inginocchiò e si strofinò contro la sua carne tenera e bagnata, poi la penetrò. Carla girò di lato la testa, premuta contro il cuscino, e gemiti di piacere le sfuggirono dalla gola, mentre il suo uomo la penetrava riempiendola in profondità.

Al uscì, poi spinse di nuovo dentro il suo corpo con lentezza, e iniziò ad accelerare poco a poco.

«Mi stai torturando,» riuscì a squittire Carla, anche se aveva il cuscino schiacciato contro metà del viso. Lo sentì ridere piano e sorrise. «Sadico,» lo accusò.

«Ma tu mi adori quando faccio così,» replicò Trunk.

«Ti adorerei ancora di più se ti dessi una mossa.»

«Così è molto meglio. Fidati di me.»

Carla sospirò e chiuse gli occhi quando la tensione aumentò dentro di lei. Trunk le strinse i fianchi in una morsa ferrea.

«Rilassati e goditela, piccola,» sussurrò, mentre continuava ad aumentare la forza e la frequenza dei suoi movimenti.

Era bello averlo dentro di lei, era perfetto per affondare nel suo corpo. Quell'uomo conosceva il corpo delle donne, il cuore le si colmò d'amore, mentre l'erezione di Al si occupava del resto di lei.

La tensione montò in fretta, come in un vortice che si avvitava e le si stringeva attorno. Non riusciva a muoversi, era proprio lì dove Trunk la voleva, con le dita di lui strette attorno ai fianchi tenendola ferma e spingendo dentro e fuori. Il piacere le riempì le vene, mentre l'orgasmo si avvicinava sempre di più. Al scese con un dito lungo la sua pancia, e con un'ultima spinta, la portò all'apice.

I suoi muscoli si strinsero tutto attorno a lui e poi lo lasciarono andare, mandando ondate di puro piacere paradisiaco in tutto il suo corpo. Carla sospirò rumorosamente e strinse forte il lenzuolo, poi aprì gli occhi, in tempo per vedere Al che si chinava a cospargerle di baci la schiena. Il difensore la strinse più forte e si premette contro il suo sedere mentre veniva.

Schiuse le labbra e si lasciò scappare un forte gemito che suonava come il suo nome, il sudore che dalla sua fronte gocciolava su di lei. Si spostò subito dopo, le dita di una mano allargate sotto la sua pancia, mentre l'altra le accarezzava la colonna vertebrale, su e giù, le dita lunghe che si muovevano lungo il suo corpo sottile. «Riesco quasi a toccare entrambi i lati con una mano sola,» commentò.

«Uh?»

«Scusa, è solo che è incredibile quanto tu sia minuta in confronto a me.»

«Siamo quasi degli opposti, in quel senso.» Carla notò il modo in cui gli addominali di Al si contraevano mentre cambiava posizione. I suoi bicipiti si tesero un po' mentre la sollevava, si scostava e la rimetteva giù senza fretta. Avrebbe potuto ammirare il suo corpo che si muoveva tutto il giorno.

Al si chinò a baciarle una natica, poi gliela strizzò. «È piccola ma perfetta.»

Quando la lasciò andare, Carla si girò sulla schiena e alzò lo sguardo su di lui, che incombeva su di lei con la sua stazza. *Vorrei potergli dire che lo amo.*

Trunk le passò le dita tra i capelli aggrovigliati e le sfiorò le labbra con le sue. «Sei bellissima.»

«Anche tu non sei male.» Carla gli passò le mani lungo il petto lentamente, premendo piano con le punte delle dita. La sua pelle era umida, gli baciò i pettorali e gli passò le braccia attorno alla vita. *Potrei fuggire qui per un po'?*

«Dormi,» le disse lui, sdraiandosi e tirandosela vicino, poi coprì entrambi con le coperte. Le diede un dolce bacio della buonanotte, e lei si rilassò nel suo abbraccio, la schiena contro il suo petto. Trunk si premette contro di lei e la strinse forte. La stanza era fredda, ma Carla non si era mai sentita tanto calda e comoda. Presto si addormentò.

GIOVEDÌ MATTINA, TRUNK aveva in programma di celebrare la vittoria da Carla. Dopotutto, avevano battuto i Nebraska Huskers e dovevano solo sconfiggere i Florida Gators per arrivare al Super Bowl.

Carla entrò in bagno a prendere una crema dall'armadietto dei medicinali, e vide Trunk con il viso coperto di schiuma. «Ti stai facendo la barba? Solo per me? Che carino,» gli disse.

«Ehi, stasera voglio organizzare una festa per la vittoria. Hai abbastanza cibo, se porto qui un paio dei ragazzi?» Al prese in mano il rasoio.

«È il giorno della consegna del cibo. Dovremmo avere tutto quello che ci serve.» Carla saltò sul bancone accanto al lavandino, la vestaglia la copriva a malapena. «Posso guardarti mentre ti rasi?»

L'atleta rise. «Fa' pure. Non trovo nulla di affascinante nella rasatura. Quindi, sei a posto, giusto?»

«Sì. Adoro la tua idea.»

«Fantastico. Chiamerò gli altri non appena mi sarò vestito.»

«Magari potremmo comprare dei palloncini.»

«Non andare su di giri. Non siamo ancora arrivati al Super Bowl.»

«Lo so, ma ci arriverete.»

«Io non ne sono sicuro quanto te.»

«I Gators non sono una squadra tosta, giusto? Non li avete già battuti?» Carla scalciò e si sporse verso di lui, i risvolti del suo accappatoio si aprirono rivelando il seno al suo sguardo affamato.

«Sì, ma solo di un punto. Non abbiamo la certezza che ci riusciremo di nuovo,» rispose Trunk.

«Non ce l'avete mai. Ma io so che vincerete.» Gli occhi color cioccolato di Carla brillavano, il suo sorriso emanava calore.

Trunk distolse lo sguardo dallo specchio per un attimo per guardarla in viso e si tagliò. Imprecò, ma cercò di farlo sottovoce.

Carla saltò giù dal bancone e prese una penna emostatica dall'armadietto dei medicinali.

«A che ti serve?» le chiese.

«Non importa.» Lei arrossì.

«Era per un altro tipo che frequentavi prima di me?»

«Okay, sì, prima di te ci sono stati degli altri uomini.»

«L'avevo già capito. Non è un problema, non m'importa.»

Carla sospirò, sollevata, e lo guardò dritto negli occhi. «Bene, perché non c'è nulla che possa fare riguardo al mio passato. Se ti dà fastidio, allora tra noi è finita.»

Trunk le strinse l'avambraccio. «Hai davvero fretta di piantarmi. Ti ho detto che non è un problema. Bisognerebbe essere un deficiente fatto e finito per avercela con qualcuno per via del suo passato. Anch'io ho un passato, e allora? Non me ne frega un cazzo.»

«Mi dispiace, hai ragione. Non mi importa del tuo passato, e a te non importa del mio. L'unica cosa di cui mi importa è il mio futuro.»

«Il nostro futuro.»

«*Nostro?*» Il tono speranzoso di Carla lo fece sorridere.

«Sì, *nostro*. Voglio avere un rapporto esclusivo con te, Carla, non voglio uscire con nessun altro,» le rispose.

«Incluse le spogliarelliste?»

«Non sono mai uscito con nessuna di loro.»

«Te le scopavi e basta.»

Sentirla pronunciare quella parolaccia così cruda lo sconvolse. «Che linguaggio raffinato!» la prese in giro.

«Cavoli, tu lo usi, perché io non posso?» ribatté Carla.

«Niente spogliarelliste, solo tu e io. Che ne dici?» propose Al.

La sua ragazza annuì. «Dico *okay*.»

Il difensore si pulì quel che rimaneva della schiuma da barba dal viso con un asciugamano, poi si schiaffò il dopobarba sulle guance e rabbrividì.

Carla lo affiancò, gli lanciò uno sguardo sexy e gli posò una mano sulla guancia. «Liscio come il culetto di un bambino.»

«Liscio come il culetto della mia bambina,» replicò Trunk, dandole un colpetto sul fondoschiena.

Carla lo baciò poi sentì suonare il campanello, e andò a sbirciare fuori dalla finestra. «È Tom, il tizio delle consegne. Devo andare.»

Mentre gli passava accanto, Trunk le diede un altro lieve schiaffo sul sedere con il palmo della mano. «Ci vediamo dopo.»

Tornò in camera per vestirsi. Trovava scomodo tenere i vestiti nello stanzino, ma sapeva che se fosse andato a dormire nella stanza di Carla, lei avrebbe smesso di fargli pagare l'affitto. A lei quei soldi servivano, mentre lui non ne avrebbe sentito la mancanza, così si infilò velocemente i vestiti in quello spazio freddo.

C'è differenza tra essere frugali e il congelarsi. Maledizione, fa freddo qui dentro. Carla, alza il riscaldamento!

Una tazza di caffè preparato proprio come piaceva a lui lo attendeva al bar. La prese e si sedette dove non avrebbe disturbato i lavori in corso. Tom continuava a portare dentro pacchi che Carla approvava oppure rimandava indietro. Nel chiasso della discussione, Trunk tirò fuori il cellulare e chiamò Bull.

«Sto organizzando una festa al *Beast per questa sera,* pago io il primo giro. Vieni?»

«Una festa per cosa?» chiese il suo amico.

«Per la vittoria contro gli Huskers.»

«Ci sarò. Se Sam mi darà il permesso.»

«Chiama Dev e invita anche lui. Voglio che ci sia tanta gente.»

«Ricevuto.»

Alle sei, il locale era pieno come un uovo e i giocatori dei Kings e le loro mogli e fidanzate avevano invaso il bar e il ristorante. Il jukebox suonava e qualcuno stava ballando, mentre Carla correva di qua e di là più in fretta che poteva. Aveva chiamato M.J. Howe, un'amica insieme alla quale una volta lavorava come cameriera, per occuparsi del bar. M.J. era bella, alta e aveva lunghi, lisci capelli scuri Non tollerava alcuna mancanza di rispetto da parte dei clienti e svolgeva il suo lavoro in maniera efficiente.

Trunk attraversò la folla con un Carla Special in mano. «È nuova?» chiese alla sua ragazza, indicando la donna dietro al bancone.

«È una vecchia amica. È un'ottima barista e non si beve le cazzate dei giocatori.»

«Bene, perché alcuni di loro ne sparano un sacco. Le cose che alcuni di quei ragazzi dicono per convincere una donna ad andare a letto con loro... È una vergogna!»

Carla gli puntò un dito accusatore contro il petto. «E tu non l'hai mai fatto, Trunk Mahoney, insuperabile sciupafemmine?»

«Chi, io?» L'incredulità nella voce di Trunk, mista all'espressione innocente che tentò di assumere, fece ridere perfino lui.

La barista scoppiò a ridere. «Eri un cattivo ragazzo, eh?»

«Forse un po'.»

«Devo chiedere a Bull, per ricevere una risposta sincera?»

Trunk andò nel panico. «Non farlo!» Alzò la mano in segno di resa. «Confesso. Ero un cattivo ragazzo, il peggiore di tutti. Sì, ero uno sciupafemmine. Sì, sono andato a letto con un sacco di donne, la maggior parte delle quali non ho mai più richiamato. Sono stato cattivo, lo ammetto.»

«Non c'era bisogno che entrassi nei dettagli,» disse Carla.

«Uh, oh.» La fronte del lineman si ricoprì di sudore.

La sua ragazza lo abbracciò. «Non ti preoccupare, non m'importa. È quello che sei ora che conta.»

«Quando mi sono sposato, sono cambiato quasi del tutto. E adesso, non voglio nessuno tranne te. Abbiamo preso un impegno, giusto? Hai detto di sì.» La strinse a sé.

Carla gli rivolse un sorriso che lo scaldò fino alle dita dei piedi. «Abbiamo detto di sì.»

«Carla!» chiamò M.J. facendosi sentire sopra al baccano.

«Devo andare, tesoro,» gli disse la barista scoccandogli un rapido bacio.

Trunk si spostò per permetterle di passare, poi bevve un sorso del suo drink anche se non conteneva un briciolo di alcol. Carla lo inebriava con il suo sorriso. Il jukebox tacque e lui lo interpretò come il segno che era ora di un grido di battaglia.

«Morte ai Gators!» urlò, alzando il pugno.

Gli uomini seguirono il suo esempio, le bottiglie di birra si sollevarono insieme alle voci. Cantarono *We Will Rock You,* ripeterono slogan contro i Gators e fecero il tifo per la loro squadra, facendo tintinnare tra di loro le bottiglie e i bicchieri. Solo la settimana prima, Trunk sarebbe stato il primo tra i giocatori a ubriacarsi, ma quella sera, era il più sobrio tra gli uomini presenti.

Buddy Carruthers entrò nel locale insieme a Emerald, alias Emmy sua moglie. Lui e Trunk si abbracciarono per un attimo, poi il ricevitore andò a cercarsi un tavolo per far sedere la moglie incinta. Arrivò anche Tuffer Demson, che indugiò sulla porta.

Trunk lo raggiunse, gli diede una pacca sulla schiena e lo accompagnò dentro il locale. «Il primo giro lo offro io, Demson. Entra pure. Ti sei portato una ragazza?»

Il giovane difensore scosse la testa.

«Non hai una fidanzata?»

«Non ancora.»

Prima che i due potessero continuare la loro conversazione, la porta si aprì con uno schianto e Harley Brennan fece il suo ingresso con tre ragazze tra le braccia. Trunk riconobbe le cheerleader, e i giocatori si strinsero la mano.

«Il primo giro lo offro io. Vieni, lascia che trovi un tavolo a te e al tuo harem,» disse Trunk, poi afferrò Tuffer per la maglietta e lo trascinò verso un tavolo vuoto in fondo al ristorante. Le ragazze si sedettero attorno a Harley e Tuffer cercò di dileguarsi, ma Trunk non lo lasciò andare. «Signorine, posso presentarvi Tuffer Demson? È il nostro nuovissimo defensive back e ha eseguito diverse azioni chiave contro i Nebraska Huskers.»

Due delle donne spostarono lo sguardo sul giovane, l'altra invece aveva occhi solo per Harley.

«Può unirsi a voi?» chiese Trunk.

Tuffer arrossì e gli scoccò un'occhiataccia.

«Certo, Tuff. Vieni, siediti qui,» rispose la cheerleader dai capelli rossi, avvicinandogli una sedia.

Demson si sedette pesantemente e continuò a guardare Trunk con aria ostile.

«Cosa prendete? Andrò io a ordinare.» Al andò da Carla al bar. «Tre Margarita e due Heineken,» le disse, indicando il gruppo di Harley.

«Per chi sono le birre?» chiese Carla.

«Per i ragazzi, ovviamente.» Al ridacchiò.

Dopo un solo drink, Buddy ed Emmy si alzarono per tornare a casa. Mentre si facevano strada attraverso la grande folla, la porta si aprì ed entrarono Robbie Anthony e Chrissy, una cheerleader dei Kings ed ex-ragazza di Buddy. Sui quattro calò un silenzio imbarazzato, poi Emmy si spostò di lato e cercò di spingersi oltre l'altra coppia.

La cheerleader abbassò lo sguardo sulla pancia della cantante. «Hai una pagnotta in forno, eh? Ecco perché vi siete sposati così in fretta.»

Gli occhi di Emmy lampeggiarono di rabbia e la cantante diede uno schiaffo alla donna dai capelli biondi. «Hai una bella faccia tosta. Ora, togliti dai piedi,» le disse.

Tutte le altre conversazioni cessarono, gli sguardi di tutti erano rivolti alle due donne che si fronteggiavano davanti alla porta. Anche Carla alzò lo sguardo dal bancone.

Chrissy sollevò il pugno, ma Robbie lo bloccò in tempo, chiudendo le dita sulle sue. «Che diavolo fai? È incinta, Chrissy,» la rimproverò.

«Non me ne frega un cazzo. Nessuno mi dà uno schiaffo e la passa liscia. È già abbastanza brutto che mi abbia rubato Buddy,» si difese lei.

«Non mi ha rubato, Chrissy. Emmy e io abbiamo una lunga storia insieme. Per favore, spostati,» ribatté il ricevitore.

«La prossima volta, sta' attenta a quel che dici,» minacciò Emmy sottovoce.

«Emmy, mantieni la calma,» l'avvertì Buddy, poi la scortò alla porta, facendole da scudo con il proprio corpo.

Robbie passò un braccio attorno alla schiena di Chrissy, appena sotto il seno, e le bloccò le braccia contro i fianchi.

Carla sistemò i drink di Harley su un vassoio e Trunk le si avvicinò.

«Questi li prendo io. Certo che non ci si annoia mai,» le disse.

«In un bar? Assolutamente no.»

«E neanche sul campo,» concluse Trunk, poi prese il vassoio e si diresse verso il fondo del ristorante.

La festa finì verso le nove e mezzo. I giocatori dovevano alzarsi presto, quindi erano abituati ad andare a letto verso le dieci e mezzo. Harley portò due delle ragazze a casa, mentre l'altra andò con Tuffer. Un'ora più tardi, Harley tornò e si sedette al bar da solo. Trunk si unì a lui.

«Che hai lì?» gli chiese Harley, indicando il suo bicchiere.

«Un Carla Special.»

«Che c'è dentro?»

«Niente alcol.»

«Posso provarlo?»

«Certo.» Trunk passò il drink al suo compagno di squadra.

Harley ne prese un sorso e glielo restituì. «Non male, sembra quasi un Tom Collins. Potrei avere una birra?» chiese a Carla.

«Arriva subito,» rispose lei.

«Sei pronto per la partita?» chiese Harley, bevendo un sorso.

«Credo di sì. Se noi vinciamo questa partita e i Demons battono i Sidewinders, giocheremo contro i Demons al Super Bowl.»

«Già. Non vedo l'ora.»

«Il mio migliore amico è il quarterback dei Delaware Demons,» confessò Harley.

Trunk alzò le sopracciglia per la sorpresa. «Mark Davis? Sul serio?»

«Sì, per questo non voglio giocare contro di loro. Spero che vincano i Sidewinders.»

«Puoi dirci quello che sai sui Demons?»

Le guance di Harley si tinsero di rosa. «Non è come fare la spia?»

«Cavoli, sei qui da un anno e mezzo. Ormai potrebbero aver cambiato tutti i loro schemi di gioco,» rispose Trunk.

«Sì, giusto, anche se ne dubito. E poi, noi siamo già abbastanza bravi. Non abbiamo bisogno di quel genere di cose, no?» disse Brennan.

Carla gli porse un bicchiere alto e appannato di condensa.

«Il Coach lo sa?» chiese Al.

«Sa che giocavo nei Demons, ma non sa che io e Mark siamo amici.»

«Forse dovresti dirgli qualcosa. Magari non gli importerà, ma se non glielo dici, sarà come se gli avessi tenuto nascosto delle informazioni.»

«Hai ragione.» Harley fissò Carla. «È tua?» chiese.

«Sì, quindi toglile quegli occhi da donnaiolo di dosso,» rispose Trunk.

L'altro giocatore rise. «Non caccio mai di frodo, Trunk,» gli assicurò.

«Bene. Allora, ti lascerò vivere.»

I due uomini ridacchiarono.

«Perché uno con il tuo aspetto è ancora single?» si domandò Al.

«Una volta ho conosciuto una ragazza. Era fantastica; sveglia, creativa, bellissima. Ma era il momento sbagliato, così lei ha inseguito la sua carriera e io la mia. West Coast, East Coast.» Harley bevve un lungo sorso di birra.

«Sembra un film.»

«Avrebbe potuto esserlo. È stato molto intenso.»

«Vi conoscete da molto tempo?»

«L'ho incontrata al matrimonio di Davis. Lui e sua moglie si sono sposati in Costa Rica e noi eravamo tra gli invitati. Siamo rimasti lì per una settimana. Era il paradiso, e lei era... beh, era semplicemente meravigliosa.»

«L'hai più sentita?»

«Ogni tanto, grazie a un biglietto di Natale o a un messaggino. Ma poi mi sono trasferito, e lei non sa dove abito. Lei viaggia per tutta la nazione, crea set per spettacoli teatrali e film,» rispose Harley.

«Un lavoro piuttosto eccitante,» commentò Trunk.

«Già. Ma ho deciso di lasciarmi alle spalle i giorni da scapolo. Se non avrò Shyla Hollings, dovrò trovarmi qualcun altro.»

«Cos'hai intenzione di fare?»

«Devi promettere che non lo racconterai alla squadra.»

«Davvero? È una storia tanto succosa? Spara.» Trunk si sporse verso Harley.

«Promettilo,» insistette il running back.

«Okay, okay, lo prometto.»

Harley si portò una mano alla bocca, coprendola parzialmente, anche se il bar era praticamente vuoto. «Andrò a *Marriage Minded*.»

Trunk quasi cadde dalla sedia. «Tu cosa?»

«Sarò il protagonista della prossima edizione di *Marriage Minded*. Le riprese inizieranno dopo il Super Bowl e troverò la mia sposa prima dell'inizio della nuova stagione.»

«Dici sul serio?»

«Assolutamente. Loro me l'hanno chiesto e io ho detto di sì.»

«Perché?»

«Voglio quello che Mark ha con sua moglie Penny. Voglio sistemarmi, e uscire con le donne non mi ha portato a nessun risultato. Potrei beccarmi una malattia venerea prima di trovare la ragazza giusta.»

«Credevo l'avessi già trovata.»

«Infatti, ma con lei non ha funzionato. Non credo che ci sia solo una persona giusta al mondo, dev'esserci un'altra ragazza per me.»

«Buona fortuna, amico,» concluse Trunk, scuotendo piano la testa.

«La mia idea potrebbe rivelarsi un totale fallimento, ma avrò l'opportunità di viaggiare e di baciare un sacco di donne stupende. Non sarà male farlo per due mesi, no?» scherzò Harley.

Trunk rise.

Capitolo Undici

l Monroe County General Hospital
Hank Montgomery, alla guida del SUV di suo figlio, si fermò davanti all'entrata dell'edificio. Lauren era seduta su una sedia a rotelle, con la piccola Grace, già fasciata, in grembo. Griff si occupava di spostare la sedia, si sentiva allo stesso tempo orgoglioso e preoccupato. Sua moglie pareva essere sopravvissuta a una guerra, e a casa aveva un bambino molto vivace che aspettava, insieme a Verna, il ritorno di sua madre.

Griff aveva già esperienza con i bambini piccoli, perché aveva aiutato sua sorella a crescere i suoi nipoti, quando suo marito era morto, ma i neonati erano tutta un'altra cosa. Lui e Lauren erano riusciti a gestire Chip in qualche modo, ma erano due contro uno, e comunque, spesso il ragazzino riusciva a farla in barba agli adulti. Che avrebbe fatto, quando Hank e Verna se ne sarebbero andati? Griff inghiottì con difficoltà e spinse sua moglie e sua figlia oltre la porta e fino al veicolo.

Hank aveva sistemato un seggiolino sui sedili posteriori e, dentro di sé, Griff lo ringraziò per essersene occupato. Lui poteva memorizzare infiniti e complessi schemi di gioco per il football, ma suo padre era sempre stato più portato per la meccanica. L'idea di sforzarsi di capire come montare il passeggino o il seggiolino gli faceva venire voglia di correre dal tuttofare.

Aprì la portiera e un pensiero lo colpì: avrebbero avuto bisogno di un passeggino gemellare. *Merda! Dovrò capire come montarlo. Cavoli.*

Hank uscì dall'auto e lo spinse di lato. «Ti faccio vedere come si fa,» gli disse. Lui rimase a guardare mentre suo padre assicurava la bambina al sedile in fretta e saldamente. «Spingi qui e qui per slacciare la cintura,» lo istruì.

Griff osservò i suoi gesti e annuì.

«Ehi, e io?» chiese Lauren, ancora sulla sedia a rotelle.

«Oh, mio Dio! Lauren, piccola, mi dispiace.» Griff la prese tra le braccia e la posò sul sedile davanti, poi le allacciò la cintura e la baciò. Grace emise un urletto e dei gorgoglii e si addormentò.

Griff si sedette dietro, accanto a sua figlia, e posò il mignolo sul suo palmo minuscolo. Grace glielo strinse tra le dita, strappandogli un sorriso.

Hank mise in moto la macchina. «Siete tutti pronti?»

«Okay,» borbottò Lauren.

«Qua dietro tutto bene, a parte il fatto che fa un po' freddo, papà.»

Hank alzò il riscaldamento al massimo e tolse il piede dal freno. Il viaggio verso casa fu silenzioso, e Grace strinse il dito di suo padre per tutto il tempo. L'eccitazione provocata dall'arrivo di un nuovo membro della famiglia scaldò il cuore di Griff. Per la prima volta in settimane, la sua mente abbandonò la sua ossessione per il Super Bowl, perché colma di meraviglia all'idea di essere un neopapà.

Proprio come sua sorella, adesso aveva sia un maschio che una femmina.

All'improvviso, aggrottò la fronte al pensiero che prima o poi Grace avrebbe avuto un appuntamento. «Gracie non uscirà con nessuno fino a quando non compirà trent'anni,» disse ad alta voce.

Nonostante le risate fragorose che seguirono la sua dichiarazione, decise che avrebbe tenuto i ragazzi lontani da sua figlia a tutti i costi. Immaginò una piccola, dolce creaturina, bella come sua moglie, che piroettava in un tutù rosa, oppure con addosso un abito da sera in taffetà rosa che frusciava seguendo i suoi movimenti. Benché alcuni lo definissero un vero uomo, sospettava che essere il padre di una figlia portasse gioie insospettabili.

La sua stretta era così forte. *Scommetto che anche lei sarebbe un buon quarterback.* Giurò a se stesso che non si sarebbe comportato in modo sessista, ma le avrebbe insegnato a lanciare un pallone da football come l'avrebbe insegnato a suo figlio. Chissà? Magari ci sarebbe stata una lega di football femminile, quando sarebbe cresciuta. Rassicurato da quel pensiero, appoggiò la schiena contro il sedile e guardò fuori dal finestrino, sorridendo alle possibilità che gli offriva il suo nuovo ruolo.

Hank si fermò sul vialetto e Griff fece una smorfia, pensando a come avrebbe presentato Chip alla sua nuova sorellina. Non si aspettava che suo figlio fosse contento di avere in casa un'intrusa che gli avrebbe rubato le attenzioni dei suoi genitori. Come l'avrebbe presa? Aveva quasi tre anni, era decisamente troppo giovane per avere una discussione seria sull'argomento, ma allo stesso tempo, era grande abbastanza da rappresentare un pericolo. L'idea di fare da arbitro tra i suoi figli gli fece sentire una stretta allo stomaco.

Hank parcheggiò e Griff scese dall'auto in un lampo e andò ad aiutare sua moglie.

Lauren alzò lo sguardo su di lui e lo fissò con aria ostile. «È tutta colpa tua.»

«La bambina, dici? È meravigliosa.»

«Sì? Beh, il parto non è stato meraviglioso, e tu te lo sei perso. Sei spacciato, amico,» sibilò sua moglie, spostandosi lentamente verso il retro dell'auto.

«Mi farò perdonare,» le assicurò Griff.

Lauren rise, fu un suono sgradevole. «Me ne assicurerò io.»

Griff inghiottì a vuoto; una moglie arrabbiata, un bambino geloso, e una neonata indifesa. E lui era solo un uomo.

La porta d'ingresso si aprì e Chip corse fuori e si lanciò contro Lauren, che gemette di dolore, prima ancora che lei potesse raggiungere il sedile posteriore. «Mamma, mamma, mamma,» gridò il bambino, abbracciandole le gambe.

«Chip, lascia respirare la mamma, le stai facendo male, figliolo,» disse Griff, e lo spinse via con delicatezza.

«Mamma, mamma, mamma. Papà cattivo!» Chip sferrò un calcio a suo padre, che fece un balzo e si scostò.

«No, no, no, non si tirano i calci. Entriamo in casa, così potrai conoscere la tua nuova sorellina.» Griff tentò di sembrare entusiasta, ma fallì. Slacciò le cinture legate al seggiolino, poi Lauren tirò Grace a sé e la neonata si svegliò e iniziò a lamentarsi.

«Deve mangiare,» disse Lauren, ed entrò in casa.

Griff chiuse la portiera e la seguì. *Cristo, fa freddo qua fuori.*

Verna li accolse dicendo: «Il caffè è bello caldo e ci sono delle brioche. Ho comprato quello che mancava come latte e roba del genere. Lauren dovrà bere molto latte, se allatterà al seno.»

«Lo farò,» disse la neomamma, sorridendo per la prima volta da quando era uscita dall'ospedale.

«Verna, non te ne andrai, vero? E tu, papà?» Griff cercò di trattenere la nota di disperazione che trapelava dalla sua voce, ma non ci riuscì.

Verna gli diede un colpetto sulla mano per rassicurarlo. «Io posso rimanere per un po'. Hank?» Il padre di Griff annuì e la donna controllò l'ora. «Adesso sono le nove, l'infermiera arriva alle dieci, quindi l'aspetteremo qui.»

«L'infermiera? Quale infermiera?» Griff non aveva idea di cosa stesse succedendo.

«Tuo padre e io abbiamo deciso che vi sarebbe servita un'infermiera che vivesse insieme a voi per tre settimane, così ne abbiamo assunta una. Arriva alle dieci. Cucinerà, pulirà la casa e aiuterà Lauren a fare il bagno e nutrire la bambina. Farà tutto quello di cui avrete bisogno.»

«Oh, mio Dio. Voi due ci avete letto nel pensiero, siete degli angeli.»

«Non è economica, ma è il nostro regalo per voi.»

«No, no, pagherò io. Ne sarei felice.» Griff sentì un'ondata di sollievo pervaderlo, come se qualcuno gli avesse sollevato un'incudine dalle spalle.

«Abbiamo già organizzato tutto, figliolo. Sii gentile, ringrazia e poi chiudi il becco,» ribatté Hank, e portò una tazza di tè a Lauren.

Lauren gli sorrise e lui la appoggiò sul tavolo, poi la donna aprì la giacca e si mise la bambina in grembo.

«Uh, papà, Verna...»

«Va tutto bene, Griff. Possono rimanere, non sono timida. È una cosa naturale, sai.»

Griff si sentì scaldare il viso. Pensare ai seni di Lauren come a una fonte di cibo per Chip, quando era nato, era stato un gran cambiamento, ma ormai si era abituato all'idea e così capì che se li sarebbe dovuti dividere con Gracie. Ma farlo davanti a degli estranei? *Beh, papà e Verna non sono veramente estranei. Ma papà?* Griff si strofinò una mano sul retro del collo. «Ne sei sicura?»

«Sto morendo di fame, dove sono i panini alla cannella?» chiese Lauren, ignorando suo marito.

Griff prese Chip in braccio e si diresse in cucina. «Forza, Chip, andiamo a mangiare qualcosa.»

«Mamma!» strillò il piccolo.

«È proprio lì, e noi torniamo subito. Va tutto bene, non ti preoccupare.» Il quarterback diede un bacio sulla guancia a suo figlio e lui ricambiò con uno schiaffo. Griff gli strinse il polso in una delle sue grosse mani. «No, no. Non si tirano gli schiaffi. Chiedi scusa, hai fatto male a papà.»

Gli occhi del bambino si riempirono di lacrime. «Male papà? Scusa.»

«Va tutto bene, ma non farlo più.» Griff gli posò un bacio sulla cima della testa e raggiunse la cucina. «Forza, portiamo da mangiare alla mamma.»

«Okay,» disse Chip, poi scivolò lungo il corpo di suo padre fino a terra. «Per mamma.» Afferrò un panino alla cannella e lo posò su un piatto. «Uno per mamma. Uno per me.» Ne prese un altro e lo addentò.

Griff rise e gli scompigliò i capelli. «Esatto. Uno per la mamma, e uno per Chip.»

«Uno per papà,» continuò suo figlio, porgendogli un dolce. «E uno per bambina.» Ne prese un quarto e corse in soggiorno. «Per bambina,» disse, porgendolo a sua madre.

Lauren ridacchiò. «È troppo piccola per mangiare, non ha ancora i denti. Vedi?» Allontanò la neonata dal suo seno abbastanza a lungo per mostrare la sua bocca a Chip, che guardò all'interno e poi scoppiò in lacrime.

«Niente denti! Dove sono denti?» gridò.

Griff lo abbracciò subito. «Devono crescerle, proprio come hanno fatto i tuoi. Avrà i denti come te, tra qualche mese.»

«Bambina triste. Niente denti.»

«Mangerai tu il panino alla cannella di Gracie per lei, Chip?» chiese Lauren.

Chip annuì e gli diede un gran morso. «Mangio per Gracie.»

Gli adulti risero e Griff sentì un gran calore nel cuore. Sarebbe riuscito a gestire la situazione, con l'aiuto di Lauren. Sua moglie si riavvicinò la bambina al seno e gli rivolse un sorriso dolce, e lui si sentì la gola stretta e gli occhi pieni di lacrime. Finalmente, aveva quello che aveva sempre voluto. L'unica cosa che mancava era sua madre, che non era lì per assistere a quella scena. Ma per il resto, si sentiva riconoscente.

Suonò il campanello.

«Dev'essere l'infermiera,» disse Verna, e si alzò.

Hank gli diede una pacca sulla schiena. «Sembra che possiate gestire la situazione anche da soli.»

«Credo di sì,» concordò Griff.

«Voglio quell'infermiera,» ribatté Lauren.

«Per me va bene, e poi ho ancora un'altra partita, e poi il Super Bowl,» acconsentì il quarterback.

«Se Dio vorrà,» insinuò Hank.

Verna tornò dentro, accompagnata da una signora anziana dai capelli grigi, Era snella, si muoveva rapidamente, e aveva un ampio sorriso sulle labbra.

«Salve, io sono Rita. E chi è questo ometto affascinante?» disse, inginocchiandosi davanti a Chip.

Rita era il nome della madre di Griff, quindi quell'annuncio lo colse di sorpresa. Forse era destino. Non sapeva cos'avesse fatto per meritarsi di vincere a quella lotteria, ma si sentiva pieno di gratitudine. Spostò una sedia accanto a Lauren e abbassò lo sguardo su di lei e sulla loro figlia, sorridendo. Erano entrambe così belle. Griff accarezzò i capelli di sua moglie per un attimo, prima di posarci un bacio. Aveva una bella vita.

TRUNK ERA SEDUTO A un tavolo del bar con un giornale tra le mani. Aveva chiamato un agente immobiliare dopo l'altro e lasciato svariati messaggi, e tre agenti l'avevano richiamato per fissare un appuntamento per quel pomeriggio. Doveva liberarsi della sua casa e lasciarsi alle spalle la sua vecchia vita.

Era venerdì mattina, si era alzato presto e si sentiva carico d'energia. La festa era stata incredibile, e dato che non aveva bevuto, non soffriva i postumi della sbornia. Domenica sera avrebbe giocato nella partita contro i Florida Gators, aveva un sacco di tempo per iniziare a rifarsi una vita.

Il primo passo sarebbe stato vendere la casa, e il secondo, comprarne una nuova. Girò le pagine del giornale mentre sorseggiava il caffè.

Carla scese le scale, chiudendosi la vestaglia. «Ti sei alzato presto,» commentò, e soffocò uno sbadiglio.

«Ho del lavoro da fare: devo sbarazzarmi della mia casa e prendermene un'altra,» replicò Al.

«Caffè?»

«È già pronto.»

«Grazie.» Carla se ne riempì una tazza e si unì a lui.

«Potresti aiutarmi a trovare una casa nuova,» disse Trunk.

«Una casa nuova? Ti trasferisci?»

«Sapevi che questa era solo una situazione temporanea.»

Carla sospirò. «Non pensavo che sarebbe successo così presto.»

«Cavoli, non me ne sono ancora andato. Ci vuole tempo per trovare una casa, ottenere e chiudere il contratto, e tutta quella roba. Poi, probabilmente dovrò ristrutturarla. Non sono ancora fuori da questo posto, per niente. A meno che tu non mi cacci via a calci.»

«Dopo stanotte? Ma scherzi?»

Trunk ghignò. «È stata *veramente* una notte fantastica.» Posò il giornale e avvicinò la sedia a quella della sua ragazza.

Carla lo fissò con quei suoi occhioni, scrutandolo da sopra la tazza che si era avvicinata alla bocca.

«Dio, sei bellissima,» mormorò il difensore, passandole le dita tra i capelli.

«Il sesso è migliore quando sei sobrio,» replicò lei.

Al rise e l'abbracciò. «Puoi dirlo forte.»

Carla alzò lo sguardo e gli fissò la bocca. Trunk la baciò e le infilò una mano sotto la vestaglia per palparle il seno.

«Mi fai venire voglia di tornare a letto,» le disse.

«Allora, cos'è che te lo impedisce?»

«Questo.» Con l'altra mano, Trunk agitò il giornale. «Vieni con me, Carla. Ho bisogno di un consiglio, e tu sei così intelligente.»

«Okay, okay. Il tipo della carne viene alle dieci, dopo posso venire con te.»

«Il primo appuntamento è a mezzogiorno.» Trunk controllò l'ora. «Adesso sono le otto, quindi abbiamo due ore prima dell'arrivo del tipo della carne.»

«Cavoli, e tu cosa vorresti fare?» Carla si portò una mano alla bocca per trattenere una risata.

«Non so. Andiamo di sopra e vediamo se riusciamo a inventarci qualcosa per passare il tempo.»

Carla rise forte, quando Al si alzò in piedi, la prese per mano e la condusse al secondo piano.

Dopo che ebbero fatto l'amore, la sua ragazza si accoccolò contro di lui. Al la strinse a sé, lasciò che gli appoggiasse la testa sul petto, e le accarezzò i capelli setosi, godendosi la sensazione delle ciocche soffici tra le dita. Aveva sentito la mancanza delle coccole, quando stava con Mary, anche se non l'avrebbe mai ammesso. Quando acconsentiva a fare sesso con lui, la sua ex andava in bagno a fare la doccia subito dopo aver finito. Mary lo faceva sentire sporco, quando rifiutava l'atto che avevano appena compiuto cercando di lavarlo via.

Il numero di volte che le proponeva di farlo era calato da quattro a due alla settimana, poi si era ridotto a una, poi una ogni due settimane, e infine una al mese, perché a quel punto era così arrapato che si sarebbe scopato pure un melone. Ora capiva perché, ma avrebbe voluto che lei fosse onesta con lui fin dall'inizio. Se l'avesse fatto, non si sarebbero mai sposati, e lui non si sarebbe dovuto riprendere da quattro anni di rifiuti a livello sessuale ed emotivo.

Carla giocherellò con i peli sul suo petto, ogni tocco delle sue dita minute o delle sue unghie affilate gli faceva venire la pelle d'oca. Il football era un gioco molto fisico, e i giocatori si toccavano l'un l'altro, erano affettuosi, si abbracciavano, si davano il cinque, si tiravano schiaffi sul culo. Trunk invidiava i suoi compagni di squadra che si tenevano per mano con le mogli, o passavano il braccio sulle spalle o attorno alla vita delle loro compagne prima di baciarle. Aveva desiderato avere quel tipo di rapporto con Mary, ma lei aveva sempre rifiutato ogni tipo di *effusioni in pubblico,* come le chiamava. Non gli permetteva mai di dimostrarle il suo affetto davanti agli altri.

Perché non le aveva chiesto il divorzio? Perfino uno leale come Al ci aveva riflettuto sopra. Ci aveva pensato tanto spesso, che alla fine era persino andato a parlare con un avvocato, ma poi si era preoccupato di farla soffrire e umiliarla pubblicamente, così ci aveva rinunciato. Le star della NFL non avevano molta privacy.

La notte, pregava che lei lo amasse, che quella dolorosa freddezza finisse, ma in fondo Al Mahoney era abituato al dolore fin da quando un guidatore ubriaco aveva sterzato bruscamente sulla strada, si era lanciato oltre la linea di mezzeria e aveva ucciso i suoi genitori in pochi istanti.

Carla gli aveva aperto un nuovo mondo, fatto di affetto, sano sesso e amore. Si era infiltrata nel suo cuore mentre non guardava. Certo, Al a volte aveva paura, ma la maggior parte del tempo, era troppo felice per pensarci. Non gli importava quanto sarebbe durata, aveva trovato la cosa più simile all'amore che avesse mai avuto, e se la sarebbe goduta finché non sarebbe finita.

Notò il respiro regolare di Carla, si era addormentata su di lui. Le tirò le coperte sopra le spalle, le strinse le dita attorno al fianco e chiuse gli occhi, ma poi ne riaprì uno per dare un'occhiata all'orologio. *Sono solo le nove, abbiamo ancora un'ora.* Si assopì, cullato dal calore della sua donna e del piumino.

Il campanello suonò più volte, facendoli risvegliare di scatto. Carla saltò giù dal letto, poi afferrò la vestaglia e se la legò mentre scendeva le scale, strillando: «Datti una calmata, Terry!»

Trunk si infilò un paio di pantaloni della tuta e prese la maglietta che aveva lasciato sulla sedia, poi scese da basso a piedi nudi e raggiunse la barista proprio quando lei aprì la porta.

Il tizio della carne guardò Carla, poi lui, e un sorriso lascivo gli spuntò sulle labbra. «Ho interrotto qualcosa?» chiese.

Carla sbadigliò. «Un pisolino, coglione. Ora, entra, perché stai facendo uscire tutto il calore,» replicò, poi lo afferrò per il bavero e lo trascinò dentro. L'uomo portava un grosso pacco sulla schiena e avanzò pesantemente fino in cucina. «Dovrei farti fare il giro, ma fa troppo freddo,» commentò Carla.

«Che Dio ti benedica, signorina sexy,» replicò lui.

«Attento a quel che dici, amico,» lo avvertì Trunk.

«Va tutto bene, piccolo. È innocuo.»

«Ahi. Sai proprio come ferire un uomo, Carla,» si lamentò Terry.

Trunk li seguì fino al freezer.

«Quel maledetto coso è vecchio quanto me. Quando ne comprerai uno nuovo?» Terry appoggiò il pacco per terra.

«Quando vincerò alla lotteria. Tira fuori la carne e mettila là dentro, devo andare in un posto,» rispose Carla.

«Di nuovo a letto con quel bestione?»

«Maledizione, non sono affari tuoi. Non ti ho dato la mancia a Natale?»

«Sì, e allora?»

«Non mi aspetto tutta questa impudenza da te. Al è il mio migliore amico, lascialo in pace.»

Trunk rise. Carla era minuta, alta solo un metro e sessantadue, eppure in quel momento era lei a difendere lui. Non gli era mai successo, né si rivelava necessario da molto, moltissimo tempo. «Grazie, tesoro, ma posso cavarmela da solo con questo idiota.»

«Ehi, chi è che hai chiamato idiota?» chiese Terry, offeso.

«Il tizio più basso di quindici centimetri e che pesa trenta chili in meno di me . Obiezioni?»

L'altro uomo alzò lo sguardo su di lui e inghiottì a vuoto. «No, nessuna.»

«Bene, allora lascia che ti dia una mano.»

Mentre i due uomini tiravano fuori la carne, Carla sgattaiolò di sopra e ritornò vestita di tutto punto, con un paio di jeans e un maglione rosa scuro. Trunk l'aiutò a compilare l'inventario della consegna e metterla via. Notò che la gomma sull'anta del vecchio freezer si era rotta in più punti, quell'elettrodomestico aveva visto giorni migliori, ma sapeva che Carla, semplicemente, non aveva le risorse per sostituirlo.

I suoi problemi finanziari gli strinsero il cuore, ma lei era brava a nasconderli, non si lamentava mai per la mancanza di soldi né chiedeva aiuto a nessuno. La sua donna era ostinatamente indipendente. Al ammirava la sua indipendenza, ma si chiese perché non si rivolgesse alla sua famiglia, se l'idea di chiedere aiuto a lui la metteva in imbarazzo. Aveva otto fratelli, di sicuro uno di loro sarebbe stato in grado di farle un prestito. Le rivolse uno sguardo pieno di compassione.

«Che c'è? Ho qualcosa di aperto?» Carla controllò la zip dei jeans e poi il maglione.

«Stai bene,» le rispose.

«Allora, perché mi guardi così?»

«Per nessun motivo.»

Carla si puntò i pugni sui fianchi. «Bugiardo.»

«Non è niente. Ora, andiamo,» disse Trunk, prendendola per il gomito e dando un'occhiata al suo orologio. «Abbiamo quindici minuti per raggiungere la casa.»

«E il pranzo? Avrei cucinato io.»

«Al diavolo, ti porto a mangiare fuori.»

Salirono in tutta fretta sul suo SUV e Trunk mise in moto. Mentre lui guidava, Carla guardò fuori dal finestrino e si mordicchiò un'unghia, cosa che, aveva notato, faceva quand'era nervosa. *Non può essere preoccupata per l'agente immobiliare, dev'essere quel maledetto freezer. Cosa succederebbe, se si rompesse?*

«So che il freezer è vecchio, ma dovrà sopravvivere fino a gennaio,» disse.

«È la tua attività, piccola, ma se ti serve un prestito o qualcosa del genere...»

«Sono a posto, ho messo da parte dei risparmi per i giorni difficili. Non sono scema, sai. Sono una donna d'affari.»

«Lo so, tesoro. Rilassati, io sono dalla tua parte.» Trunk le diede un colpetto sulla mano per rassicurarla.

«Non devi preoccuparti per me.»

«Non lo sto facendo, tu sei fantastica. Ma se avessi bisogno di me, io ci sono.»

Quelle parole parvero rabbonire Carla. «Così vedrò la tua casa. Fico.»

La familiare sensazione di pesantezza che provava al pensiero della sua casa tornò, anche se Mary non c'era e la trappola matrimoniale che lo aveva tenuto per le palle era ormai stata spezzata. Trunk scrollò le spalle e si stiracchiò un po' per togliersi di dosso quella sensazione. Rimase sorpreso di quanto fosse fisica quella specie di depressione, e di quanto strettamente fosse connessa alla casa.

«Prima mi libero di questo posto, meglio è,» disse, aprendo la portiera.

Carla scese dall'auto e aspettò che lui facesse lo stesso, poi insieme percorsero il vialetto di pietra. L'edificio era un'anonima casa in stile coloniale a due piani, situata in un quartiere di periferia. Il lotto era piccolo, qualcuno si era occupato un po' della progettazione del giardino e pochi arbusti circondavano il primo piano. La facciata era dipinta di grigio chiaro e la porta era nera. Trunk aveva sempre odiato il grigio, quella era stata un'idea di Mary. A lui piaceva l'idea di una casa colorata, aveva sempre voluto dire a un amico: «La terza casa sulla destra, quella con la porta rossa.»

Girò la chiave nella serratura e tenne aperta la porta per Carla, i passi della sua ragazza riecheggiarono sul pavimento in pietra all'ingresso. In soggiorno c'era solo un tavolino da caffè.

Trunk controllò di nuovo l'ora. «È in ritardo.»

«Solo di cinque minuti, forse ha trovato traffico. Mi fai fare un giro?»

«Non c'è molto da vedere.»

«Andiamo.» Carla lo prese per il braccio.

Trunk la guidò attraverso il soggiorno, la sala da pranzo, la cucina e lo studio al primo piano, poi salirono al piano di sopra ed entrarono nelle tre camere da letto vuote e i due bagni. Il linebacker indicò una porta e disse: «Quella è la mansarda, ma là dentro non c'è niente. Tenevamo tutta la nostra roba nel seminterrato.»

Mentre scendevano le scale, qualcuno bussò alla porta. Trunk l'aprì e fece le presentazioni.

«È una bellissima casa, ma bisogna pulirla e darle una rinfrescata. E anche una mano di pittura bianca, magari? Certo, quando i possibili acquirenti scopriranno che appartiene a un famoso giocatore dei Kings, beh, a quel punto non ci saranno problemi. Dovrebbe essere facile da vendere,» disse l'agente immobiliare.

«Pittura?» Trunk si grattò il velo di barba sul mento.

«Sì, bisogna preparare la casa per essere venduta.» La donna gli porse un biglietto da visita. «Io mi occupo anche di queste cose. Per un piccolo costo, imbiancherò l'interno e metterò dei fiori qua e là. Cavoli, non ci sono molti mobili.»

«Se li è presi mia moglie.»

«Non è un problema. Pittura, pulizia, cera sui pavimenti, e poi riusciremo a venderla subito. Vorrei avere l'esclusiva.»

Trunk e l'agente parlarono d'affari, poi lui firmò dei documenti e le porse un mazzo di chiavi. Mentre si sedeva sulle scale e compilava un assegno, Carla vagò di stanza in stanza. Si chiese se percepire il gelo che pervadeva la casa, non dipendesse interamente dal fatto che il riscaldamento era così basso da essere quasi spento.

La coppia tornò in macchina.

Carla si passò le braccia attorno alla vita e rabbrividì. «Alza il riscaldamento. Ma quanti gradi c'erano lì dentro?»

«Faceva più freddo che al Polo Nord.»

Carla rise. «Puoi dirlo forte. È come se non ci avesse mai vissuto nessuno, non riesco a credere che tu ci sia rimasto per quattro anni.»

«Infatti non ci ha mai vissuto nessuno, almeno non nel modo in cui viviamo io e te.» *Chiudi il becco, cretino, e non osare dire la parola con la A.* Trunk strinse le labbra mentre guidava.

«Pensiamo a cose più felici. Dove andiamo a pranzo?»

«Allo *Sweet Magnolia?*»

«È un posto troppo elegante, non ho i vestiti adatti per l'occasione. Che ne dici di andare da *Pete & Joe?* Fanno dell'ottimo manzo sotto sale.»

«Adoro il manzo sotto sale!» Trunk sorrise.

«Anch'io, con l'insalata di patate e i sottaceti,» concordò Carla.

L'atleta sentì il suo stomaco brontolare e girò a sinistra, imboccando Apple Grove Drive e dirigendosi verso Main Street. «E la Coca Cola.»

«Oh, sì, la Coca Cola. Perfetto.»

E con la donna perfetta, pure. Trunk trovò un parcheggiò proprio davanti al ristorante. Carla parlò ininterrottamente di case e colori, e lui l'ascoltò distrattamente, era felice di sentire la sua voce, ma non riusciva a concentrarsi. Era bello potersi scordare della vecchia casa e iniziare a pensare a dove voleva vivere. Non ne aveva idea, però, sapeva solo che stavolta voleva della terra, molta terra.

«Non mi stai ascoltando, giusto?» chiese Carla.

«Sono a stomaco vuoto.»

«Quindi le tue orecchie non funzionano?»

La cameriera si fermò al loro tavolo. «Avete già deciso cosa ordinare?»

La coppia ordinò, poi Trunk prese la mano di Carla nella sua. La pelle era soffice e liscia, sembrava seta e ci passò sopra il pollice per godersi quella sensazione.

«Che tipo di casa vuoi comprare?» gli chiese lei.

Trunk alzò le spalle. «Non lo so. Immagino che lo scoprirò quando la vedrò.»

«In che genere di casa vivevano i tuoi genitori?»

«Abbiamo vissuto in un campo di caravan finché non ho compiuto tredici anni, poi loro sono morti.»

«Oh, mio Dio! I tuoi genitori sono morti quando avevi tredici anni?»

Trunk annuì, erano passati così tanti anni che ormai il dolore causato dalla loro morte si era ridotto a una breve fitta.

«E poi, dove sei andato a vivere?» insistette Carla.

«Mi hanno fatto fare avanti e indietro dalla casa di mia zia a quella di mia nonna.»

«Le loro case ti piacevano?»

Trunk scosse la testa. «Non ho mai avuto una casa in cui fossi felice o che avesse un significato speciale per me, non da quand'ero bambino.» Distolse lo sguardo, incapace di sopportare la pietà nello sguardo della sua donna. Certo, la sua storia non era felice, ma cavoli, non era l'unico ad avere una storia triste alle spalle. E adesso, era in cima al mondo, giusto? Era libero, ricco, stava vivendo il suo sogno.

«È ora di trovare un posto che ami. Un palazzo, piccolo o grande che sia, un posto dove ti piacerebbe fare ritorno,» dichiarò Carla.

Potrebbe anche essere una capanna di fango, perché se ci fossi tu, vorrei tornare a casa comunque.

La cameriera ritornò con il loro cibo.

Trunk spalmò la senape sul suo sandwich. «Ha un aspetto fantastico. Sto morendo di fame,» disse, e gli diede un grosso morso. Mangiare gli permise di interrompere la conversazione e gli diede tempo per rilassarsi e pensare a quello che stava per dire. «Lo riconoscerò, quando lo vedrò. Ti va di venire con me?»

Carla scosse la testa. «Ho smesso di guardare le vetrine senza comprare nulla molto tempo fa. Non voglio vedere roba che non mi posso permettere. Ma va bene, il bar si difende ancora, e un giorno, riuscirò a comprarmi una casa, così non dovrò più vivere sopra il mio locale. Un giorno, avrò una vita.»

«Se non assumerai un aiutante e non ti prenderai del tempo libero, non avrai mai una vita,» ribatté il difensore.

«So cosa sto facendo! Se potessi permettermi un aiutante, non credi che ormai avrei già assunto qualcuno?» Carla addentò un sottaceto.

«Mi dispiace, Carla, dovrei chiudere il becco, non conosco la tua situazione.»

«Esatto.» La barista annuì, determinata.

«Verrai a dare un'occhiata, insomma, se troverò qualcosa che mi piaccia?»

«Se riuscirai a ridurre il campo a due opzioni, okay.»

«Grazie. Voglio sentire la tua opinione.»

«Grazie per aver organizzato la festa per la vittoria al *Beast*,» replicò Carla. «Mi ha fatto guadagnare un sacco di soldi.»

«Bene, perché il bar era il posto perfetto per farlo,» disse Trunk. *Ti sto dando una mano e tu non lo sai nemmeno.*

«Lo credo anch'io.»

Trunk scrutò negli occhi di Carla e vide che era chiusa in se stessa, diffidente. La vide ritrarsi e andò nel panico. Cominciarono a parlare di football e dell'imminente partita contro i Gators, poi finirono di mangiare e tornarono al *Savage Beast dove* Carla iniziò a preparare il locale per i clienti di quella sera.

«Hai bisogno di me?» le chiese Trunk.

La barista scosse la testa. «Ho tutto sotto controllo.»

«Allora, vado a fare un po' d'esercizio. Dobbiamo essere in forma smagliante per la partita, e dobbiamo vincerla.» Il lineman finì di disfare i bagagli e trovò un pacco regalo. Fece cenno a Carla di avvicinarsi.

«Che c'è? Ho un sacco di cose da fare,» disse lei.

«Ti rubo solo un minuto, okay? Ecco qua.» Trunk le porse il regalo.

«Cos'è?»

«Un regalo, l'ho comprato a Omaha. Mi ha fatto pensare a te.»

Carla strappò la carta e aprì il pacchetto. Trunk immaginò che non ricevesse molti regali, perché spalancò gli occhi mentre toccava la pelle ben lavorata.

«Quando ho toccato questa pelle, ho pensato che fosse morbida come la tua. Così, ho dovuto comprarli per forza,» spiegò.

«Sono bellissimi, Al,» disse Carla, e si infilò i guanti. «E sono anche foderati di pelliccia. Sono fantastici.»

«Solo il meglio per te, piccola.»

Carla si alzò sulle punte dei piedi, lo afferrò per il bavero con le mani ancora coperte dai guanti e lo baciò. «Grazie.»

Il suo baciò lo tenne caldo finché non arrivò allo stadio.

Capitolo Dodici

Visto che erano i Florida Gators a volare a nord per giocare al Barker Stadium, Trunk non dovette salire su un aereo. Aveva tempo prima della partita, così nell'attesa passava quattro ore in palestra ogni mattina e ogni pomeriggio setacciava gli uffici degli agenti immobiliari alla ricerca della casa perfetta.

Non poteva essere una proprietà qualsiasi, voleva un terreno molto vasto dove poter piantare degli alberi da frutto e un giardino. La casa non doveva per forza essere enorme, dato che ci avrebbe abitato da solo, finché non avesse trovato la donna giusta, ma la struttura doveva avere fascino.

Deve darmi un motivo per tornarci. Dev'essere comoda, facile da mantenere, e non troppo grande. Se ci fosse anche Carla, tornerei a casa tutte le notti, ma questo non succederà mai.

Al Mahoney decise di non spendere troppo e che un piccolo edificio gli sarebbe andato bene e gli sarebbe costato molto meno di uno più grande, soprattutto le bollette del riscaldamento. Venerdì sera, aveva già visto le foto di duecento abitazioni, o così gli sembrava.

Ritornò al *Beast* alle sei. Carla stava servendo il cibo e versando la birra, ma alzò lo sguardò e gli rivolse un sorriso, quando entrò.

Trunk si sedette a un tavolo, da solo, e si prese la testa tra le mani.

Carla si fermò al suo tavolo. «Com'è andata?» chiese.

Il difensore scosse la testa. «Due hamburger, patatine fritte e una birra.»

«Arrivano subito, tesoro.» La sua ragazza gli diede un colpetto sulla spalla, cercando di confortarlo, e andò in cucina. Trunk fece un cenno a un paio di clienti abituali e tirò fuori dei fogli ripiegati dalla tasca, li lisciò e li osservò, uno alla volta. Su ognuno c'erano la foto di una casa in vendita e le informazioni principali su di essa. Aggrottò la fronte e li strappò in due, mentre Carla posava una birra davanti a lui, poi si sedette accanto a lui.

«Ho un minuto libero. Ti va di dirmi cos'è successo?» riprovò.

Trunk mandò giù un grosso sorso, non si era reso conto di avere tanta sete. «Non è successo niente. Le case erano noiose, non c'è nulla che vada bene.» Batté il pugno sul tavolo e la bottiglia cadde giù, ma l'afferrò prima che colpisse il pavimento.

«Mantieni la calma. Hai appena iniziato a cercare,» lo rassicurò Carla.

«Questa non è una grande città, Carla, non posso vivere nella tua stanza degli ospiti per sempre.»

«E non lo farai.»

«Sai che intendo.»

«Che c'è di male se vivi con me?» chiese Carla.

«Niente, piccola.» Trunk le prese le mani tra le sue. «Ma ho bisogno di avere un posto tutto mio.» La sua donna lo fissò con quei suoi occhi espressivi e si sentì sciogliere. «Magari potresti trasferirti tu da me.»

«Non potrei permettermi di pagare l'affitto.»

«Quale affitto?» Al accarezzò il dorso della mano di Carla. «Se ti trasferissi da me, piccola, non ti farei pagare un centesimo. Né per la stanza, né per il cibo, né per nient'altro.» Il suo cuore iniziò a battere più velocemente. *Che cazzo stai facendo?* Le strinse delicatamente le dita, poi le lasciò andare la mano e si appoggiò allo schienale della sedia.

Carla lo fissò, si leccò le labbra e poi si alzò in piedi. «Sei molto dolce, Al, ma non sai in che razza di situazione ti stai cacciando. Manteniamo il nostro rapporto così com'è.»

Prima che potesse spiegarle ciò che intendeva, lei si avvicinò a un altro tavolo per prendere un ordine. Trunk sentì il suo cuore sprofondare, aveva come un peso tra le spalle. *Non sa nemmeno la verità su di me, ma si sta già tirando indietro. Non è un buon segno.*

Carla gli portò il suo cibo e lui lo divorò come se non mangiasse da giorni. A poco a poco, la gente cominciò a riempire il bar, tenendo Carla occupata. Trunk decise di leccarsi le ferite andando a vedere un film da solo, così la salutò con un cenno della mano e poi si diresse verso il cinema locale, tre isolati più in là.

Alle dieci, ingioiò l'ultima cucchiaiata di gelato guarnito di crema ganache calda alla tavola calda, dopodiché tornò al *Beast*, salì le scale e si fiondò in camera sua. Aveva bisogno di passare la notte da solo. Si spogliò e andò a letto. Tentò di concentrarsi su un thriller, ma dopo aver riletto le stesse parole più e più volte, mise via il libro e spense la luce.

ALL'UNA, CARLA PERCORSE il corridoio che portava alla sua stanza, dove non vedeva l'ora di passare un po' di tempo in pace con Al, ma quando accese la luce e vide che il letto era vuoto, le cascò la mascella a terra. *Dov'è?* Non poteva essersi alzato per andare in bagno, perché le lenzuola erano ancora intonse.

Si voltò e guardò in direzione della sua stanza. «Ma che...?» Sentì una fitta al cuore. *Che sta succedendo? Dov'è andato? Perché non è qui? Ho detto qualcosa di sbagliato?*

Gli occhi le si riempirono di lacrime. Voleva Trunk, voleva fare l'amore con lui, voleva che lui la tenesse tra le braccia per tutta la notte. Aveva contato gli incassi e scoperto che aveva guadagnato il venti percento in meno di quanto non guadagnasse solitamente il venerdì sera, quindi la sua attività aveva già cominciato a rendere di meno. Ogni anno riusciva a farcela per un pelo, ma questo non le impediva di sentirsi nervosa. Aveva bisogno che Al la rassicurasse.

«Quel figlio di puttana,» borbottò tra sé e sé, mentre si sfilava il maglione. Finì di togliersi i vestiti e si infilò sotto le coperte, nuda. Le lenzuola erano maledettamente fredde, e lei non ci era più abituata, da quando Al aveva iniziato a dormire nel suo letto. Chiuse gli occhi, ma la rabbia e il dolore continuavano a tormentare la sua mente, mostrandole tutti gli scenari più negativi riguardo a quel che sarebbe potuto accadere tra lei e Al.

La stanza era talmente silenziosa che sentì lo scatto della maniglia. *Deve già andare in bagno dopo solo una birra.* Ma la porta del bagno non emise nessun suono. Un lieve fruscio le solleticò le orecchie, si irrigidì, ma rimase sdraiata. Un rumore nelle sue vicinanze attirò la sua attenzione e osservò la maniglia girare lentamente, poi, qualcuno bussò piano e la porta si aprì appena.

«Sei sveglia?» domandò Al.

«Adesso sì,» rispose Carla, la voce carica d'irritazione.

«Scusa. Sei incazzata con me?»

«Tu credi?» Carla si girò su un fianco, dando le spalle al suo ragazzo, e si asciugò dalle guance le lacrime che le erano sfuggite.

«Me ne vado. Mi dispiace, torna a dormire,» si scusò Al.

«Questo è tutto? Torna a dormire? Vieni qui.» Carla si voltò di nuovo verso di lui.

Trunk seguì le sue indicazioni con la coda tra le gambe, come un cucciolo che era stato beccato a comportarsi male. «Cosa c'è?»

«Perché sei venuto qui?» gli chiese.

«Oh, sì. Ero... beh... non riuscivo a dormire. E ho pensato che... nah, tu non lo faresti,» balbettò Al.

Carla allungò il braccio e gli afferrò la mano. «Non farei cosa?»

«Dimenticati quello che ho detto. Ho rovinato tutto. Rovino sempre tutto.»

«Porta il tuo culo in questo letto.»

Trunk si infilò nel letto accanto a lei, e Carla si sentì sopraffare dall'emozione, tanto che le lacrime iniziarono a scorrerle sulle guance. Tirò su con il naso.

Trunk allungò una mano nell'oscurità e le accarezzò il viso. «Stai piangendo?»

Carla prese un fazzoletto e si soffiò il naso.

«Oh, piccola, sono stato io a farti questo? Vieni qui.» Al l'attirò a sé e le diede un bacio tra i capelli.

Le facevano male i piedi, e i suoi occhi stanchi volevano solo dormire. Impaurita e addolorata, Carla voleva il suo uomo, e crollò contro di lui. Sentire la sua pelle la calmò, gli sfregò il viso sul collo e si lasciò sfuggire un sospiro.

«Ti ho ferita?» le chiese Trunk.

«Non sapevo dov'eri,» gli rispose con un filo di voce.

«Mi dispiace. È stata una giornata frustrante. Credevo di aver bisogno di passare del tempo da solo, ma invece avevo bisogno di passare del tempo con te. Sono stato uno stronzo.»

«No, non è vero.»

«Mi vuoi, tesoro?» Trunk pronunciò quelle parole a voce bassa e in tono seducente, nel buio.

Carla annuì.

Il suo uomo ridacchiò. «Non riesco a capirti, piccola. Parlami.»

«Sì. E tu non c'eri.»

«Adesso sono qui. Che ne dici?» La mano di Al trovò il suo seno, e il pizzico gentile che le diede sul capezzolo la svegliò del tutto. Sentì un brivido attraversarla, mentre le sue labbra indugiavano sopra il suo orecchio.

«Al, io... io...» S'interruppe. *Non usare la parola con la A.*

«Lascia che ti ami.»

Carla fece scorrere il palmo sul fianco di Al e poi più su, fino a passarlo tra i peli che gli ricoprivano il petto. Dio, era bello sentire il suo corpo. Toccarlo la fece tornare in vita. I suoi nervi si misero in allerta, la sua pelle si svegliò a poco a poco a ogni lieve tocco delle punte delle sue dita mentre lui faceva scorrere le mani su tutto il suo corpo. Carla trovò il suo viso nel buio e portò la bocca sulla sua. Il loro bacio fu famelico. Gli passò le mani sul retro del collo mentre anche Al si rianimava e la baciava con trasporto, togliendole il respiro.

«Fallo, Al. Prendimi,» ansimò.

«Ricevuto.»

Al la fece sdraiare sulla schiena, le allargò le gambe e la cosparse di baci, scendendo sempre di più. Carla sospirò e poi gemette, quando il suo uomo entrò in contatto con la sua carne calda e umida. Sentì il calore e la passione montare dentro di sé, mentre si affidava ad Al, e lui non la deluse.

AL POSÒ UN BACIO TRA i seni di lei. Il sudore gocciolava dal suo viso e lo asciugò con una mano. Carla gli passò le dita tra i capelli, tirandoli piano. Era come se il suo corpo stesse cantando una canzone d'amore. Le sfregò con delicatezza il mento irsuto sulla pancia, poi ci passò sopra le labbra.

Mary non ha mai fatto tutto questo. Devo lasciarla andare. Carla è una vera donna, del tipo che voglio io. E anche lei mi vuole. Cielo.

«Mary ti ha mai svegliato solo per fare sesso?» gli chiese lei, accarezzandogli la guancia.

«No, mai. Ero fortunato se accettava di farlo quand'era già sveglia. Non me l'ha nemmeno mai succhiato,» le rispose.

«Lei era premurosa, non come me. Se mi verrà voglia mentre tu stai dormendo, ti farò alzare.»

Trunk ridacchiò. «Me lo farai alzare?»

Carla gli diede uno schiaffetto scherzoso sulla spalla. «Sai che intendo.»

«Adoro questa idea. Hai il permesso di svegliarmi quando vuoi per fare l'amore.» Al si sdraiò di nuovo sul letto. «Vieni qui, mi sento solo.» Allungò una mano verso di lei.

La sua ragazza rise e gli si avvicinò lentamente.

Al l'afferrò e se la tirò contro. «Così va meglio.»

«Già.» Carla gli strofinò il viso contro il collo.

Il suo respiro era tiepido contro la sua pelle, mentre l'aria era fredda. Al allungò una mano, la strinse attorno al piumino e lo tirò su con uno strattone. Lo sistemò con cura attorno alle spalle di Carla e al proprio fianco destro, poi inclinò il viso e lo spostò più vicino al suo. Il profumo dei suoi capelli era fresco e un po' dolce. «Dio, hai un buon odore,» sussurrò.

Quella fragranza era inebriante e l'amore gli riempiva il cuore. Non aveva mai conosciuto una donna come Carla, ovvero risoluta, amorevole e sexy, e non c'erano abbastanza aggettivi nel dizionario per descrivere quel che provava per lei. Finalmente, ammise a se stesso quanto l'amava, e pregò che lei non gli spezzasse il cuore.

Era troppo tardi per usare il buonsenso, ritirarsi e fingere che non gli importasse nulla. Aprirsi a lei e prendersene cura, a modo suo, gli risollevava il morale. Sentiva tutto il corpo più leggero. Al non aveva mai pensato di potersi sentire in quel modo, né che una donna potesse trattarlo così bene. Si era ritrovato a dipendere da lei, era un'esperienza nuova per un uomo che non dipendeva da nessuno tranne che da se stesso da quando aveva tredici anni. Questo gli scaldava il cuore, ma lo spaventava anche a morte.

Nella stanza era buio pesto e non si sentiva volare una mosca. Era insonnolito. Il respiro regolare di Carla fu come una ninnananna per lui. Ma quella notte, Al si girò e rigirò nel letto, perché la sua mente era tormentata da sogni che riguardavano il football. Ringhiò, sudò e aprì gli occhi.

«Stai bene, tesoro?» Carla gli passò lentamente una mano minuta lungo la schiena.

«Ho fatto un brutto sogno.»

«Su cosa?»

«Sul football. Torna a dormire, piccola. Sto bene.»

«Siete molto sotto pressione perché dovete arrivare al Super Bowl, non è vero?»

«Già.»

«Ce l'avete già fatta due volte.»

«Sì, una volta abbiamo vinto e l'altra abbiamo perso.» Trunk si sfregò il viso.

«Ce la farete,» gli assicurò Carla.

«Ne sei sicura?»

«Devi crederci. Se non credi in te stesso, chi altro lo farà?»

Al sorrise. «Vivo da sempre secondo questo principio.»

«Anch'io. Ti ho visto giocare, sei un animale. Sei il migliore. Non c'è motivo perché non dobbiate riuscire a battere i Gators.»

«L'altra volta li abbiamo battuti solo di un punto.» Al alzò la voce e aggrottò le sopracciglia.

«Okay, ma li avete sconfitti. È questo che importa. Sono sicura che li farete neri,» ribatté Carla.

«Grazie.» La morsa che stringeva il petto di Trunk si allentò un po'. Quelle erano solo parole, ma gli furono d'aiuto. Il suo cuore riprese a battere a un ritmo più lento e normale.

«Cerca di dormire. Girati sul fianco, ti faccio un massaggio alla schiena,» gli ordinò Carla.

Trunk fece come lei gli diceva, e la udì aprire un cassetto del comodino. Un attimo più tardi, sentì sulla schiena le piccole mani della sua ragazza, cosparse di una sostanza fredda. Una fragranza che non riuscì a identificare gli solleticò il naso. «Cos'è questo profumo?» chiese.

«Cetriolo, pera e un paio di altre cose. Ti piace?»

«È ottimo.»

Carla emise un suono simile alle fusa di un gatto, mentre gli massaggiava i muscoli, allentando la loro tensione. «Chiudi gli occhi, Al. È ora di tornare a dormire.» La sua voce era lieve.

Al chiuse gli occhi e si concentrò sui movimenti circolari delle sue mani. Fu un'esperienza rilassante, contro la quale lo stress non aveva alcuna chance. Si assopì e sognò Carla, nuda e distesa sull'erba folta, che lo attendeva per fare l'amore. Gli fece un gran bene.

LA PARTITA ERA LUNEDÌ sera, quindi Trunk aveva il sabato e la domenica pomeriggio per cercare casa. Visitò altre due agenzie immobiliari, ma non riuscì a trovare quello che voleva. Mentre usciva dall'ultima, una foto attaccata alla bacheca attirò la sua attenzione. La casa era piccola e fatta di pietra, il prezzo era di $595,000. *Un po' cara, per essere una casetta così piccola.*

«Non perda tempo. Quella casa è vecchissima, bisognerebbe fare un sacco di lavori, e ha solo due camere da letto. E il prezzo è troppo alto.»

«È grande abbastanza per me. Quant'è vecchia? Perché è così costosa?»

«È stata costruita nel 1740, o forse nel 1730, non ne sono sicura. Il prezzo è così salato perché il terreno è di cinquanta acri.»

«Cinquanta acri?» si meravigliò Trunk.

«Di bosco, per la maggior parte. Credo ci sia anche un ruscello. Roba da far venire il mal di testa. Poco spazio, terreno troppo vasto, e dev'essere ristrutturata. Tre strike. Ma questa settimana ho un paio di case in vendita che potrebbero interessarle,» continuò l'agente.

«Voglio vedere questa.»

La donna lo guardò con aria sorpresa, fece spallucce e si alzò in piedi. Al si rimise la giacca, poi l'agente prese un mazzo di chiavi appese al muro e si tirò su la zip del cappotto. Salirono sulla macchina dell'impiegata, la casa era a sole tre miglia a nord della città. *Non trop-po lontano dal Beast.*

La donna parcheggiò e si incamminarono lungo un sentiero in pietra. L'edificio era a due piani e, per quanto piccolo, pareva quasi maestoso. Le persiane erano nere e le pietre di cui era costruita di diverse sfumature di grigio e bianco. Sopra la porta c'era un portale ad arco, appuntito e fatto di legno, e anche quello era stato dipinto di nero.

Non gli piacevano il grigio e il nero, ma dentro di sé, Al dovette ammettere che le persiane nere davano al posto un'aria di classe. Quella casa trasudava fascino ed era pregna di storia.

«Credo che stia solo sprecando il suo tempo,» disse l'agente.

«Va bene così.»

La donna alzò ancora una volta le spalle, poi provò a inserire ogni chiave nella serratura, finché non trovò quella giusta. Furono accolti dall'odore di muffa e da un milione di particelle di polvere sospese nell'aria, illuminate dalla luce del sole che entrava dalle finestre sulla facciata.

Mobili grossi e pieni fino a scoppiare facevano apparire il piccolo soggiorno ancora più stretto. Trunk, che era un uomo imponente, trovò difficile anche solo muoversi.

«Quando verrà svuotata, avrà più spazio di manovra,» disse l'agente.

Al occhieggiò l'ampio camino in pietra e immaginò di passare le sue notti lì davanti, insieme a una brava donna, del vino e uno stufato di manzo. Riusciva quasi a vedere le decorazioni natalizie sulla mensola. «Ma dove potrei mettere l'albero?» si chiese ad alta voce.

«Quale albero?»

«Non importa. Stavo solo parlando tra me e me.»

«Credo che la cucina sia da questa parte,» cambiò discorso l'agente.

Trunk la seguì e si fermò davanti a una piccola nicchia. C'era una porta, che l'agente aprì, rivelando una ripida scala a chiocciola. Trunk pensò che la porta, con la maniglia e i cardini in ferro battuto, fosse pittoresca. Quella nicchia sarebbe stata un buon posto per una comoda poltrona e una lampada, e il luogo perfetto per coccolarsi in un'umida giornata di pioggia e leggere.

La cucina era dotata di solide credenze in legno di pino, ma aveva bisogno di qualche aggiornamento. A Trunk venne qualche idea, mentre si guardava attorno. Al piano di sopra, la camera da letto era adeguata, ma il camino in pietra lo impressionò. L'immagine mentale di lui che faceva l'amore con Carla davanti al fuoco gli fece fluire il sangue verso l'uccello, ma scosse la testa e tentò di concentrarsi su qualcos'altro.

«Bella stanza,» disse.

«Sì, ma è minuscola. Come può un uomo della sua stazza vivere in questa casa?»

«Se rimuovesse tutti quei mobili enormi al piano di sotto, sarebbe molto più spaziosa.» Trunk scese le scale e si sentì sollevato, quando notò che le sue spalle ci passavano senza problemi. «Possiamo dare un'occhiata al terreno?»

«Certo.»

Chiusero la porta a chiave e andarono in cortile. C'erano un fabbricato annesso, che sembrava un fienile e un altro che somigliava a un grande pollaio.

«Se ha abbastanza soldi, credo che potrebbe trasformarli in spazi abitabili. Un ufficio, magari?» ipotizzò l'agente.

«O una palestra. Perfetto.» Trunk si fregò le mani, soddisfatto.

«Non ci avevo pensato.»

«Questo posto è perfetto.»

«Perfetto?» La donna si voltò di scatto. «Ma è pazzo? Dovrebbe fare un sacco di lavori.»

«Crede di poter contrattare per ottenere un prezzo più basso?» continuò Al, ignorandola.

L'agente lo fissò per un attimo, poi rispose: «Certo, sì. Ci proverò.»

«Può chiamare adesso? Aspetterò.»

«Si gela. Torno alla macchina,» disse l'agente, mentre prendeva il cellulare.

Trunk rimase a fissare la casa in pietra. *Piccola casa di pietra. Casetta di pietra. Perché mi suona così familiare?*

Poi un pensiero lo colpì, forte come un tornado, e quasi lo gettò a terra. Era la poesia che sua madre gli leggeva quando lo metteva a letto. Aveva un libro di filastrocche per bambini, e *La Casetta di Pietra* era una di esse. Trunk la recitò sottovoce, battendo rapidamente le palpebre.

Una casetta di pietra
Nel campo se ne sta tutta sola.
Alte son le erbacce, rotte le finestre,
Folta l'erba, e tutto è silente.
Sembra umile, così abbandonata,
Nessuna speranza le porta il mattino.
La casetta è così triste,
Comprala, papà, e rendila felice.
Potremmo viver qui, solo noi tre,
Prenderci un cane, un gatto, e un albero piantare.
Ti prego, rispondi alle preghiere della casetta,
Supplicò Timmy, salendo le scale.
Vuole una famiglia che ci viva dentro,
Che mangi e che dorma, che corra e cavalchi.
"Può esser nostra? Ti prego, comprala, papà,
È la nostra nuova casa!" gridò il bimbo.

L'emozione lo soffocò e le lacrime iniziarono a scorrergli sul viso, mentre ricordava il profumo dolce di sua madre, misto a quello della torta di mele in forno, e la morbidezza della sua vestaglia di flanella contro la guancia. Sua madre lo faceva sedere sulle sue ginocchia e leggeva, oppure si infilava nel letto accanto a lui, spingendolo ad accoccolarsi contro di lei.

Quando gli leggeva quella poesia, Al le chiedeva se avrebbero comprato una piccola casa di pietra. Lei gli diceva che un giorno avrebbero voluto comprare una casa più grande. Ad Al non era mai piaciuta la roulotte, ci vivevano solo loro tre, ma, anche così, non c'era abbastanza spazio.

Quando i suoi genitori erano morti, aveva tenuto con sé il libro con la poesia sulla casa in pietra finché sua zia non l'aveva portato per sbaglio a un mercatino dell'usato. Aveva pianto, quel giorno, anche se aveva sedici anni.

Aveva pianto negli spogliatoi, sotto la doccia, dove nessuno l'avrebbe visto.

A volte, si fermava in biblioteca, mentre tornava a casa dallo stadio. Apriva tardi, il giovedì. Trunk trovava il libro, lo apriva e leggeva la poesia, ricordando l'amore di sua madre. Aveva giurato a se stesso che avrebbe posseduto una casa simile, un giorno, ma poi la sua vita l'aveva sopraffatto e la realtà aveva lavato via quei dolci ricordi dal suo cervello, così si era dimenticato della piccola casa in pietra.

Si asciugò il viso con la manica, mentre l'agente era occupata al telefono. «Mamma, questa è per te,» sussurrò.

Un vento gelido iniziò a soffiare con violenza attorno a lui, gelandogli le ossa. Si rifugiò nella calda macchina dell'agente, dove la donna sembrava aver terminato la telefonata. Lo guardò, alzando i pollici, e gli sorrise.

Il piccolo edificio attrasse il suo sguardo. Trunk sentì il suo cuore riempirsi di commozione, al ricordo dei suoi amorevoli genitori. Come sarebbero stati felici, lì. Il suo sogno a occhi aperti venne interrotto dall'agente.

«Ce l'ho fatta!»

«Cosa?» Trunk si girò a guardarla.

«La mia brillante trattativa. Ho fatto abbassare il prezzo a quattrocentonovantacinquemila dollari. Centomila in meno del prezzo originale,» spiegò la donna.

«Fantastico. La prendo.»

«Meraviglioso! Torniamo in ufficio e compileremo i documenti. Ha un responsabile prestiti? Ne conosco uno veramente bravo.»

«Pago in contanti.»

L'agente si interruppe e rimase a bocca aperta. «Oh, okay. Ancora meglio.»

«Mi chiami quando il contratto sarà pronto, farò venire il mio avvocato a prenderlo.»

Capitolo Tredici

Trunk irruppe dalla porta come un bulldozer. Carla stava mettendo via i bicchieri puliti ea alzò lo sguardò quando lui entrò.

«Non ci crederai, ma ho trovato la casa perfetta,» annunciò il giocatore.

Aveva un'espressione vivace e il viso illuminato dalla gioia, e un ampio sorriso. Il suo corpo pareva carico di energia cinetica, non riusciva a stare fermo: iniziò a camminare su e giù, saltellò e poi sbatté le mani sul bancone e si sporse verso di lei.

«Perfetta?» chiese Carla, cercando di mantenere la calma.

«Ideale. Perfetta. Vieni a vederla?»

«Perché è perfetta?»

«È piccola, fatta di pietra e molto vecchia. Avrà più o meno un paio di secoli. È bellissima, e sono inclusi cinquanta acri di terra e un fienile. E ci sono anche dei pollai. Allora, vieni?» disse Trunk.

Carla gli sorrise. Il grande Al, la macchina da difesa, era sparito, sostituito da un Al di otto anni che aveva appena trovato un nuovo giocattolo. «Certo. Quando?»

«Puoi venire ora?»

Il giocatore sembrava così eccitato, e anche se Carla aveva un sacco di cose da fare non sopportava l'idea di deluderlo. «Okay, ma dobbiamo tornare qui entro un'ora, va bene?»

«Okay.» Trunk le porse la mano.

Lei gli strinse forte le dita e sporse la testa oltre la soglia della cucina per un momento. «Devo uscire per un'ora, Doodles. Difendi il forte, okay? Se qualcuno vuole da mangiare o da bere, te ne puoi occupare tu?» chiese.

In risposta alla sua domanda, il cuoco le fece il saluto militare e sorrise.

Al alzò il riscaldamento al massimo e lasciò che la macchina si scaldasse per qualche minuto. Parlava così velocemente, blaterava, un minuto le raccontava tutto della casa, e quello dopo recitava una filastrocca per bambini. Carla non l'aveva mai visto tanto felice e questo le scaldò il cuore. Di sicuro quel posto doveva avere qualcosa di magico, se lui se ne era innamorato, giusto?

Si fermarono sul vialetto della casa. Erano le quattro e presto sarebbe calata la sera. Al la prese per mano e l'accompagnò fino ai gradini davanti alla porta d'ingresso. «Carla, ti presento la Casetta di Pietra,» annunciò.

Carla fece una lieve riverenza e lasciò vagare lo sguardo sulla struttura. Al aveva ragione: era vecchia ma bellissima, pittoresca e affascinante. Sembrava un po' piccola per un uomo della sua stazza, ma se a lui andava bene, chi era lei per lamentarsene?

«Entriamo dentro. Qua fuori si gela.»

Al aprì la porta e la lasciò entrare per prima. Stava iniziando a far buio e quindi era difficile vedere tutti i dettagli, ma quel che vide le piacque. La coppia si sedette su un enorme divano di fronte al camino.

«Immagina di sederci qui, dopo cena, con un brandy o un bicchiere di vino. Tu e io,» disse Al.

Quell'immagine mentale le scaldò il cuore, ma scacciò quei pensieri e ricordò a se stessa che non aveva alcuna intenzione di tentare di rendere la loro relazione permanente. Al le passò un braccio attorno alla vita.

«Tu e io, piccola, e questa casa. Tornerei a casa ogni sera,» insistette.

Carla non osava nemmeno pensare a quell'opzione, ma la sua bocca si aprì e le parole ne uscirono fuori comunque. «Vuoi che venga a vivere qui con te?»

«Sarebbe un sogno che diventa realtà.»

Anche per me, ragazzone. Carla sorrise e si accoccolò meglio contro Trunk per ripararsi dal gelo della casa.

«Discuteremo il contratto la settimana prossima. Presto potrò trasferirmi,» disse Al.

«Non starai correndo un po'?»

«Le persone che abitavano qui sono già andate a vivere da un'altra parte. Hanno lasciato solo un paio di cose per aiutare a vendere la casa. Ho aperto le credenze in cucina, e sono vuote.»

«Ottimo, così non dovrai aspettare molto.» Carla sentì il suo cuore sprofondare.

«No. Voglio che tu passi la prima notte qui con me. C'è un camino anche in camera da letto. Andiamo, lascia che te lo mostri. Ci possiamo fare l'amore davanti.»

Come un ragazzino in un negozio di caramelle, con venti dollari in tasca che non vedeva l'ora di spendere, Al diventava sempre più entusiasta a ogni stanza che le mostrava. Carla dovette ammettere che quel posto era incantevole. Poteva facilmente immaginare come sarebbe stato vivere una vita serena e felice lì con lui, tranne per il fatto che non ci sarebbero stati bambini.

Quel dettaglio avrebbe reso tutto perfetto per lei. Carla era la secondogenita, e quando suo fratello maggiore se n'era andato di casa a diciotto anni per arruolarsi, era stata lei ad aiutare sua madre ad allevare gli altri sette figli e all'età di sedici anni, aveva già cambiato più pannolini di molte madri. Era stata oppressa dai doveri materni quasi quanto sua madre.

A ventun anni, se n'era andata da casa, aveva trovato un lavoro come cameriera e aveva iniziato a mettere da parte dei soldi. Non aveva alcuna intenzione di tornare a fare da schiava a qualche moccioso;

ne aveva avuto abbastanza di cucinare per dieci persone sera dopo sera, di portare ragazzini dal dottore, agli allenamenti di basket, dalle girl scout e a scuola, e di tornare a riprenderli.

La sua famiglia non aveva mai avuto il becco di un quattrino, poiché nutrire e comprare i vestiti per una nidiata del genere costava un sacco di soldi, ma quello non era l'unico problema. Carla era sempre la prima figlia a ricevere i vestiti nuovi e li indossava finché non era tempo di passarli a sua sorella. Però doveva stare attenta, perché ogni volta che macchiava un capo d'abbigliamento, sua madre correva a lavarlo, per paura che altrimenti non sarebbe rimasto in condizioni abbastanza buone per passarlo alle altre figlie. A furia di preoccuparsi, Carla sembrava già vecchia a vent'anni.

Dopo essersene andata da casa, aveva preso in affitto una stanza e cercato di vivere la vita spensierata dei ragazzi della sua età. Ma aveva un sogno ed era determinata ad avere successo, quindi lavorava più a lungo e più duramente di tutte le altre cameriere del *Beast*. Roddy, il vecchio proprietario, le aveva insegnato come gestire l'attività. Lui era stato felice di farle da insegnante e lei era stata un'allieva volenterosa, e alla fine Roddy l'aveva promossa ad assistente manager. Questo le aveva procurato altri soldi da mettere da parte.

Carla si era divertita prima dei trent'anni, ma non aveva mai cercato un rapporto serio. Era uscita con molti uomini, ma non era mai rimasta con nessuno di loro abbastanza a lungo da farsi spezzare il cuore. La vita l'aveva presa a calci un sacco di volte, non aveva bisogno che cominciasse a farlo anche un amante. Con il suo bell'aspetto, non aveva mai trovato difficile rimpiazzare un uomo divenuto troppo problematico, troppo possessivo o troppo brutale. Non aveva mai tollerato gli uomini violenti, aveva giurato a se stessa che non l'avrebbe mai fatto.

Aveva risparmiato per così tanto tempo, che non sapeva più come spendere. Come sua madre, correva al lavandino ogni volta che si macchiava, ansiosa di fare in modo che i suoi vestiti durassero il più a lungo possibile. Quando il diabete aveva colpito duramente Roddy, lui le aveva venduto la sua attività, e da quel momento in poi, lei aveva lavorato quindici ore al giorno e continuato a mettere da parte ogni penny. Ma almeno era indipendente, nessuno la possedeva.

Quella casa era il sogno di Trunk, e che fosse dannata, se gliel'avesse rovinato. Ma sarebbe stato così facile renderlo anche suo, se solo avesse osato provarci.

Quel posto era bellissimo, le pareti dello studio e dei corridoi erano rivestite di pannelli di mogano, e le ampie assi dei pavimenti e le porte in legno di pino davano un certo fascino all'abitazione. La casetta in pietra la chiamava, le offriva una vita diversa, una vita tranquilla e felice insieme all'uomo che amava. Carla si morse il labbro.

«Faremmo meglio ad andare. È quasi buio, e ho detto a Doodles che sarei ritornata entro un'ora,» disse.

«Okay. Allora, che ne pensi?» le chiese Trunk.

«Penso che sia la casa più bella del mondo e che, con un po' di cure amorevoli e un sacco di soldi, potrebbe diventare un piccolo palazzo. Credo che la amerai con tutto te stesso.»

«La amo già.»

Chiusero la porta a chiave, poi Al le aprì la portiera e si sedette dietro il volante. Carla si rilassò contro il sedile in pelle. Osservò le stelle, puntini luminosi sparsi nel cielo che si andava scurendo, e lasciò che l'attrazione per la casa di pietra evaporasse. Vedere quel che sarebbe potuto accadere, ma che non sarebbe mai successo gettò una nuova luce sulla sua vita. Sentì una fitta al cuore. Voleva tutto questo, lo voleva così tanto, ma non abbastanza per incatenarsi a una vita intera passata a prendersi cura di uno o più bambini. Non faceva per lei, né era il suo sogno. Si lasciò sfuggire un sospiro tremante, e Al lo notò.

«Tutto okay? La casa sarà mia, non dubitarne. E ci abiteremo insieme... se vuoi,» le disse.

«Lo vorrei,» mormorò Carla sottovoce, alzando di nuovo lo sguardo per ammirare le stelle.

LUNEDÌ MATTINA, QUANDO si svegliò, Al si sentì grato di essere vivo. Si allenò in palestra con rinnovato vigore, fece un giro di corsa, sollevò i pesi e si consultò con il coordinatore della difesa. Durante la riunione della squadra, sorrise e si sforzò di prestare attenzione a quel che stava dicendo il coach, senza permettere alla sua mente di perdersi in visioni della casa in pietra.

Mentre correva e faceva esercizio fisico, non riuscì a levarsi quella casa di campagna dalla testa. Iniziò a stilare una lista mentale di cose da riparare, correggere, cambiare o ridisporre. La lista cresceva sempre di più, fino a inghiottire i centomila dollari che aveva risparmiato ottenendo un prezzo ridotto, ma non gli importava. *È ora che abbia un posto fantastico dove vivere.*

Dopo la riunione, il Coach Bass gli passò un braccio attorno alle spalle. «Ho notato che le tue statistiche sono molto buone, sei molto migliorato. Qualsiasi cosa tu stia facendo, amico, continua così. Voglio che tu e Tuffer vi organizziate al meglio, perché stasera ci aspettiamo dei gran bei placcaggi. I loro attaccanti sono deboli, quindi schiacciali, Trunk.»

«Ci può contare, Coach.»

La squadra si riunì in campo per lavorare su alcune formazioni e sulla sintonia tra i giocatori. Trunk alternò dei tentativi di placcare il quarterback a dei tentativi di bloccare Drake quando cercava di rubare la palla.

All'una, andarono tutti a casa.

Trunk si fermò al bar. «Ti serve nulla? Ho un paio di ore libere.»

«Sono a posto. Pranziamo?» chiese Carla.

«Solo se mi lasci pagare.»

«Okay. Ho preso del manzo sotto sale da Terry, era una specialità. Proviamolo.»

«Sembra buono. Il *Beast* si è trasformato in una rosticceria?»

Carla rise e Trunk la seguì in cucina. Insieme, prepararono dei sandwich. Trunk bevve un bicchiere di latte, mentre Carla mandò giù il suo panino con della birra. Lui poi la aiutò a spolverare i tavoli e sistemarci sopra le sedie, mettere via i bicchieri puliti e riordinare le posate. Verso le tre, andò in camera sua e si godette un lungo sonnellino.

Scese di nuovo le scale alle cinque. Quando giocavano di sera, Lyle Barker ordinava sempre un elaborato buffet per la squadra, che apriva alle cinque e trenta. Trunk voleva mangiare presto, per permettere ai nutrienti del cibo di entrare in circolo prima della partita, che iniziava alle otto e mezza. Diede un bacio a Carla prima di andare via.

«Buona fortuna,» gli augurò lei.

«Vinceremo. Me lo sento,» le rispose.

«Lo spero, piccolo. Ti meriti di vincere.»

Trunk prese Carla in braccio e le fece fare una piroetta. La felicità gli scorreva nelle vene, viveva una vita perfetta... giocava a football, aveva la ragazza migliore che potesse volere e chiamava casa un posto unico al mondo. Si sentiva ebbro, anche senza bisogno di droghe o alcol. Dopo un secondo bacio, si diresse verso lo stadio.

Al era un grande amante delle proteine, perciò mangiò del roast-beef magro e una patata al forno, tutti carboidrati che l'avrebbero riempito d'energia, e arricchì il suo piatto con cavoletti di Bruxelles e fagiolini verdi. Il succo d'arancia era la sua bevanda preferita per caricarsi d'energia in breve tempo.

Si sedette tra Devon Drake e Tuffer Demson, i difensori della squadra mentre Lawson Breaker si accomodò accanto a Tuffer.

«Non mangiare troppo prima della partita altrimenti ti sentirai gonfio, e questo ti rallenterà,» gli consigliò Trunk.

«Okay, grazie,» replicò il giovane attaccante.

«E niente frutta. Ti farà correre in bagno a cagare,» si intromise Tuffer.

Gli uomini si infilarono le uniformi e si sedettero attorno al Coach Bass per le sue perle di saggezza dell'ultimo minuto.

«Se facciamo un sack a quel cazzone, la partita sarà più facile. Là fuori non fa troppo freddo, ci saranno quattro gradi. Comunque, il clima vi metterà a dura prova, quindi giochiamo in modo più intelligente per non dover giocare più duramente. Trunk? Tu e Demson siete i giocatori chiave, oggi. Continuate a buttarvi contro i loro attaccanti, sono la loro più grande debolezza. Il loro bestione si è infortunato durante la scorsa partita, questo per noi è un colpo di fortuna. Quindi, entrate in campo e fateli a pezzi. Attaccanti. Fate quel che fate meglio: afferrate la palla e correte. Buddy, Caleb, Harley, voi ragazzi siete i cardini dell'azione. Correte più veloce che potete,» spiegò l'allenatore.

Ci fu qualche domanda.

«Io so che potete farcela, ma siete voi che dovete saperlo. Uscite là fuori e segnate. Portateci al Super Bowl.»

I giocatori alzarono le mani al grido di battaglia della squadra, poi corsero in campo. Il vento tagliente abbassò ulteriormente la temperatura, s'insinuò oltre le maschere dei caschi e le felpe. Trunk avrebbe voluto correre attorno al campo per scaldarsi.

Griff perse il lancio della monetina, e questo lo rese nervoso.

Tuffer gli posò una mano sul braccio. «L'ultima volta abbiamo perso il lancio, ma abbiamo vinto comunque,» gli ricordò.

«Lo so, lo so,» replicò Trunk.

Il team di ricevitori speciali dei Kings uscì in campo, e Buddy Carruthers afferrò la palla dopo il kickoff e la buttò sulla linea delle diciotto iarde. Trunk fece un cenno con la testa a Bullhorn Brodsky e Lawson Breaker, quando entrarono in campo. Gli attaccanti si dimostrarono carichi d'energia, quando Bull e Breaker bloccarono gli avversari e crearono delle aperture attraverso le quali Harley Brennan poté segnare due first down.

Gli attaccanti formarono una barriera solida e tennero Griff Montgomery al sicuro abbastanza a lungo perché potesse completare un passaggio a Carruthers, che corse a segnare un touchdown.

«Afferrate e correte,» ripeté Trunk sottovoce.

Robbie Anthony effettuò un kick per ottenere un punto extra. Ora, però, era il turno di Mahoney. *Finalmente!* Lui e Demson corsero in campo e si unirono alla formazione. Trunk buttava fuori l'aria dal naso come un toro che sbuffava e batteva gli zoccoli per terra mentre aspettava di distruggere il matador. Individuò il quarterback dei Gators. Quando lo snap venne eseguito, fece un respiro profondo e si lanciò verso di lui.

Alzò una spalla e si schiantò contro un attaccante avversario, facendolo volare per aria. Poi, si spinse oltre un difensore, giusto in tempo per tuffarsi verso il quarterback e trascinarlo a terra, mentre lasciava andare il pallone di cuoio. La palla schizzò all'insù. Demson si lanciò verso di loro, allungò le braccia e la prese. Atterò con un tonfo, ma aveva ancora la sua conquista tra le mani. L'arbitro segnalò un'intercettazione e i Kings esultarono. Il Coach Bass fece il suo piccolo ballo della vittoria.

Trunk batté l'elmetto contro quello di Tuffer.

«Ottimo lavoro di squadra, ragazzi,» si congratulò il Coach, e gli diede una pacca sulle spalle.

Demson sorrise allegramente. «Non l'avevo mai fatto prima,» confessò.

«Ben fatto, Tuff. Ben fatto.»

Trunk lasciò scorrere lo sguardo sugli spettatori, ma si fermò quando notò una donna minuta con i capelli scuri e un cappotto alzato fino a coprirle metà viso.

«Carla?» si chiese ad alta voce. *E il bar? L'ha chiuso per venire alla partita?* Lo sguardo della sua donna incrociò il suo. Trunk sorrise e la salutò, e Carla ricambiò il saluto. L'energia gli scorreva nelle vene a cento miglia all'ora, era così carico che avrebbe giurato di poter sollevare un'automobile.

I Kings subirono un'intercettazione, poi Trunk tornò in campo insieme a Demson. Stavolta, Demson effettuò il sack, mentre Trunk teneva d'occhio Devon Drake. Il quarterback dei Gators ricevette un pass off e si diresse verso il ricevitore, ma il cornerback dei Kings lo seguiva come un'ombra. Devon saltò proprio un secondo prima del ricevitore e afferrò la palla mentre era ancora in aria.

Atterrò senza che nessun giocatore dei Gators lo toccasse, si rimise in piedi con un balzo e corse verso la linea del goal della squadra avversaria. Trunk cambiò direzione, le gambe che si muovevano ancora più veloci di prima. La sua nuova velocità gli fu d'aiuto, perché arrivò a un paio di iarde di distanza da Drake, appena in tempo per atterrare un giocatore dei Gators che stava cercando di placcare il cornerback. Trunk cadde insieme al linebacker e si rotolò per terra, ma non si era fatto male.

Mentre si alzava dall'erba, udì qualcuno gridare: «Al!» Sorrise. *Carla. Non dovrebbe guardare, penserà che mi faccia male a ogni azione di gioco.* Alzò un braccio per indicare che stava bene e la folla esultò.

Mary non era mai andata a una sua partita. Credeva che il football fosse troppo violento, gli aveva detto che era troppo preoccupata che lui rimanesse ferito per guardare. Al non ci credeva. L'euforia provocata dalla consapevolezza che c'era qualcuno che faceva il tifo per lui sugli spalti, qualcuno che amava, gli strinse le viscere in una morsa.

Senza il lineman dei Gators che cercava di fermarlo, Devon Drake arrivò all'end zone, correndo più veloce della luce e raggiungendola appena prima che un robusto avversario lo buttasse a terra. Trunk osservò la scena, ma rimase ad aspettare. Quando notò che Devon ci stava mettendo troppo tempo per rialzarsi, il pubblico si azzittì. Al si avvicinò lentamente e gli tese la mano. Il cornerback la prese e si alzò in piedi, e la folla applaudì mentre usciva pian piano dal campo.

«Stai bene?» gli chiese Trunk.

«Quello stronzo mi ha mozzato il fiato,» rispose Devon.

«Ci sono passato anch'io.» Trunk gli diede una pacca amichevole sulla schiena, mentre lo accompagnava alla panchina. I Gators portarono la palla oltre la metà campo, ma ben presto vennero bloccati. Allora, calciarono un field goal, portando il punteggio a quattordici a tre.

Trunk buttò giù un succo d'arancia durante l'intervallo, mentre ascoltava il discorso d'incoraggiamento del coach. Ora l'aria era più fredda, e i giocatori si stavano stancando, perché dovevano lottare sia contro gli sbalzi di temperatura che contro gli avversari.

«Abbiamo un ottimo vantaggio. Se la difesa riuscirà a trattenerli, riusciremo a vincere anche se non segneremo un altro punto. So che è dura, soprattutto con questo freddo, ma metteteci tutti voi stessi,» disse il Coach Bass.

Al e Tuffer tornarono in campo con i loro compagni di squadra. Il breve riposo e le bevande rinfrescarono gli uomini, scavare dentro di loro per trovare ogni singola briciola d'energia rimasta sarebbe stata la chiave per vincere. Anche i Gators si sarebbero sforzati fino all'ultimo. Quella partita avrebbe deciso le sorti di entrambe le squadre, i vincitori sarebbero andati al Super Bowl e i perdenti a casa. Trunk giurò a se stesso che non sarebbe assolutamente andato a casa.

Capitolo Quattordici

Trunk immerse il suo corpo dolorante e coperto di lividi nella vasca piena d'acqua calda. Sibilò di dolore, quando le gocce colpirono il taglio che si era procurato giocando in difesa contro i Gators; Hank Montgomery gliel'aveva medicato sul campo e poi l'aveva fatto tornare in gioco.

Il tepore rilassò i suoi muscoli doloranti, ma non appena appoggiò la schiena contro la porcellana, sentì la porta aprirsi. Carla entrò con in mano due tazze fumanti.

Posò le bevande su un tavolino, poi prese qualcosa dall'armadietto dei medicinali, avvicinò uno sgabello alla vasca, afferrò un asciugamano e si sedette. «Okay, dammela,» gli disse.

«Cosa?» Trunk la fissò con un sopracciglio inarcato.

«Quella gamba, quella con il taglio. Mettila qui.» Carla batté la mano sul bordo della vasca e lui obbedì. La sua ragazza strappò via la medicazione insieme a qualche pelo e Trunk ululò di dolore.

«Non fare il bambino. Sta' fermo.» Carla immerse l'asciugamano nell'acqua e lo insaponò, poi lavò l'ampio taglio con delicatezza, lo sciacquò e lo lavò un'altra volta. Prese un altro asciugamano e lo asciugò, poi applicò una crema antibiotica e della garza e fissò quella protezione con del nastro adesivo. «Così dovrebbe andar bene,» concluse.

«Grazie.» Trunk le prese la mano e gliela baciò. «Grazie per essere venuta. Ma il *Beast*?»

«L'ho chiuso. Non riesco mai a vederti giocare di persona, ma dovevo esserci.»

Al baciò di nuovo la mano di Carla.

«Sei stato fantastico. Eri così carico d'energie, sono rimasta impressionata,» si complimentò lei.

Il difensore abbassò lo sguardo e poi incrociò di nuovo quello della barista. Carla gli porse una tazza. Trunk, con la gamba ancora appoggiata sul bordo della vasca per tenerla asciutta, le lanciò un'occhiata interrogativa.

«Sidro bollente. Ti scalderà lo stomaco,» spiegò lei.

Sorseggiarono la bevanda immersi in un silenzio confortevole. Carla gli lavò la schiena e poi lo aiutò ad alzarsi senza bagnare la benda, e Al si infilò un accappatoio e annodò la fascia. Insieme, andarono in camera da letto. La stanza era gelida così Al si mise una maglietta e Carla seguì il suo esempio, poi andarono a letto, alzando le coperte per coprirsi.

«Mi dispiace, ma non credo di poter fare nulla per te stanotte, piccola,» si scusò Trunk.

Carla rise. «Dubito che ti sia rimasto anche solo un briciolo di forza. Non preoccuparti.» Scivolò più giù sul materasso, tirandosi le coperte fino al mento, e si accoccolò accanto a lui. Al le passò un braccio attorno alla vita e chiuse gli occhi, sentendosi in pace. L'ultima cosa che sentì prima di addormentarsi era Carla che diceva: «Buonanotte, amore mio. Prossima fermata, il Super Bowl.»

La mattina seguente, Trunk dormì fino a tardi, e quando si svegliò alle dieci, il letto era vuoto. Odiava svegliarsi da solo, gli ricordava la vita con Mary. In più, gli faceva male tutto, e questo peggiorò ancora di più il suo umore. Era come un toro che batteva lo zoccolo per terra in attesa del combattimento.

Afferrò i pantaloni della tuta posati sulla sedia e barcollò per il corridoio fino ad arrivare in bagno. Il getto caldo della doccia rilassò i suoi muscoli doloranti, e il bruciore dell'acqua che colpiva il taglio lo riscosse dal dormiveglia in cui si sentiva ancora immerso. Scostò le bende e lasciò che l'acqua ripulisse la ferita, anche se faceva male da impazzire.

Chiuse il rubinetto e afferrò un asciugamano. La ferita non sanguinava più, ma la pelle in quel punto era ancora arrossata e sensibile. Tamponò tutto attorno per asciugarla e poi si annodò l'asciugamano attorno alla vita. Rovistò nell'armadietto dei medicinali e trovò un po' di crema antibiotica, ma non riuscì a trovare la garza. Qualcuno bussò alla porta. *Può essere solo Carla.*

«Entra,» ringhiò, chiudendo l'anta dell'armadietto con forza.

«Un saluto molto amichevole,» scherzò Carla, avvicinandosi al lavandino. «Lasciami dare un'occhiata a quella gamba.»

Trunk la guardò con espressione ostile e si allontanò. «Posso occuparmene io.»

«Non ho mai detto che non potessi farlo. Siediti,» gli ordinò la sua ragazza, indicando il gabinetto.

Il copri water era abbassato, così Al si sedette. La sua espressione cupa non cambiò finché Carla non gli tolse di mano la crema, si chinò per aprire un cassetto e tirò fuori la garza. Si rialzò, ma lei gli posò una mano sulla spalla e lo spinse giù di nuovo.

«Comportati bene e fa' come ti dico.» Il tono di Carla era burbero, chiaramente non era una buona idea provare a discutere con lei.

«Che te ne importa?» le sputò contro.

Carla arretrò come se le avesse tirato uno schiaffo. «Porca miseria. Qualcuno si è svegliato con la luna storta, stamattina. Che hai? Andrai al Super Bowl, non fare il coglione.» Si sedette su uno sgabello, gli sollevò la gamba e gli fece appoggiare il tallone sul suo grembo, poi strappò via la garza. Infine, ripeté le azioni che aveva compiuto la sera prima. «Devi tenerla asciutta,» gli ricordò.

«Ma davvero? Non posso farlo sotto la doccia,» sbottò Trunk.

Carla alzò le sopracciglia. «Adesso sei arrabbiato con me? Ma che diavolo...?»

«Non sono un idiota.»

«Nessuno ha mai detto che tu lo fossi.»

«Era implicito.»

«Sto solo cercando di aiutarti. Ho un mucchio di cose da fare al piano di sotto, quindi se vuoi essere cattivo e odioso, bendati la gamba da solo!» Con gli occhi che sputavano fuoco, Carla si rimise in piedi.

Uno sguardo al suo viso riscosse Trunk dal suo malumore. «Lo so, mi dispiace. È solo che quando mi sono svegliato, tu non c'eri, e io...»

«Cavoli, alcuni di noi devono lavorare.»

«Perché non mi hai svegliato?»

«Dormivi come un ghiro,» spiegò Carla.

«Odio svegliarmi da solo,» borbottò Trunk, abbassando lo sguardo.

La sua ragazza si chinò su di lui e gli diede un bacio sulla cima della testa. «Non si smette di fare i capricci nemmeno a trent'anni, immagino. Adesso, chiudi il becco e lasciami finire quello che stavo facendo.» Si inginocchiò di nuovo.

Trunk alzò di nuovo lo sguardo e fu sollevato di vederla sorridere.

«Giocherai al Super Bowl e vincerai una montagna di soldi. Cerca di mantenere un atteggiamento positivo, okay? Io sto tentando di gestire un sacco di problemi diversi, non posso tenerti la manina ventiquattro ore su ventiquattro,» disse Carla.

Le sue parole liberarono il cavallo imbizzarrito dentro di lui. «Allora, non farlo! Chi te l'ha chiesto?»

«Non volevo dire questo. Sono stressata.»

«Perché dovresti essere stressata? Non sei tu che giocherai la partita più importante dell'anno, no? Non è che tu possa fare la figura della scema davanti a cinquanta milioni di persone.»

«Grazie per l'empatia e la comprensione,» replicò Carla, applicando l'ultimo pezzo di nastro adesivo. Il suo tono sarcastico e tagliente lo colpì nel profondo.

«Ehi, okay, ora chiudo il becco. Che succede al piano di sotto?» Trunk le strinse le lunghe dita attorno all'avambraccio.

«Devo prepararmi per la folla che verrà a festeggiare il Super Bowl. L'anno scorso avevo pensato di organizzare una festa speciale, far pagare solo il biglietto d'entrata e preparare un menù all you can eat,» gli spiegò Carla.

«Mi sembra rischioso.»

«Cavoli, gli unici che potrebbero mangiare e bere fino a ridurmi sul lastrico siete voi ragazzi, e sarete in Florida.»

«È vero.»

«Devo fare dei bei soldi, perché quella sarà l'ultima grande serata per un po' di tempo. Il giorno di San Patrizio porta grandi incassi, e il Quattro Luglio viene sempre un sacco di gente grazie al mio barbecue, ma nel frattempo la mia attività attraverserà un periodo di magra, e io devo essere pronta ad affrontarlo.»

Trunk notò le piccole rughe agli angoli degli occhi di Carla. Le labbra della donna si strinsero in una linea severa, e la fronte le si increspò lievemente.

«La gente smette di venire al bar dopo la fine della stagione di football?» le chiese, stupito.

«Voi ragazzi siete la mia più grande fonte di reddito. Quando la stagione finisce, gli uomini rimangono a casa con le loro mogli e i loro figli, e io non guadagno più nulla. Le persone del posto che vogliono passare un po' di tempo con voi si trovano qualcos'altro da fare, e anche se ho degli habitué che vengono una volta alla settimana, non è affatto la stessa cosa.»

«Come fai a pagare l'affitto, allora?»

«Non pago l'affitto, ma il mutuo. Sono la proprietaria dell'edificio.»

«Così è ancora peggio, giusto? Insomma, se hai un affittuario e non riesci a pagare in tempo, l'affittuario può avere un po' di pazienza. Ma una banca... scordatelo. Mary mi parlava sempre di queste cazzate. Sfratti, gente buttata per strada. Che schifo.»

«Già, è un vero schifo. A me non è ancora successo, e non ho intenzione di lasciare che accada,» dichiarò Carla.

Trunk inclinò la testa di lato, sorpreso.

«Risparmio. Durante la stagione sportiva, metto da parte tutti i soldi che posso. Finora, grazie a un po' di fortuna, ha funzionato. Ho sempre avuto i soldi necessari per superare i periodi più difficili, ma ogni anno devo lottare. Non so mai se ho abbastanza denaro per farcela finché non ci riesco,» spiegò lei.

«Ti aiuto io, se ne hai bisogno.»

Carla gli diede un colpetto sulla guancia. «Sei molto dolce, ma preferisco farcela da sola. Finora, ha sempre funzionato.» Si alzò in piedi e aggiunse: «Devo tornare di sotto. Ti va di dare un'occhiata ai miei progetti e dirmi cosa ne pensi?»

«Certo, ma non sono un uomo d'affari,» le rispose.

«Sei un cliente, quindi dammi la tua opinione come cliente.»

Carla uscì dalla stanza e Trunk si vestì e andò di sotto a mettersi le scarpe.

«Allora, cosa ne dici di cinquanta dollari, per l'all you can eat? Solo per le bevande alla spina, la birra e il vino. Nulla di troppo raffinato. Un sacco di stuzzichini e hamburger, e magari una torta con la scritta *Forza, Kings!* Che ne pensi?» chiese Carla.

«Mi ci fionderei subito. Ma puoi fare soldi in quel modo?»

«Lo spero.»

Trunk diede un'occhiata al suo orologio. «Devo andare. Ho un paio di appuntamenti.»

Carla annuì, assorta nei suoi pensieri.

TRUNK MISE IN MOTO la macchina e si diresse verso l'ufficio del suo avvocato. Dopo una consultazione di un'ora, durante la quale dovette firmare dei documenti e scrivere degli assegni, Al si fermò alla tavola calda per un pranzo veloce.

Aveva speso un sacco di soldi per la nuova casa e si sentiva più povero, così ordinò la specialità disponibile per pranzo, ovvero il vassoio con il polpettone. Tuffer Demson entrò nel locale e si guardò attorno. Trunk gli fece cenno di avvicinarsi e il linebacker si sedette di fronte a lui.

«Sembra buono. Cos'è?» chiese.

«Polpettone. È la specialità del giorno.»

Quando la cameriera si avvicinò, Tuffer ordinò la stessa pietanza e una Coca Cola. Trunk si fece riempire un'altra tazza di caffè.

«Allora, sei riuscito a scopare un po' prima della partita?» chiese Trunk.

«Voi ragazzi fate un sacco di domande su argomenti privati di cui non dovreste chiedere nulla. Non sono affari tuoi,» rispose Tuffer in tono brusco.

«Sto solo mostrando interesse per la vita di un mio compagno di squadra. A me piace scopare prima di una partita importante.» Al ridacchiò. «Beh, prima di qualsiasi partita, in realtà.»

Demson rise con lui.

«Quindi?» Mahoney inarcò un sopracciglio.

«Stasera ho un doppio appuntamento.»

«Un doppio appuntamento? Mi sembra di stare alle superiori.»

«Robbie Anthony e io usciamo insieme ad Alyssa e Alexis Sebastian.»

Trunk si strozzò con il cibo e dovette portarsi un tovagliolo davanti alla bocca.

Tuffer scattò in piedi e lo colpì con forza sulla schiena. «Che c'è che non va?» chiese, fissando il suo mentore.

«Uscite con le figlie del Coach?» domandò Trunk.

«Sì, e allora?»

«Porca puttana. Il Coach dice a tutti i giocatori di stare alla larga dalle sue ragazze.»

«A me non l'ha mai detto. Andiamo solo a cena e a vedere un film, niente di serio.»

«Questo è quello che pensi tu. Robbie Anthony è uno dei più grandi donnaioli in squadra.»

«Credevo che quello fosse Brodsky.»

«Lo era, ma adesso si è sposato,» spiegò Trunk.

«Allora, adesso quel ruolo è di Robbie? Per me è una novità.»

«Sei un tipo fantastico, ma è tutto una novità, per te. Datti una svegliata. Tu vorresti un Casanova come Anthony che gira attorno a tua figlia?»

«Io non sono un Casanova,» si difese Tuffer.

Trunk rise. «Credo che questo lo sappiano tutti.»

«Allora, qual è il problema?»

«Anthony convincerà le ragazze a venire a casa sua, poi farà la sua mossa.»

«Io non faccio certi giochetti.»

«Lo so, tu sei un bravo ragazzo, ma Anthony è tutta un'altra storia.»

«Non lascerò che porti Lexie da lui.»

«Esci con lei?»

Tuffer annuì, poi la conversazione si interruppe, quando la cameriera gli posò il vassoio davanti.

«Una ragazza non ci andrà, se non ci va anche l'altra. Fidati.» Trunk ingoiò l'ultimo boccone.

«Questo è solo il secondo appuntamento di Robbie con Lyssa,» rifletté Demson.

«Non importa. Se ha la fica, Anthony le starà attaccato come una zecca.»

Tuffer fece una smorfia e mangiò una forchettata di polpettone.

«Perché non chiami Kid? Frequenta la sua ragazza da un po', ed è probabile che scopino, quindi non sarà così disperato da farsi una ragazza in una stanza degli ospiti a casa di Anthony,» suggerì Trunk.

«Si aspetta che faccia sesso con Lexie nella stanza degli ospiti. Non succederà mai. Chi è Kid?»

«Lawson. Lawson Breaker.»

«Oh, lui. Sì, potrei farlo.»

«Tre uomini rovineranno i piani di Robbie.»

«Lo chiamerò subito dopo pranzo,» decise Tuffer.

«Credevo che Anthony si vedesse con un paio di cheerleader,» disse Trunk, e prosciugò la sua tazza di caffè.

«Sì, le frequentava, o forse lo fa ancora. Credo che esca con una ragazza diversa ogni sera.» Tuffer raccolse del purè di patate con la forchetta.

«È uno sciupafemmine. Il peggiore che abbiamo in squadra, visto che tutti gli altri sono sposati o hanno la ragazza.»

«Tutti tranne Harley Brennan.»

«Mi ero dimenticato di lui,» ammise Trunk.

«Brennan ci sa fare con le donne. Quelle cheerleader pendono dalle sue labbra.»

«Probabilmente gli pendono anche da qualcos'altro.» Al ridacchiò.

Tuffer si unì alla sua risata, poi la cameriera si fermò al loro tavolo con il conto.

Trunk pagò il suo. «Sono in cerca di mariti ricchi. Sta' attento, Demson.»

«Oh, non sono interessate a me.»

«Non lo saranno finché non avremo vinto il Super Bowl, poi compariranno per aiutarti a spendere il bonus riservato ai vincitori. Le figlie del Coach sembrano molto simpatiche. Trattale bene o il Coach ti farà il culo.»

«Mi piace Lexie. È sexy, e anche sveglia,» disse Tuffer.

«Attento, il Coach non vuole che escano con i giocatori.»

«Lo so, ma sono solo una cena e un film. Nulla di speciale.»

«Tieniti i pantaloni addosso, Tuff.»

«Lo farò. È il nostro primo appuntamento.»

«Trovatene un'altra.»

«Lexie ha il diritto di frequentare chiunque voglia. Ha ventun anni, suo padre non può fermarla.» Tuffer tirò un po' in fuori il mento in segno di sfida.

«No, ma può renderti la vita un inferno. O perfino venderti a un'altra squadra,» gli fece notare Al.

«Non ci avevo pensato. Alla possibilità che mi venda, intendo.»

«Mi dispiacerebbe vederti andare via.» Trunk diede una pacca amichevole sulla schiena al suo amico e si diresse verso la sua macchina.

Tuffer gli rivolse un sorriso esitante.

Mentre guidava verso la casa di Griff Montgomery, Al si chiese cosa sarebbe successo se Tuffer Demson avesse iniziato a frequentare Lexie Sebastian. *Se se la scopa e il Coach lo scopre, lo ammazzerà.* Scosse la testa e si fermò sul vialetto del quarterback, poi si tirò su la zip della giacca e si incamminò verso la porta.

Un cartello scritto a mano diceva *non suonate,* così bussò con delicatezza. Qualche minuto più tardi, Griff venne ad aprire, con ai piedi un paio di calze.

«Entra ma fa' silenzio, Gracie dorme.» Non appena ebbe pronunciato quelle parole, Chip corse attraverso l'atrio, facendo più rumore che poteva.

Griff gridò dietro a suo figlio, che subito scoppiò in lacrime e cominciò a gridare a pieni polmoni. Da una stanza al piano di sopra, arrivò un urlo stridulo.

«Merda. Ha svegliato la bambina. Non piangere, Chip, va tutto bene. Prima o poi, doveva svegliarsi.» Griff prese in braccio il bambino e lo portò in soggiorno. «Vieni, Trunk. Benvenuto in manicomio.»

Trunk iniziava a sentirsi nervoso. *Forse non poter avere figli non è tanto male.*

Lauren, con indosso una vestaglia, era sdraiata sul divano e si appoggiava a un cuscino. Al inghiottì a vuoto.

«Che bel linguaggio, Griff,» disse. «Benvenuto, Trunk. Sì, in questo momento, è un po' come stare al circo. Spero che tu capisca. Griff, per favore, puoi andare a prendere Gracie?»

«Vado subito,» rispose l'alto quarterback, poi passò suo figlio alla moglie e salì per le scale.

«Mi dispiace molto di avervi interrotti. Posso tornare un'altra volta,» replicò Al, e si girò verso la porta.

«Ho paura che la situazione sarà questa ancora per un paio d'anni, almeno. Quindi, per favore, rimani.» Lauren spostò le sue attenzioni sul ragazzino. «Chip, puoi costruire qualcosa per me?» chiese. Chip annuì e sua madre gli pulì il viso con un fazzoletto.

Qualche minuto più tardi, il quarterback tornò con una bambina minuscola e bellissima tra le braccia. La diede a sua moglie, che si sedette. «È l'ora della poppata,» annunciò Griff.

«Sentite, torno un'altra volta.» Trunk indietreggiò verso l'ingresso.

«Ti prego, rimani. So come coprirmi, e se non ti senti troppo a disagio, questo potrebbe essere il momento migliore e più tranquillo che abbiamo. Allora, cosa c'è?» Lauren si scoprì il seno e Trunk distolse lo sguardo. La bambina si attaccò al capezzolo della madre, poi Griff l'aiutò a coprirsi con una copertina rosa.

«È tutto a posto, adesso,» disse Lauren. «Puoi girarti. Prego, siediti.»

Al fece come gli era stato detto.

«Che c'è? Cosa posso fare per te?» domandò Lauren.

Trunk si asciugò il sudore dal viso con un fazzoletto. «Sto comprando una casa, e mi serve aiuto per arredarla.»

«Ma è meraviglioso. Congratulazioni. È un appartamento da scapolo?»

«Spero che non lo rimarrà, ma per ora, sì. Voglio qualcosa di bello, di casalingo. La casa è di pietra ed è molto vecchia.»

«Oh, ho capito! Quella su Shelter Road?» chiese Lauren.

«Già. La conosci?»

«Apparteneva ai Riley. O è ancora loro?»

«Non per molto, la settimana prossima discuteremo il contratto. Dicono che potrei già andare a prendere le misure, ordinare un po' di roba e iniziare a fare dei progetti. Voglio trasferirmi il prima possibile,» spiegò Trunk.

«Hai già venduto la tua vecchia casa?» domandò Griff.

«Sì. Il broker aveva ragione. Appena hanno scoperto che apparteneva a un giocatore dei Kings, qualcuno è stato pronto a firmare il contratto. Chiuderò l'affare appena prima di partire,» rispose Al.

«Congratulazioni,» disse il suo compagno di squadra, tendendogli la mano.

Trunk la prese, sorrise e poi si girò verso Lauren. «Capisco che in questo momento non sei abbastanza in forma per fare nulla. Ma forse tra una settimana o due? Se potessi darmi i nomi e i numeri dell'azienda, telefonerò io. Ma ho bisogno d'aiuto con i colori e quel genere di cose. Ti pagherò, dimmi solo qual è il prezzo.»

«Certo che ti aiuterò, ma ci vorrà un po'.» Lauren allontanò la bambina dal suo seno e se la sistemò sulla spalla, poi le diede qualche colpetto sulla schiena per incoraggiarla a fare il ruttino. Trunk si voltò, ma Griff si avvicinò a sua moglie, le coprì un seno e le scoprì l'altro. Gracie ruttò rumorosamente e presto ricominciò a succhiare serenamente dall'altro lato.

«Ti puoi girare, adesso,» annunciò il quarterback.

Trunk si sentiva scottare il viso. *Sono così rilassati.*

«Perché non mi parli un po' dell'interno? L'esterno l'ho già visto.» Lauren si stese di nuovo sul divano. Sembrava stare molto comoda, la sua espressione non era tesa e le sue braccia cullavano la neonata in modo molto naturale.

Al inspirò ed espirò. «È un posto speciale...» esordì.

Mentre parlava, l'eccitazione gli scorreva attraverso le vene. Aveva Carla, e adesso anche la casa. Incoraggiato dall'entusiasmo di Lauren, fece un ampio sorriso. Presto, la bambina si addormentò e Griff la portò di sopra.

Chip aveva finito la sua costruzione. «Guarda, mamma,» disse, strattonando la manica di sua madre. «Anch'io ti ho costruito una casa. Come la casa di questo signore.»

Trunk scoppiò a ridere e Lauren lo presentò a suo figlio, il che era segno che il tempo che aveva a sua disposizione era terminato. Si alzò in piedi, la ringraziò e le strinse la mano.

«Buona fortuna con i ragazzi. Sono bellissimi,» le disse.

«Grazie.» Lauren ricambiò il suo sorriso e lo accompagnò alla porta, che Griff aprì. Trunk risalì sulla sua auto. Presto, la casa sarebbe stata modificata secondo i suoi gusti, e lui sarebbe diventato il padrone di quel piccolo palazzo. Pensarci fu piacevole, mentre tornava al *Savage Beast*.

Capitolo Quindici

Quando entrò nel locale, la voce di Carla tuonò in un tono stridulo e rabbioso, mentre la sua ragazza stringeva a sé il telefono. Trunk la fissò con le sopracciglia alzate, ma la barista alzò le spalle e continuò la sua conversazione, mentre Trunk le soffiava un bacio. Lui non aveva esperienza nel trattare con i fornitori, era più facile che desse loro una botta in testa, piuttosto che provasse a ragionare o perfino a litigare con loro; ma Carla manteneva la calma per la maggior parte del tempo e tirava fuori le unghie quand'era necessario. Quindi, Trunk rimaneva fuori dai suoi affari, e lei non se ne lamentava.

Trunk si infilò la sua tenuta sportiva e si diresse verso lo stadio. Quando arrivò, percepì che c'era tensione nell'aria; tutti i giocatori erano nervosi e anche il Coach Bass aveva perso la sua aria calma, amichevole e rilassata. Certo, lui aveva anche una moglie incinta a cui pensare. L'allenatore controllò la stanza dei pesi tre volte, per essere sicuro che i ragazzi non si stessero sforzando troppo, spingendo i loro muscoli al limite. Di solito, quello era compito dell'assistente allenatore, ma il Coach Bass, spinto dal suo nervosismo, compariva dappertutto: sulla pista, nella stanza dei pesi, in palestra, nella sala massaggi e nello spogliatoio.

Aveva con sé un cronometro, e continuava a premere il pulsante. Rughe profonde gli scavavano la fronte, e i suoi muscoli facciali parevano congelati in un'espressione eternamente corrucciata; aveva l'attaccatura dei capelli zuppa di sudore, e si massaggiava spesso il collo. I giocatori avevano già assistito a quella scena. Quella sarebbe stata la terza volta che avrebbero partecipato alla *grande partita,* come la chiamava il Coach. Una volta avevano vinto, l'altra avevano perso... e quello sarebbe stato il duello decisivo. Tutti sentivano una grave pressione, e per questo si scaldavano con facilità e si allenavano strenuamente.

Trunk afferrò una bottiglietta d'acqua e si unì a Bull sulla pista. Fecero un po' di stretching per le gambe e iniziarono a correre a un'andatura lenta, attenti a non infortunarsi.

«Hai comprato quella casa?» gli chiese Bull.

«Già.»

«Quando ci andrai a vivere?»

«Non lo so. Bisogna fare dei lavori, ma potrei trasferirmi subito, comunque. Non posso vivere con Carla per sempre,» rispose Trunk.

«Quindi la tua storia con lei è solo una cosa temporanea? Non lo sembrava.»

«Non intendevo questo. Volevo solo dire che non posso continuare a scroccare da lei a tempo indeterminato.»

«Credevo pagassi l'affitto.»

«Sì, ma non è molto alto. Per ora vivo da lei, ma ho bisogno di una casa tutta mia.»

«Capisco. Carla verrà a vivere con te?»

«Dubito che lo farebbe,» rifletté Trunk.

«Non lo saprai finché non glielo chiedi. Ti fa bene stare con lei, la sua presenza ti rilassa. Non è come con Mary,» gli fece notare Bull.

«Non ricordarmelo. Mary odierebbe la nuova casa.»

«Sono felice che tu l'abbia mollata, non mi è mai piaciuta. Ho sempre pensato che ci guardasse tutti dall'alto in basso.»

«È stata lei a mollarmi, ricordi?»

«Non nella mia mente.» Bull scoppiò a ridere e lo superò di pochi metri.

Quando i giocatori finirono i loro esercizi, il Coach Bass li riunì nello spogliatoio. «Per prima cosa, congratulazioni. Siamo arrivati al

Super Bowl! Ce l'abbiamo fatta grazie al duro lavoro di ognuno di voi, e anche grazie ai nostri allenatori e allo staff. È un grande onore, una conquista, e tutti voi vi siete fatti il culo per arrivarci. Adesso, è ora di concentrarci e impegnarci come non abbiamo mai fatto prima. Abbiamo vinto una volta, ma perdere per due anni di fila è inaccettabile! Non vi sto chiedendo di fare nulla che io non farò. Io rimarrò qui ogni pomeriggio finché non avremo finito, e anche voi farete lo stesso. Gli allenamenti inizieranno a mezzogiorno e dureranno fino alle cinque, ci eserciteremo sulle azioni di gioco finché non saremo capaci di ripeterle nel sonno. Chiaro? Questa partita è tutto per ognuno di noi e per la squadra intera. So che volete vincere quanto lo voglio io, quindi, rimettetevi in forma, venite qui in orario, e siate pronti ad allenarvi. Capito?»

I giocatori annuirono, borbottando tra di loro. Un basso ronzio carico d'aspettativa permeava la stanza. Trunk si avvicinò ad Harley Brennan, ma il Coach lo batté sul tempo.

«Brennan, tu hai giocato nei Demons, non ci puoi dire nulla di utile?» chiese.

«Non molto, Coach. Conosco Mark Davis come il palmo della mia mano, però.»

«Vieni nel mio ufficio, dobbiamo parlare.»

Trunk notò l'espressione dubbiosa sul viso di Brennan. Inspirò profondamente ed espirò. Non avrebbe voluto essere al posto di Harley per nulla al mondo, era una posizione veramente scomoda in cui trovarsi: deludere il tuo allenatore o rivelare i segreti del tuo amico? Non era una scelta semplice.

Si fece la doccia e poi tornò a casa. Il *Beast* era aperto e c'erano solo tre clienti. Al si sedette al bancone del bar.

«Cosa prendi, bel moro?» gli chiese Carla.

«Un Carla special e due hamburger al gorgonzola con le patatine, splendore.»

«Arrivano subito.» La sua ragazza gli rivolse un sorrisetto sexy.

Grazie agli allenamenti, Trunk aveva una fame da lupi, così divorò subito il cibo e lo buttò giù insieme al delizioso drink di Carla. Ogni tanto gli veniva una voglia matta di bere una birra, ma essere sobrio aveva i suoi vantaggi; le sue performance in campo erano migliorate, era più veloce e anche in camera da letto era inarrestabile.

Ora che Mary se n'era andata, Al si sentiva meglio. La disperazione e gli infiniti sotterfugi per attirare la sua attenzione e migliorare la loro relazione erano svaniti, e anche la solitudine che lo opprimeva quand'era a casa senza di lei e non sapeva quando sarebbe tornata era passata del tutto. Andare a letto da solo notte dopo notte, pur essendo incatenato a Mary, aveva reso la sua vita un inferno. Non voleva infrangere le sue promesse matrimoniali, e questo l'aveva fatto sentire sempre più solo, ma Trunk Mahoney non era uno che tradiva. Tutto questo, però, era finito, per Al. Si sentiva in pace.

Perfino la dottoressa McMillan aveva notato che aveva un aspetto più sano, e anche lui se ne rendeva conto ogni volta che si guardava allo specchio. Aveva gli occhi limpidi, la sua pelle non era più chiazzata e si sentiva carico d'energia… e tutto questo perché aveva smesso di bere e perché non era più sposato con Mary. Quando la sua ex se n'era andata, Trunk si era aspettato che la sua vita finisse, ma invece, era ricominciata da zero. Nessuno ne era più stupito di Al Mahoney.

Ma la sorpresa più grande era stata rendersi conto che non aveva mai amato Mary. Solo ora stava imparando cos'era il vero amore. Non l'aveva mai provato prima, ed era logico, considerata la sua infanzia.

La pila di piatti accanto a lui interruppe il flusso dei suoi pensieri. Si tirò su le maniche.

«Posso fare qualcosa? Lavare i piatti, magari?» chiese, girandosi verso Carla.

Lei alzò le sopracciglia. «Tu? Lavare i piatti? È una novità.»

«Voglio aiutarti.»

«Okay, piccolo.» Carla prese un grembiule da un gancio e glielo annodò attorno alla vita. «Ecco fatto.»

Trunk si sporse verso di lei e le sfiorò le labbra con le sue. «Ti ho mai detto che sei sexy quando indossi il grembiule?»

«Forse quando indosso *solo* il grembiule,» replicò la barista.

«È una promessa?»

Con un sorriso furbo, Carla rispose: «Vedremo.»

Trunk ridacchiò e portò la pila di piatti sporchi in cucina.

LA MANO DI CARLA TREMÒ leggermente, mentre appendeva lo strofinaccio al gancio. Trunk era già salito al piano di sopra, ma lei era rimasta lì a sistemare i bicchieri, le saliere e le pepiere. Il vecchio legno scricchiolò per colpa del vento e lei sobbalzò. Si mordicchiò un'unghia, mentre controllava la sua lista mentale di cose da fare prima di chiudere il locale per la notte. Ma non era il *Savage Beast* a renderla nervosa.

Mancavano solo due giorni, prima che Trunk partisse per la Florida e il Super Bowl. La squadra sarebbe partita qualche giorno prima del match, come avevano fatto l'anno prima. Trunk le aveva detto che a Lyle Barker, il proprietario, piaceva dare ai ragazzi un po' di tempo per rilassarsi al sole, allenarsi nel nuovo stadio e abituarsi ai loro letti, prima del grande evento.

I giocatori erano accompagnati dalle loro mogli, ma mai dalle loro ragazze. Lei non ci sarebbe potuta andare in ogni caso, perché aveva un bar da gestire e la domenica del Super Bowl sarebbe stata una giornata importantissima per la sua attività, ma sapeva che, al suo ritorno, Trunk avrebbe concluso l'acquisto della nuova casa e si sarebbe trasferito. Le aveva già detto che aveva intenzione di andare a vivere lì, perfino con la ristrutturazione in corso.

Il tempo che aveva passato insieme a Trunk si era trasformato in una storia breve ma intensa. Sapeva che sarebbe andata così, eppure era rimasta coinvolta in quella relazione comunque. Ripensare a quel che avevano vissuto insieme la fece sorridere, non aveva mai avuto la stessa compatibilità con nessun altro uomo. *Così, lui andrà avanti. Probabilmente è meglio così.* Non avrebbe dovuto discutere con lui riguardo all'avere figli, almeno.

Circondata da una nebbia di tristezza, chinò il capo, chiuse gli occhi ed espresse un desiderio. *Vorrei che fosse l'unico uomo su cinquanta milioni che non vuole bambini.* Poi, rise di se stessa per quel desiderio così assurdo e irrealizzabile. Infine, si rimise in piedi, lentamente. Erano le due del mattino, e lei era stanca.

Andò in camera sua in punta di piedi, e il lieve russare di Al le disse che lui si era già addormentato. *Probabilmente oggi ha lavorato sodo in campo.* Senza far rumore, si tolse i vestiti e li sistemò sullo schienale di una sedia, poi si infilò nel letto. La parte dove dormiva Al era già calda, quindi, a poco a poco, si fece strada verso di lui. Il difensore mormorò qualcosa nel sonno, si girò su un fiancò e gettò un braccio su di lei. Il calore del suo tocco la tranquillizzò, e dopo aver scacciato dalla sua mente il panico dovuto al loro imminente addio, chiuse gli occhi. Aveva bisogno di riposare, perché i giorni successivi sarebbero stati sfiancanti, sia fisicamente che mentalmente. Non era ancora tempo di crogiolarsi nell'autocommiserazione che l'avrebbe tenuta sveglia.

La mattina seguente, Trunk si svegliò per primo, le diede una lieve pacca sul sedere, e la oltrepassò per andare in bagno. Carla rabbrividì, sentendo l'aria fredda, ma quando alzò le coperte, notò quanto sembrava grande il letto senza di lui. Si affrettò a spostarsi nello spazio tiepido che Trunk aveva lasciato libero, e inspirò il suo gradevole profumo sul cuscino, mentre si tirava la trapunta fino alle spalle.

«Ehi, dormigliona. Devo andare all'allenamento.» Trunk si sporse sopra il letto, sapeva di sapone all'aroma di pino e di dopobarba. Carla afferrò la sua maglietta con entrambe le mani e lo trascinò verso di sé. Il difensore rise e aprì le dita per supportare meglio il proprio peso e non schiacciarla. «Sei in vena di divertirti?» scherzò.

«Vieni qui, ragazzone.» Carla lo attirò a sé per un bacio, godendosi la morbidezza delle sue labbra e la sensazione ruvida della sua maglietta contro la pelle.

Trunk le accarezzò le punte dei capelli. «Adesso non posso fare nulla. Magari dopo le cinque?» Alzò le sopracciglia.

«Devo lavorare. Apro alle quattro, ho un sacco da fare, e Doodles continuerebbe a salire quassù ogni due minuti per vedere se ho già finito e se posso muovere il culo e tornare giù ad aiutarlo,» rispose la barista con un sorriso scherzoso.

«Stanotte, allora?»

«È un appuntamento.»

Trunk la baciò di nuovo, poi se ne andò. Carla si girò su un fianco, aveva la vista annebbiata dalle lacrime, ma cercò di ricacciarle indietro sbattendo le palpebre. Quante altre notti avrebbe potuto passare con Al? Solo un paio. Giurò a se stessa che quella sera avrebbe chiuso prima del solito, si sarebbe fatta il bagno e si sarebbe preparata. Abbracciò il cuscino, chiuse gli occhi e sprofondò in un sonno privo di sogni.

CARLA MANTENNE LA SUA promessa e dato che non c'erano molti clienti riuscì a chiudere il locale alle undici di sera. Al stava leggendo a letto, quando andò in bagno. Prima di aprire il bar era andata al discount a comprare della lingerie sexy, e benché odiasse spendere, era riuscita a trovare una vestaglia corta che le copriva a malapena il sedere, era perfetta, realizzata in un tessuto nero e trasparente con un fiocco tra i seni come unica chiusura.

Si immerse nella vasca e lasciò che l'acqua bollente facesse il suo lavoro e le rilassasse i muscoli. Le ultime gocce di bagnoschiuma al lillà riuscirono a produrre abbastanza schiuma da solleticarle il naso. Si sfregò la pelle con la spugna di luffa e poi galleggiò semplicemente nell'acqua, mentre le vorticavano nella mente immagini del suo amante, che la tentavano e stuzzicavano. Poi, qualcuno bussò alla porta.

«Vieni, piccola?» chiese Trunk.

Carla gridò: «Non entrare. Arrivo subito, mi sto solo facendo bella per te.»

«Sei già bella.»

«Impaziente?»

«Sì.»

Carla ridacchiò. «Ti prometto che ne varrà la pena.»

«Okay, ma sarebbe una buona idea farlo stasera, e prima che mi addormenti.»

Carla ascoltò i passi di Trunk e poi tolse il tappo dalla vasca, un asciugamano viola l'attendeva su una sedia. Si asciugò, si pettinò i capelli lucenti e applicò un po' di lozione al lillà sulle gambe e la pancia, poi si lavò i denti e si mise tra i seni qualche goccia del poco profumo al lillà rimasto nella bottiglia. Infine, si infilò la lingerie che aveva comprato. *Mi sta alla perfezione.* Un sorriso le comparve sulle labbra, mentre ammirava il proprio riflesso nello specchio a figura intera.

Appese l'asciugamano al muro e aprì la porta. Un getto d'aria fredda vorticò tutto attorno a lei, facendola rabbrividire e inturgidendole i capezzoli. Corse lungo il corridoio fino alla camera da letto, dove l'aria sarebbe stata più calda perché Trunk riusciva a scaldare un'intera stanza tutto da solo.

Il pomello d'ottone era gelido nella sua mano. Carla lo girò e aprì la porta di qualche centimetro. Al aveva regolato l'abat-jour in modo che proiettasse una luce soffusa, poi si era adagiato nel letto, coperto solo a metà dalla trapunta, le dita allacciate dietro la testa.

Il suo sguardo si spostò subito sulla porta. «Entra, tesoro, non essere timida,» la incoraggiò.

Carla sorrise, divertita. *Nessuno mi ha mai definita così.* Spalancò la porta e rimase ferma sulla soglia, le gambe allargate e le mani sui fianchi. «Che te ne pare?» gli chiese.

Al inspirò bruscamente, in un modo che le scaldò il cuore. Il suo uomo scattò in posizione seduta e la fissò con uno sguardo ardente. «Porca miseria. Cazzo, sei stupenda.»

«Davvero?»

«Davvero. Dove l'hai presa? Sembra fatta per te.»

«Puoi dirlo forte.»

«Che fai laggiù? Vieni qui.» Al batté la mano sul materasso accanto a lui.

Oscillando i fianchi, Carla si avvicinò al letto a passo sicuro.

Al era quasi sul punto di sbavare. «Puoi tenerla addosso per tutto il tempo?»

«Sì. Ti piace?»

«La adoro, più che altro. E hai anche un profumo fantastico. Come un... come un...» Trunk chiuse gli occhi. «Come un giorno di primavera.»

«Sei un poeta,» scherzò Carla.

Al rise, una risata bassa e gutturale. «Ne dubito, ma tu sei sesso su due gambe, piccola.»

Carla premette le mani sul materasso e ci salì sopra. Il suo ragazzo si allungò verso di lei e l'afferrò sotto le braccia, trascinandola contro il suo petto, poi la sua bocca affamata trovò la sua. Al la fece stendere sotto di sé si girò, mettendosi sopra di lei. Le divaricò le gambe, poi si inginocchiò tra di esse. Quando Carla gli strinse le braccia attorno al collo, abbassò le mani sul suo sedere, strizzandolo e sollevandola finché i loro fianchi non si scontrarono.

Era già duro e spingeva contro di lei. Sembrava fuori di sé, stava andando a fuoco, il suo desiderio la travolgeva. Carla non l'aveva mai visto così appassionato, così rude. Prima che potesse dire anche solo una parola, Al stava già infilando le mani sotto la stoffa, passandole su e giù sul suo corpo, chiudendole sulla sua carne, massaggiandola e accarezzandola.

Un sensuale calore si accese dentro di lei, le fiamme le scaldarono il corpo. Carla chiuse le dita attorno ad Al, era acciaio puro. Per essere una donna che manteneva un totale controllo sulla propria vita, la eccitava tantissimo lasciare che fosse lui a prendere le redini. E lui lo fece. Le mordicchiò i capezzoli, poi le sue labbra sembrarono riuscire a spostarsi su tutto il suo corpo nello stesso momento. Una sensazione elettrizzante dopo l'altra scossero il suo corpo, facendo montare la tensione dentro di lei finché il desiderio si trasformò in bisogno.

Al la girò sulla pancia come se fosse un pancake ai mirtilli, poi scacciò la sua mano e si sfregò contro di lei. «Dio, come sei bagnata,» mormorò.

Carla sollevò il bacino mentre lui stringeva le dita attorno ai suoi fianchi, alzandoli e tirandoli verso di sé. Un attimo più tardi, Al premette contro la sua apertura, e in un lampo, fu dentro di lei. La donna gemette, mentre la riempiva.

«Tutto okay?» le chiese Trunk.

«Dio, sì. Non fermarti.»

Carla lo udì ridere, mentre si muoveva dentro di lei. Al continuò a spingersi nel suo corpo con forza, grugnendo, e un paio di gocce di sudore le schizzarono sulla schiena. Girò il viso e lo guardò con un occhio solo. Sembrava posseduto. Le passò le mani sulla schiena, poi scese di nuovo, e i suoi pollici spinsero delicatamente sul suo interno coscia. La pressione crebbe fino a diventare insopportabile, raggiunse il suo picco ed esplose in un orgasmo stravolgente.

Carla seppellì il viso contro il cuscino e gridò il suo nome. Al si fermò per un istante, le accarezzò la testa, e poi continuò per qualche secondo, prima che un forte gemito segnalasse che si era svuotato dentro di lei. Lasciò ricadere la fronte sulla sua schiena e le cosparse la colonna vertebrale di minuscoli baci, facendole il solletico. Carla ridacchiò e crollò sul letto. Al si sdraiò con delicatezza sulla sua schiena e infilò le mani sotto di lei per stringerle piano i seni.

«È stato fantastico,» sussurrò, sfregando il naso sul tessuto nero e setoso che le copriva le spalle.

«Oh, mio Dio. Al, ti sei superato,» replicò lei.

«Piccola, sei così sexy. Calda e bollente, come un cazzo di vulcano.» Al si tirò su e si girò su un fianco.

L'aria fredda la fece rabbrividire, il retro della vestaglia era fradicio del sudore di entrambi. Carla si sedette, slacciò il fiocco e se la tolse.

«Oh, la devi togliere per forza?» chiese Al.

«È bagnata, e io sto congelando.»

«Mi dispiace, tesoro.»

Carla posò una mano sulla guancia di Al e lo guardò dritto negli occhi. Al loro interno, vide solo amore. Le scaldò il cuore, ma allo stesso tempo, la terrorizzò. «Va tutto bene, piccolo. Va tutto bene.»

Trunk si stiracchiò sul letto e le fece cenno di avvicinarsi di più. La donna si accoccolò contro di lui e gli appoggiò la guancia sul petto, poi iniziò a giocare con i suoi peli.

«Vorrei averti incontrata prima di Mary.»

«Anch'io, Al. Anch'io.» Le faceva male il cuore al pensiero di quel che sarebbe potuto accadere. Non aveva mai conosciuto un uomo come lui, ma il divieto riguardo ai bambini era scolpito sulla pietra. Rabbrividì all'idea di avere figli contro la sua volontà. *No, quella decisione è ancora valida.*

Si addormentarono, si svegliarono due ore più tardi e fecero di nuovo l'amore. Lo fecero altre tre volte, prima dell'alba. Esausti, ma soddisfatti, dormirono fino alle nove di mattina, e si alzarono sentendosi rinvigoriti. Trunk andò in palestra, mentre Carla, davanti a un caffè, stilò la sua lista di cose da fare quel giorno. Nessuno dei due accennò alla notte precedente, lasciarono che diventasse un ricordo carico di passione, che avrebbero potuto ripercorrere con affetto quando si sarebbero detti addio.

DENTRO LO SPOGLIATOIO, Robbie Anthony si schiaffò sul viso la sua colonia.

Tuffer Demson gli arrivò alle spalle. «Senti, Robbie, questo è il mio primo appuntamento con Lexie,» esordì.

«E allora?» Il kicker distolse lo sguardo dallo specchio.

«Non ho intenzione di scopare o roba del genere.»

«Ehi, se la signorina ne ha voglia, chi sono io per dire di no?» Robbie ridacchiò.

«Non mi piace affrettare le cose,» ribatté Tuffer.

Robbie si voltò e gli posò le mani sulle braccia. «Calma, Tuff. Non ti farò pressioni.»

«Quindi non ci porterai a casa tua e non ci sbatterai nella tua stanza degli ospiti?»

Anthony scoppiò a ridere. «Assolutamente no. Chi ti ha messo in testa questa idea?»

«Non importa.»

«I ragazzi, la squadra, scherzano sempre. Ci rendono la vita difficile. Non puoi credere a nulla di quel che ti dicono, se non si parla di football.»

«Bene. Per un attimo, mi sono preoccupato sul serio.»

«Passiamo una bella serata e basta. Le figlie del Coach sono delle ragazze simpatiche, non vogliamo mandare tutto a puttane,» disse Robbie.

«Hai ragione.» Tuffer si asciugò il sudore dalla fronte con il dorso della mano.

«Non verrai vestito così, vero?»

«Jeans e maglietta. Che c'è di male?»

«Devi avere un po' di classe. Queste ragazze hanno un paparino ricco e si vestono bene, quindi tu devi fare lo stesso. E poi, andiamo a mangiare allo *Sweet Magnolia*. Giacca e cravatta, amico.»

«Credo di averne una qui. Torno subito.»

Tuffer corse al suo armadietto, pregando di aver lasciato lì i suoi vestiti più formali. Aprì l'anta e scoprì che le sue preghiere erano state esaudite. Mentre si cambiava d'abito, si fermò a controllare il contenuto del suo portafoglio. Aveva prelevato trecento dollari in contanti, ma non era sicuro di quanti soldi avesse bisogno per offrire una cena alla figlia del Coach. *Ma non esco con lei perché è la figlia del Coach Bass, lo faccio perché è carina e sembra simpatica.*

Demson aveva conosciuto Lexie alla festa natalizia per i bambini del rifugio. Lui era stato troppo timido per dire un granché, ma lei aveva chiacchierato molto. Tuffer aveva pensato che stesse flirtando con lui, ma era così impacciato con le donne, che non si era fidato del proprio istinto. L'aveva chiesto a Lawson Breaker, un altro novellino in squadra, e Breaker gli aveva assicurato che Lexie aveva assolutamente flirtato con lui e che Tuff avrebbe dovuto chiederle di uscire. Così aveva racimolato tutto il coraggio che aveva e l'aveva chiamata. Lexie aveva accettato subito.

Quando l'aveva detto a Robbie, avevano avuto l'idea di un doppio appuntamento. Robbie puntava Alyssa Sebastian da un po' di tempo, ma non riusciva a trovare un buon modo per avvicinarsi. Così, aveva manipolato Tuffer in modo che organizzasse il loro incontro. Robbie era popolare con le cheerleader, o lo era stato finché non era diventato evidente che non aveva voglia di sposarsi. Almeno con Lyssa, aveva confidato a Demson, era certo che lei non avesse intenzione di sposarsi per soldi.

Tuffer lottò per allacciarsi la cravatta. Era un uomo imponente, alto un metro e novantuno e con addosso centoquattro chili di muscoli, e aveva un collo ampio e braccia lunghe. I suoi capelli biondo sporco si abbinavano bene agli occhi azzurri. Si considerava uno dei ragazzi più brutti in squadra, ma sorrise al pensiero che forse Lexie non era d'accordo con lui.

«Molto meglio. Ora sì, che sembri un vero giocatore,» si complimentò Robbie.

«Sono già un giocatore. In difesa,» ribatté Tuff, confuso.

Robbie rise. «Con le donne, intendo.»

Tuffer scosse la testa. «Non lo sono affatto, e non potrei mai nemmeno sembrarlo. Che diavolo le dico?»

«Sorridi, annuisci, chiedile di lei e ascoltala. E lei ti supplicherà di portarla a letto.»

«Mi accontenterei di un secondo appuntamento.»

«Miri troppo in basso, amico mio.»

«Io non sono come te. Non mi hanno cresciuto in quel modo, insegnandomi ad approfittarmi delle donne.»

«Oh, mio Dio. Sei vergine, non è vero?» Robbie lo fissò con gli occhi spalancati.

«Non sono affari tuoi. Non sono in cerca di un'occasione per scopare, ma del vero amore.»

«A volte, sono la stessa cosa.» Anthony sbuffò una risata.

«Andiamo,» tagliò corto Tuffer, assottigliando gli occhi.

«Okay, okay. Sto solo cercando di aiutarti.»

«Non ho bisogno di quel tipo d'aiuto. Ma una lista di argomenti di cui parlare potrebbe essermi utile.»

Robbie afferrò la sua giacca, gli diede una pacca amichevole sulla spalla e rise, mentre si incamminavano verso il parcheggio. «Non ti preoccupare, Demson, a quello ci penso io. Filerà tutto liscio come l'olio.»

Tuffer voleva credergli, ma non riusciva a smettere di sudare, e fuori c'era una temperatura di meno sei gradi da gelare le ossa.

Capitolo Sedici

Il nevischio aveva già cominciato a cadere, quando Trunk fece i bagagli per andare in Florida. Carla sentiva il cuore batterle all'impazzata nel petto, c'erano così tante cose che voleva dirgli, ma non voleva sconvolgerlo prima della grande partita. Trunk doveva essere calmo, concentrato e reattivo... e se lei avesse iniziato a piagnucolare riguardo alla loro relazione, nessuno di loro sarebbe rimasto di buonumore. Ma aveva tante parole, pensieri ed emozioni sulla punta della lingua, e tutte la tentavano, spingendola a dar loro voce. *Amare un uomo significa metterlo al primo posto.* Così, inghiottì le sue domande insieme al suo orgoglio e preparò una caraffa di caffè fresco.

Il vecchio edificio se la cavava bene quando faceva caldo, ma delle piccole crepe nell'intelaiatura della finestra creavano lievi spifferi freddi. Carla si avvolse in un maglione turchese, stringendoselo attorno, mentre aspettava che il caffè bollisse. Trunk scese al piano di sotto con la sua valigia.

«Il caffè sarà pronto tra un attimo. Ti ho preparato un hamburger, e poi un altro da mangiare in viaggio.» Carla proruppe in una risata priva di divertimento.

«Grazie, tesoro.» Trunk prese una patatina fritta, ma non distolse lo sguardo da lei. «Stai bene? Sembri un po' pallida.»

«Ho dimenticato di mettermi il blush stamattina, ecco tutto.»

Al annuì, ma le bastò dare un'occhiata alla sua espressione per capire che non era riuscita a ingannarlo. Sentì l'agitazione montare dentro di lei. Non voleva che lui se ne andasse, eppure temeva il suo ritorno ancora di più.

«Nervoso?» Carla lo osservò, poi distolse lo sguardo e guardò fuori dalla finestra.

«Un po'. Il Coach sta un po' impazzendo, è determinato a farci vincere. Quindi, siamo molto sotto pressione.»

«Ci scommetto.»

«E lascerò qui il mio aiuto migliore per liberarmi dalla tensione.» Trunk ridacchiò, scosse la testa e le rivolse un sorriso malizioso.

La barista sorrise a sua volta. «Le ragazze dei giocatori non possono venire, in ogni caso. Quindi, anche se non avessi il *Beast* di cui occuparmi...»

«Sì, lo so.»

Un silenzio scomodo calò tra di loro, la tensione crebbe e si allungò come un filo teso. Lo sguardo del difensore saettò attraverso la stanza, poi Trunk tossì e si gettò sull'hamburger. Carla uscì dalla stanza e tornò con due tazze di caffè fumante. Una di esse era proprio come piaceva ad Al, con un po' di zucchero e panna.

«Ci voleva. Fa un po' freddo qui,» disse Trunk.

«Questo posto non è proprio a tenuta d'aria. Quando fuori c'è questo tempo, dentro si gela.»

«Hai abbastanza legna per il camino? Potrei andare a prenderne dell'altra.»

«Quella che ho dovrebbe bastare. Credo che abbiano annunciato un po' di neve per stasera, ma nulla di grave,» rispose Carla.

«Non mi dispiace andarmene, tranne per il fatto che non ti posso portare con me.»

«Parti per l'assolata Florida! Che fortuna.» La barista fece finta di colpire il difensore.

«Potresti sdraiarti in bikini sulla spiaggia, con me che ti sbavo addosso,» fantasticò Trunk.

Carla rise. «Saresti troppo occupato per badarci. Non hai bisogno di un peso come me.»

Al finì di mangiare in silenzio. La donna si sentiva il petto gonfio d'emozione, era convinta che lui l'avrebbe lasciata dopo la partita e non sapeva che dirgli.

«Ho ottenuto gli ultimi documenti e le chiavi della casa. Cominceranno a sistemare i pavimenti mentre sarò via. Lauren ha detto che potrei trasferirmi appena torno, anche se la casa avrà ancora bisogno di un sacco di lavori,» annunciò Trunk.

«È un bene.» *Lo è davvero?*

«Sistemeremo tutto al mio ritorno.»

Carla annuì. *Che c'è da sistemare? Tu te ne andrai e io rimarrò da sola.* «Non preoccuparti di noi. Concentrati sulla partita e basta, okay?»

«Ho tutto sotto controllo, piccola. Siamo carichi e vinceremo.»

Trunk si pulì la bocca e le si avvicinò, poi l'avvolse nel suo abbracciò e l'attirò contro il suo petto, stringendola forte. Carla appoggiò il viso contro la morbida camicia di flanella che indossava e inalò il suo odore, misto al profumo del sapone al pino e del dopobarba. Era inebriante. Gli passò le braccia attorno alla vita e si rilassò contro di lui. Lui le accarezzò i capelli lucenti e le diede un bacio sulla cima della testa.

«Non innamorarti di nessun altro mentre sono via,» sussurrò.

Parole d'amore le si bloccarono nella gola. *Non provarci nemmeno. Lui se ne andrà.*

Trunk la lasciò andare e si infilò la giacca sulle spalle larghe. Carla gli tirò su la zip e lui le sollevò il mento per darle un tenero bacio, che divenne più passionale quando inclinò la testa. Poi, prima che lei potesse scoppiare a piangere, il difensore uscì dalla porta e percorse gli scalini. Lo osservò, mentre la sua macchina si allontanava.

Carla sospirò, sentiva un peso sul cuore e i suoi piedi pesavano cento chili l'uno. Alzò lo sguardo e vide un cielo grigio e spietato. La nevicata, che si sarebbe dovuta fermare alle spruzzate di nevischio, si era fatta più intensa. Prendendo velocità, il vento scagliò piccoli fiocchi contro la finestra, finché non sembrò che la neve stesse cadendo in orizzontale. Carla fece una smorfia.

«Sembra che stia peggiorando,» disse Doodles dal fondo della stanza.

Carla si voltò. «Dovrebbe perdere forza.»

«Il tizio del meteo ha detto di nuovo una cazzata.»

«Pare di sì. Ma non è l'unico.» Si stava pentendo della sua storia con Trunk? Per niente, anche se adesso doveva affrontare la sua dolorosa conclusione.

Doodles le si avvicinò. «Porca miseria, ora sta attaccando al terreno. Apri comunque?»

«Perché no? Anche se non venisse nessuno, non mi costa nulla.»

«Vero. Comunque, meglio che la neve si sciolga prima della partita.»

«Giusto. Ho un sacco di cibo, birra e vino.»

«Mancano due giorni, sono certo che per allora si sarà sciolta tutta.»

Carla osservò la neve cadere e si mordicchiò il labbro, mentre l'asfalto si imbiancava velocemente.

Doodles le passò un braccio attorno alle spalle in un abbraccio. «Io rimango qui, se vuoi aprire.»

«Apro. Abbiamo un paio d'ore per preparare tutto.» Carla si allontanò e andò in cucina. Per due ore, i due prepararono il bar, pulirono i tavoli, tirarono fuori le posate e misero da parte i bicchieri puliti della sera prima. Doodles preparò un'insalata, mentre Carla si occupava degli hamburger. Parlarono, risero e scherzarono.

Alle quattro, si sedettero e mangiarono un pranzo tardivo. La barista accese la televisione.

«Beh, Ted, che ne dici?» chiese l'anchorman, girandosi verso il meteorologo.

«Non guardare me. Il tempo è cambiato. Vedi.» L'uomo tracciò dei cerchi su una mappa. Carla lasciò vagare la mente finché non sentì la parola *bufera*. Subito pensò ad Al e all'aereo su cui viaggiava la squadra.

Come se il giornalista le avesse letto nel pensiero, annunciò: «Gli aeroporti sono aperti, ma dovremo aspettarci delle chiusure, se la bufera continuerà ad avvicinarsi alla nostra area.»

«Hal, secondo la stazione meteo, la bufera probabilmente non cambierà direzione. Il mio consiglio è di andare in negozio e fare scorta di alimenti base, tirare fuori la pala da neve e infilarsi la calzamaglia, perché la temperatura si sta abbassando. Ora è di tre gradi sotto lo zero, ma prima di mezzanotte ci aspettiamo che cali fino a meno sei.»

Doodles spense il televisore. Carla prese il cellulare e cercò il sito dell'aeroporto, ma prima che potesse connettersi a internet, Trunk le telefonò.

«Sono sull'aereo, partiamo tra qualche minuto. Volevo solo dirti che stiamo bene. La pista è sgombra, decolleremo prima che la tempesta entri nel vivo. Tu stai bene?»

«Doodles e io siamo rintanati quaggiù. Siamo aperti, ma non c'è nessuno.»

«Rimanete dentro. Sta' attenta, piccola. Devo andare, stiamo per partire. Ti amo.»

«Cosa?»

Prima che Trunk potesse rispondere, cadde la linea.

Carla sospirò.

«Trunk?» chiese Doodles.

La donna annuì. «Sta bene. Stanno decollando adesso, mancheranno la tempesta per un pelo.»

«Bene.»

Carla annuì e andò di nuovo alla finestra all'ingresso. I fiocchi erano più grossi e cadevano più rapidamente, il cielo era tutto bianco di neve. Riusciva a malapena a vedere dall'altro lato della strada. Uno spazzaneve si muoveva pesantemente lungo la carreggiata, graffiando l'asfalto. C'erano già oltre due centimetri di neve sul suo vialetto. La barista prese una scopa e la porse al suo cuoco.

«Doodles, per favore, potresti spazzare via la neve dal vialetto? Non verrà nessuno, a meno che non lo puliamo.»

«Certo, Carla, ma non verrà nessuno comunque.» Doodles si infilò una giacca imbottita e aprì la porta, facendo entrare una raffica di vento e una spruzzata di neve che si sciolse subito. Carla asciugò il pavimento con degli asciugamani di carta e preparò dell'altro caffè. Poi, si accomodò davanti alla televisione e guardò il notiziario, incentrato sulla tormenta.

«Il sindaco di Monroe ha chiesto a tutti di rimanere in casa. Le strade sono scivolose e c'è un tamponamento a catena sulla I-55, a nord della città. Rimanete in casa, ragazzi. Accendete il camino, leggete un libro, guardate un film. Ted, sappiamo quando finirà?»

«Grazie, Hal. No, la bufera ha rallentato e potrebbe rimanere con noi per almeno ventiquattro ore. Rimanete in casa. Le strade non sono sicure e la visibilità è pari a zero.»

Carla fece una smorfia. Tornò in cucina e rimise la carne in frigo. «Dobbiamo mangiare l'insalata, domani non sarà più buona.»

«Caesar, salsa ranch o gorgonzola?» chiese Doodles, dividendo la lattuga in due grosse scodelle.

QUANDO I CUMULI DI neve raggiunsero l'altezza di mezzo metro, Carla chiuse il locale e lasciò che Doodles andasse a casa. Erano solo le otto, così mangiò e poi andò a letto a leggere un libro. Il vento ululava attorno al piccolo edificio, e lei guardò la neve, illuminata dai lampioni vorticare furiosamente contro il cielo nero, come spinta da un demone. Un lieve velo di fiocchi ghiacciati aderiva agli angoli della finestra. Quando sfiorò il vetro con le punte delle dita, le si congelarono in pochi secondi.

Il letto vuoto le ricordò che Trunk non era lì e non sarebbe venuto. Si rannicchiò, tirandosi le coperte fino al mento, e si addormentò mentre leggeva. Verso le tre venne svegliata da un forte schianto. Era tutto buio, così allungò la mano verso l'abat-jour, ma anche dopo aver schiacciato il pulsante più volte, la lampada non emise alcuna luce. Un'occhiata fuori le confermò che non si trattava solo di una lampadina bruciata. Era buio pesto, anche i lampioni si erano spenti. *Merda. Un blackout.*

Si batté una mano sulla fronte. *Il frigorifero! Il freezer!* Quando posò i piedi sul pavimento, si ricordò che nemmeno il riscaldamento funzionava più. Si congelava. Prese una torcia dal comodino, raggiunse la cassettiera e prese dei calzini, poi si infilò l'accappatoio e andò alla finestra.

Le macchine erano sepolte sotto la neve, che continuava a cadere. Non c'era segno che lo spazzaneve fosse passato, e il suo marciapiede e i gradini erano così coperti di neve che non sembrava nemmeno ci fossero ancora. I fiocchi argentei brillavano nel chiaro di luna, conferendo un aspetto inquietante a quella scena silenziosa. Per un attimo, avvertì una fitta di paura.

Riprendi il controllo. Accendi il camino al piano di sopra, poi controlla il freezer e il frigo.

Tenendo le dita incrociate, scese lentamente le scale. Provò ogni interruttore della luce, ma nessuno funzionava. Aveva il cuore in gola, quando aprì il frigo: la luce non si accese, quindi non funzionava e lo stesso valeva per il freezer.

Cominciò a battere i denti, mentre il freddo si insinuava oltre l'accappatoio. Era preoccupata perché avrebbe perso una fortuna in cibo e non le sarebbe rimasto nulla per la festa per il Super Bowl. Chiamò Doodles, ma il telefono dell'uomo non funzionava. Quando puntò la torcia verso l'esterno, vide due grossi rami sul prato poi notò il grosso albero quasi a terra. Il vento l'aveva sradicato ed era caduto sui cavi elettrici lasciando al buio l'intero vicinato. Niente elettricità significava anche niente acqua, alla fine. Avrebbe dovuto sciogliere della neve per tirare lo sciacquone. Fece una smorfia.

Non poteva neppure fare il caffè.

Corse di sopra, tirò fuori tutti i suoi vestiti più caldi dall'armadio e si vestì. Indossò un paio di leggings, dei pantaloni di lana, una maglietta, un maglione e un altro paio di calze. Poi, corse al piano di sotto, si infilò gli stivali e la giacca imbottita e aprì la porta sul retro. La scopa non sarebbe bastata, così prese la pala che teneva in cantina e creò un sentiero di neve dagli scalini alla cucina. Dopodiché, iniziò a togliere la carne dal freezer. Ogni volta che tirava fuori un pezzo, lo copriva di neve.

Solo finché non torna l'elettricità. Avanti e indietro, sopra e sotto. Dentro, giù in cantina, su per le scale della cantina, giù per le scale sul retro senza cadere, di nuovo su, e poi tutto da capo. Avrebbe voluto che ci fossero Doodles e Trunk.

Finì di spostare il contenuto del frigo e del freezer alle sei di mattina. Il cielo era ancora grigio scuro, anche se iniziò a illuminarsi un po', quando sorse il sole. Il vento soffiava ancora, ma sembrava perdere forza, anche se la neve cadeva ancora dal cielo. Carla era esausta e stava congelando, riusciva a malapena a muovere le dita delle mani e dei piedi. Accese il fuoco, ma non fu abbastanza per scaldare la stanza, che si era raffreddata in modo sgradevole.

Appoggiò la testa sul bancone del bar e pianse. Cosa poteva fare? Non poteva rimanere lì, eppure non poteva andarsene. Qualcuno bussò forte e una voce sconosciuta la spaventò. Sollevò il viso umido di lacrime e tremò alla vista di un uomo che non conosceva alla porta d'ingresso.

«Signorina Ricci? È lì dentro? Apra, signorina Ricci, è la polizia.»

Carla sospirò e quasi corse alla porta. Quando l'aprì, la neve bloccata sul telaio cadde dentro il bar. Un poliziotto robusto entrò nel locale e Carla si gettò tra le sue braccia, singhiozzando.

«Signorina Ricci, è ferita?» le chiese l'uomo.

«Congelata,» riuscì a rispondergli tra le lacrime.

«Assideramento?»

Carla scosse la testa. «Non credo.»

«Forza, signorina. Prenda le chiavi, lei viene con me.»

Alle spalle del poliziotto, la barista vide un ATV con il motore e le luci accesi. «Chi è lei?» domandò.

«Scusi, sono l'agente Mark Gordon. Abbiamo ricevuto una chiamata dal signor Al Mahoney. Gioca per i Kings, lo conosce?»

«Al?»

«Sì, signora. Ci ha chiamato lui, ha detto che era intrappolata qui da sola e che non rispondeva al telefono. Ha detto anche che una certa signora Buddy Carruthers voleva che andasse a stare da lei fino alla fine della bufera. Come forse sa, la signora Carruthers è incinta. Non aveva il veicolo giusto per venirla a prendere, e in ogni caso non sarebbe stato sicuro, così il signor Mahoney ha chiamato noi. Ed eccomi qui. Metta le sue cose in una borsa e andiamo, là fuori il tempo non sta certo migliorando,» spiegò l'agente Gordon.

«Sì, signore,» replicò Carla, le sue parole le avevano scaldato il cuore, benché il suo corpo stesse tremando dal freddo.

Corse su per le scale, afferrò una valigia e ci buttò dentro quel che le serviva. Dopo appena dieci minuti era già pronta. Nel frattempo, l'agente aveva spento il piccolo fuoco nel camino. Gordon le prese la valigia e Carla si aggrappò al suo braccio mentre si incamminavano verso il suo veicolo. Il freddo le era entrato nelle ossa, e batteva i denti, mentre guadavano la strada innevata.

«Il signor Mahoney è molto preoccupato per lei. Pensava che le fosse capitato qualcosa, che un albero le fosse caduto addosso o roba simile. Ci prendiamo cura l'uno dell'altro, qui a Monroe. Gli telefonerò per dirgli che è al sicuro con la signora Carruthers non appena l'avrò lasciata a casa sua,» disse il poliziotto.

«Grazie, agente Gordon. Potrei darle un bacio!» Carla si sfregò le mani, perché aveva le dita intorpidite.

L'uomo ridacchiò. «Non credo che al signor Mahoney piacerebbe, e a lei?»

Carla rise con lui mentre un'ondata di sollievo la travolgeva. Si fece strada attraverso il vialetto, sepolto sotto la neve. Emmy Carruthers l'aspettava alla porta, con Blitz, il suo carlino, che faceva la guardia. Salutò l'agente, che si voltò e se ne andò non appena Carla fu al sicuro dentro casa.

«Credevo fossi a Miami,» disse la barista alla cantante.

«La data era troppo vicina a quella del parto, e io e Buddy abbiamo pensato che sarei stata più comoda qui. Adesso però vorrei esserci andata. Guarda che casino!» Emmy agitò il braccio in un ampio gesto per indicare la scena all'esterno.

«So che intendi.» Carla si tolse gli stivali all'ingresso. Blitz li annusò, poi le annusò le gambe. Carla si chinò per coccolare quel cane curioso.

«Togliti quei vestiti bagnati, li mettiamo nell'asciugatrice. Ho acceso il camino e fatto la cioccolata calda, andiamo.»

Si tolse strato dopo strato, fino ad arrivare ai mutandoni pesanti. Emmy notò che tremava e la coprì con una coperta di lana, e lei scoppiò in lacrime. La moglie di Buddy l'abbracciò e le accarezzò i capelli.

«Avevo tanta paura. Ho dovuto togliere tutta la carne dal freezer e metterla nella neve. In casa si gelava. È caduto un albero. Non avevo l'elettricità. E poi ero da sola.»

«Ora sei qui, e ci rimarrai finché non sarà tutto finito. Verna è andata a fare la spesa per me, quando ha iniziato a nevicare, quindi abbiamo sia l'elettricità che un frigo pieno. Forza, sistemati davanti al fuoco e ti sentirai meglio.»

«Grazie. Grazie mille.»

«Non c'è di che. Quando Buddy mi ha chiamata, sono stata felice perché avrei avuto compagnia,» replicò Emmy.

Carla la seguì a piedi nudi fino al camino. Si sedettero alle due estremità del divano, e Blitz si posizionò accanto alla sua padrona. Fiamme brillanti ruggivano in un caminetto di pietra, scoppiettando, crepitando ed emanando calore e luce. Carla strinse le dita attorno alla tazza di cioccolata calda e ne sorseggiò il contenuto. Aveva il cuore pieno di gratitudine.

«Grazie di avermi salvata. Se non fosse stato per te, sarebbe stata una notte lunga e fredda,» disse.

«I Kings sono una famiglia. Restiamo uniti e ci aiutiamo a vicenda,» ribatté Emmy, e finì la sua cioccolata. Allungò le gambe e le appoggiò su un pouf.

Carla bevve e si accoccolò sul divano. Sentiva le palpebre pesanti, e si addormentò in un attimo.

SI SVEGLIÒ UN'ORA PIÙ tardi e lei ed Emmy riscaldarono dello stufato di manzo avanzato e lo mangiarono davanti al fuoco, scambiandosi aneddoti riguardo ai loro uomini. Trunk chiamò a casa dei Carruthers per assicurarsi che lei stesse bene, e Carla gli risparmiò i dettagli più orribili e cercò di essere positiva, anche se non riuscì a capire se lui avesse intuito la verità. La conversazione fu breve, e poi Emmy parlò con Buddy. A Carla fu assegnata una stanza degli ospiti con un letto a due piazze. Quella dei Carruthers era una casa di lusso, e lei si godette le lenzuola di qualità e l'abbondanza di cuscini.

Mentre se ne stava sdraiata a letto, pensò ad Al, e ringraziò lui, Buddy, Emmy e Dio per averla tenuta al sicuro. Era ancora esausta, e dormì bene e non si svegliò fino alle otto. Il sole faceva capolino tra le nuvole e la neve aveva smesso di cadere. Il vento soffiava ancora con forza, cambiando la disposizione dei fiocchi farinosi.

Il rumore degli spazzaneve penetrò oltre l'aria gelida. Emmy stava mangiando uova strapazzate davanti al televisore, mentre guardava il notiziario. Ne mise un po' su un piatto insieme a del bacon e le porse a Carla, e insieme osservarono Monroe rimettersi in piedi dopo la tempesta. Lo speaker parlò di tutti gli alberi che erano caduti e della mancanza d'elettricità in varie zone.

«Non tornerai a casa finché non sarà tornata l'elettricità,» dichiarò Emmy.

«Ma domani c'è il Super Bowl. Devo prepararmi.»

«Non c'è nulla che tu possa fare senza elettricità, no?»

Carla dovette ammettere che l'altra aveva ragione, ma era tesa, ansiosa di tornare a casa sua e di rimettere la carne nel freezer. Pregò che fosse ancora congelata e intatta. Le due donne giocarono a carte, guardarono il notiziario senza sosta e mangiarono.

Una telefonata alla polizia confermò che l'elettricità non era ancora tornata a casa di Carla, così passò un'altra notte da Emmy. Non conosceva così bene i Carruthers. Prima di sposarsi, Buddy veniva sempre al *Beast* e spesso cercava un'avventura, ma da quando si era sposato, aveva smesso di farlo, e Carla ammirava quel cambiamento. Quando entrava nel locale insieme a sua moglie, prestava attenzione solo a lei. Emmy era bellissima, aveva i capelli così scuri che sembravano neri e una perfetta pelle di porcellana.

Carla aveva già notato il modo in cui interagivano. Emmy toccava sempre Buddy, lo prendeva per mano, gli toccava il braccio, gli sfiorava la spalla con la sua. Il loro amore era evidente in certi dettagli, piccoli ma inconfondibili.

Alle dieci di domenica mattina, quando Carla ormai credeva che avrebbe perso la testa per la tensione, l'agente Gordon la chiamò per dirle che era tutto risolto e venne a prenderla a casa dei Carruthers. Lei ed Emmy si abbracciarono, per quanto potesse riuscirci Emmy. Carla coccolò Blitz, ringraziò più volte la moglie di Buddy e salì sulla volante della polizia. Lei e Gordon uscirono in strada.

Il bar sembrava sempre lo stesso, tranne per il fatto che tutte le luci erano accese. La barista e l'agente risero a quella vista.

«Spero che lei abbia tolto la spina agli elettrodomestici. A volte, vanno in sovraccarico, quando torna l'elettricità,» disse il poliziotto, facendole un cenno di saluto.

«Grazie. Mi ha salvata,» replicò Carla.

«Ho solo fatto il mio lavoro. Bisogna far felici i nostri Kings,» rispose l'agente Gordon e se ne andò.

Carla entrò e spense tutte le luci, poi si infilò dei vestiti puliti e andò in cortile, dove aveva sepolto la carne sotto la neve, che ormai aveva cominciato a sciogliersi. *Dovrebbe essere tutto a posto.*

Quando raggiunse l'ultimo gradino fuori dalla porta della cucina, però, sentì il suo cuore sprofondare. Inspirò bruscamente, mentre esaminava quel disastro. Non aveva mai considerato gli animali, ma una bestia selvatica aveva trovato la carne. Qualsiasi cosa fosse, aveva portato via la maggior parte del cibo e ne aveva mangiato un po' sul posto, lasciando alcuni hamburger mangiucchiati e ancora congelati sparsi per il cortile.

Quel che non era stato rubato era stato reso inutilizzabile, e in ogni caso, ce n'era molto poco. Aveva nutrito l'intera popolazione locale di coyote, procioni e volpi, e ora non rimaneva nulla per la folla che sarebbe venuta a festeggiare il Super Bowl. *Se qualcuno verrà a festeggiarlo.*

All'improvviso le venne un'idea e andò a tirare fuori la sua macchina da sotto la neve. Guidò più veloce che poteva fino al supermercato, stando attenta a non accelerare troppo sui punti scivolosi della strada. Quando arrivò al settore della carne, venne travolta da una nuova ondata di delusione: era già stato saccheggiato prima della tempesta. Raccolse qualche chilo di carne trita, più altre provviste, e andò alla cassa. Si chiese come fosse andata agli alimenti che aveva lasciato nel frigo. Quando tornò a casa, scoprì che il latte era ancora buono, anche se non sarebbe durato a lungo, e che anche le verdure erano in buone condizioni.

Ma quando aprì il freezer, rimase sconvolta. Era andato. Era stato un sovraccarico? O solo la vecchiaia? Comunque fosse, era rotto, morto, finito. Non si accendeva nemmeno. Vicino alla spina, vide quella che sembrava un po' di fuliggine nera. *Si è bruciato durante il sovraccarico. Merda!* Ne avrebbe dovuto comprare un altro, o sarebbe andata in rovina, perché sapeva che il suo non si poteva più riparare. Ma di domenica? Non c'era modo che riuscisse a trovarne uno nuovo quel giorno. Fece qualche telefonata e scoprì che i negozi di elettrodomestici erano tutti chiusi o non potevano effettuare consegne fino a lunedì.

Quella sera ci sarebbe stato il Super Bowl, e lei aveva cibo a sufficienza per una dozzina di persone, o forse due. Ecco qual era la situazione. Il suo grande evento per raccogliere soldi sarebbe stato un fallimento. Carla si sedette su uno sgabello e, sebbene fosse ancora presto, si versò un bicchiere di vino.

Doodles entrò e iniziò subito a chiacchierare, mentre si metteva il grembiule. La barista sentì l'anta del frigo che si apriva e poi più nulla. Il cuoco entrò nel bar con un'espressione da cane bastonato. «Il frigo è da buttare,» annunciò.

«Prima funzionava!» Carla saltò giù dallo sgabello e corse in cucina. Tirò un calcio al frigorifero, imprecò e lo prese di nuovo a calci, ma il motore non aveva intenzione di ripartire e la luce non si accendeva.

«Mi dispiace. Mettiamo tutto nel freezer,» propose Doodles.

«Non possiamo, è andato anche quello.» Carla crollò in ginocchio.

«Oh, fantastico, cazzo. Scusa per il mio linguaggio.»

«Già.» La donna annuì, gli occhi colmi di lacrime.

«Domani avrai un nuovo frigo e un nuovo freezer. Ne abbiamo bisogno da molto tempo.»

«Davvero? Visto che mi costeranno tutti i miei risparmi, forse faresti meglio a cercarti un nuovo lavoro.»

«Un nuovo frigorifero non è tanto costoso.»

«Devi comprare degli elettrodomestici professionali, o perdi la licenza. Conserverò gli annunci sul giornale, se mai ricominceranno a consegnarli.»

Doodles le gettò un braccio attorno alle spalle. Carla si girò verso di lui e scoppiò a piangere.

Capitolo Diciassette

La domenica del Super Bowl, c'era qualche nuvola a Miami e la temperatura si mantenne tiepida sui diciotto gradi. I Kings parlarono del tempo durante la colazione nell'hotel di lusso dove, negli ultimi due giorni, avevano nuotato, preso il sole e cercato oggetti interessanti sulla spiaggia. Avevano passato i loro pomeriggi allo stadio, allenandosi in palestra e provando le azioni di gioco. I Delaware Demons, i loro avversari, usavano le attrezzature a loro disposizione di mattina.

Ora che Carla era al sicuro con Emmy, Trunk poteva rilassarsi. Quando aveva visto la tormenta al notiziario, il suo cuore aveva iniziato a battere all'impazzata. Sentirsi impotente non era usuale per Al Mahoney, ma mentre era bloccato in Florida, non c'era molto che potesse fare. Durante i pasti, la tempesta era stata il principale argomento di conversazione. La maggior parte dei giocatori aveva portato le proprie mogli con sé, ma quelle che avevano figli erano rimaste in Connecticut. Molti avevano telefonato a casa e le loro preoccupazioni si erano acquietate, quando avevano parlato con i loro cari e si erano fatti assicurare che era tutto sotto controllo. Ma non Trunk.

Doveva aver chiamato un centinaio di volte, ma ogni volta aveva risposto la segreteria telefonica. Il *Savage Beast* era circondato da alberi, tutti vicini ai cavi elettrici. Al si era mordicchiato le unghie e aveva tenuto lo sguardo fisso sullo schermo durante i pasti, sperando in buone notizie riguardo alle condizioni meteo in Connecticut. Non poteva contattare Carla e questo l'aveva mandato nel panico, finché finalmente Devon Drake l'aveva preso da parte e gli aveva dato il numero della polizia.

Trunk aveva telefonato e supplicato il loro aiuto nel modo più affascinante che gli riusciva. Un agente aveva confermato che era caduto un albero e che probabilmente Carla era rimasta senza elettricità. Lui allora era corso dai suoi compagni di squadra e avevano messo a punto un piano per soccorrerla.

In quel momento, il difensore si stava stiracchiando su una poltrona all'ombra, mentre beveva un tè ghiacciato e ammirava l'oceano. Ripassò mentalmente le informazioni sui Demons che il Coach Bass aveva fornito alla squadra. Mark Davis aveva vinto un Super Bowl come quarterback e sarebbe stato difficile da battere, ma sapeva che lui e Tuffer ce l'avrebbero fatta.

Demson gli passò davanti e Al lo chiamò, battendo la mano su una poltrona libera. «Siediti e rilassati,» lo invitò.

Tuffer sistemò il suo corpo massiccio sulla poltrona.

«C'è qualcosa che ti preoccupa?»

«A parte il fatto che giocherò nella più grande partita di sempre, intendi?»

«Già.» Trunk rise.

«Nulla d'importante. Il Coach Bass ha portato con sé le sue figlie, ma ha lasciato la moglie a casa,» disse Tuffer.

«È incinta, e ho sentito dire che non si sente bene.»

«Sono felice di non poter rimanere incinto. Cavoli, ci sono così tante cose che possono andare storte.»

«Quindi, la tua ragazza è qui?» cambiò argomento Al.

«Non è la mia ragazza,» ribatté il suo compagno di squadra.

«Non state insieme?»

«Siamo usciti un paio di volte, ma nulla di serio.»

«Ho sentito dire che lei è molto attratta da te e che vuole scoparti in ascensore.»

Tuffer strinse gli occhi e poi scoppiò a ridere. «Voi ragazzi, non so mai quando credervi.»

Trunk rise a sua volta. «Maledizione. Per un attimo te l'ho fatto credere sul serio, però. Che ne pensi di lei, comunque?»

«È molto simpatica, e anche bella. Sembra una modella. Perché vuole stare con uno come me?»

«Ora sei un pezzo grosso. Tra poco sarai l'uomo che ha vinto il Super Bowl,» rispose Trunk.

«E allora? Potrebbe avere chiunque. Perché proprio me?»

«È meglio che tu lo chieda a lei, non a me. Parliamo di quella nuova azione. Sai, la mossa a zigzag?»

«Oh, okay,» acconsentì Tuffer.

«Ecco che arriva la cameriera. Tu vuoi qualcosa?»

Tuffer ordinò una limonata e i due difensori cercarono di creare una strategia. Trunk si rifiutava di pensare a qualsiasi cosa non fosse il football, doveva mantenere la concentrazione. Quindi, argomenti come cosa avrebbe fatto riguardo alla sua relazione con Carla quando sarebbe ritornato in Connecticut erano off-limits. Anche perché non riusciva a trovare nessuna risposta che gli piacesse, l'unica che continuava a riaffacciarsi nella sua mente era dirle la verità, fronteggiare le conseguenze delle sue azioni e lasciare che lei se ne andasse. L'idea non gli piaceva, ma non vedeva alcun modo di evitarlo.

La mattina della grande partita, si alzò alle otto, si fece la doccia e, alle nove, raggiunse la squadra nella sala pranzo privata per fare colazione. Metà dei giocatori avevano già mangiato. Al si sedette accanto a Buddy Carruthers e di fronte a Griff Montgomery, e Harley Brennan si unì a loro.

«Qualche consiglio dell'ultimo minuto, Harley?» Trunk si ficcò una fetta di pompelmo in bocca.

Harley sorseggiò il suo caffè. «Non dovrei dirvelo...»

I tre compagni di squadra lo fissarono intensamente, mentre mangiavano.

«Va' avanti. Probabilmente questa informazione non ci servirà a un cazzo,» disse Griff.

«A Mark piace andare a sinistra. Scrive con la mano sinistra, ma tira la palla con la destra.»

Devon Drake li raggiunse al tavolo.

«Buono a sapersi,» disse Trunk.

«I suoi ricevitori preferiti sono quelli alla sua sinistra e alla vostra destra. Lancerà verso di loro ogni volta che potrà. La maggior parte delle volte si allenano in quel modo, quindi sono molto bravi. Raramente non riesce a completare un passaggio, quando tira alla sua sinistra,» continuò Brennan.

«Capito, Drake?» chiese Al, portandosi un pezzo di bacon alla bocca.

«Sì, ci sono.»

Trunk diede uno schiaffo giocoso sulla schiena ad Harley. «Grazie.»

«Mark capirà. È da quando sono entrato nella vostra squadra che si comporta in modo sfuggente con me, non vuole dirmi molto. Lo capisco, e anche lui mi capisce. È un professionista in tutto e per tutto.»

«È ancora il tuo migliore amico?» chiese Buddy.

«Quella è una cosa che va oltre il football,» rispose Harley.

NELLO SPOGLIATOIO, l'aria era carica di tensione e tutti avevano un'espressione seria. I giocatori si vestirono in silenzio, finché Griff Montgomery non parlò.

«'Fanculo i Demons.»

Il fruscio dei piedi sul pavimento e gli schiocchi dell'attrezzatura protettiva si fermarono. Tutti si girarono a guardarlo.

«Sì, 'fanculo quei diavoli arrappati,» concordò Buddy.

«Prendiamoli a calci in culo,» ruggì Bullhorn Brodsky.

«Quelle maledette teste di cazzo,» aggiunse Devon Drake.

«Quelle checche senza cazzo,» disse Trunk.

La tensione evaporò grazie alle colorite imprecazioni che i Kings rivolsero ai loro avversari. Le loro espressioni severe si trasformarono in sorrisi e il loro linguaggio divenne sempre più osceno e più creativo.

«'Fanculo le loro madri,» urlò Tuffer Demson.

«'Fanculo le loro sorelle,» aggiunse Harley Brennan.

«'Fanculo le loro nonne!» gridò Lawson Breaker.

«Le loro nonne?» Griff Montgomery alzò le sopracciglia.

Tutta la squadra scoppiò a ridere.

Griff iniziò a battere le mani per accompagnare quelle volgarità e i ragazzi seguirono il suo esempio. Mentre si vestivano, ognuno di loro si unì al coro, e quando il Coach Bass entrò nella stanza, il rumore era ormai assordante. Tra gli applausi che riecheggiavano tra le pareti di cemento e le grida degli uomini, l'aria crepitava d'energia.

«Così si fa!» urlò il Coach Bass, poi alzò le mani e i giocatori si zittirono. «Un paio di cose. Vorrei ricordarvi rapidamente delle punizioni. Alcune non possono essere evitate, ma se perdiamo il Super Bowl per un paio di grosse, stupide, maledette punizioni, vi farò il culo. Capito? Niente violenza non necessaria, niente condotta antisportiva, e che nessuno si butti addosso a un giocatore che sta effettuando un passaggio.» L'allenatore si girò verso Trunk. «E tenete le intercettazioni dei passaggi al minimo. Ormai dovreste aver capito come farle senza farvi beccare. Okay? Perdere per via delle punizioni fa un male cane, soprattutto quando so *per certo* che potete vincere!»

I giocatori lanciarono un grido, unirono le mani, cantarono il coro d'incoraggiamento dei Kings più forte che mai e poi corsero in campo. I loro fan urlarono così forte che pareva giocassero in casa. Durante l'inno nazionale, Al vide alcuni suoi compagni di squadra chiudere gli occhi e recitare una breve preghiera con le mani sul cuore. La sua voce si unì a quella degli altri Kings, accompagnando Katy Perry in quella canzone tradizionale.

Trunk si sentiva carico, l'adrenalina gli scorreva nelle vene. Tutti gli occhi erano puntati su Griff, quando corse in campo per il lancio della moneta. Vinse lui, e i giocatori applaudirono, mentre il capitano della loro squadra sceglieva di effettuare il kickoff verso i Demons. Montgomery strinse la mano a Mark Davis e tornò in panchina.

Trunk lanciò uno sguardo a Demson. «Andiamo, Tuff. Questo è il nostro momento, amico.»

I due entrarono in campo e presero posizione. La rincorsa successiva al kickoff diede ai Demons il possesso della palla sulla loro linea delle venticinque iarde, poi le due squadre si rimisero in formazione in attesa dell'azione successiva.

Trunk tenne lo sguardo fisso alla propria destra, ovvero alla sinistra di Davis. Vide un tizio basso, il numero dodici, alto forse un metro e settantasette. *Dev'essere veloce.*

Prima che potesse pensarci sopra, venne effettuato lo snap e il tappo si mise a correre. Trunk e Tuffer si lanciarono contro gli attaccanti avversari per cercare di raggiungere Davis, che però era ben protetto. Davis tirò indietro il braccio ed effettuò un bullet pass verso il numero dodici, che corse per dieci iarde, prima che un linebacker lo atterrasse.

Afferra la palla e scappa? Ci penso io. Al sussurrò il suo piano a Tuffer, poi si accucciò sulla linea della mischia. La palla venne lanciata in aria, e vide il piccoletto rimettersi a correre. Tuffer si diresse verso il quarterback, ma Trunk scartò a destra e corse dritto verso il numero dodici. Lo aveva quasi raggiunto, quando Davis effettuò un altro passaggio. Trunk balzò in alto, sfruttando il vantaggio che gli conferiva la sua altezza, e con un colpo della mano, deviò la traiettoria del pallone di cuoio. Si maledisse per non essere riuscito a prenderlo.

«La prossima volta,» lo rincuorò Tuffer, quando tornarono sulla linea della mischia.

«Sarà meglio.» Trunk scosse la testa.

Davis tenne la palla per le due azioni di gioco successive. Tuffer atterrò il runner e perse tre iarde, poi Trunk completò un sack su Davis, stando bene attento a non beccarsi una punizione. Alla fine dell'azione, i Demons dovettero provare a segnare un field goal. Il loro kicker ci riuscì, e quel punto venne riportato sul tabellone segnapunti.

Dopo il kickoff, Griff, Buddy e Harley Brennan corsero in campo. I Demons capirono subito che il quarterback avrebbe passato a Buddy ogni volta che ne avrebbe avuto l'occasione, Marquel Johnson era incredibile quando si trattava di afferrare la palla a mezzaria, ma Buddy era il loro attaccante più veloce. I Demons lo bloccarono due volte, e una volta lo urtarono con tanta forza da fargli mancare il fiato.

Il Coach Bass fece uscire il ricevitore per farlo riposare un po' e Griff decise di cambiare tattica sfruttando Harley. Brennan riusciva a farsi strada attraverso la difesa avversaria evitando di farsi placcare come nessun altro in campo, i Kings erano fortunati a esserselo aggiudicato per riempire l'unico spazio vuoto nella loro formazione d'attacco. Era un running back magico. Harley fece del suo meglio, il fatto che stava giocando contro la squadra che lo aveva portato alla ribalta non sembrava importargli. Corse con tutto il cuore, fece una finta a destra e poi continuò a sinistra fino alla field line. Scrollarsi di dosso i difensori, girarsi, divincolarsi, spingere, o semplicemente liberarsi dalla morsa di coloro che cercavano di placcarlo fu un gioco da ragazzi per lui. Era pieno d'energia e segnò due touchdown prima dell'intervallo.

Il punteggio era di quattordici a dieci, quando le squadre si ritirarono nei loro spogliatoi per la pausa. Il Coach Bass condivise con i suoi giocatori alcune osservazioni, poi fece un discorso d'incoraggiamento.

«Loro sono duri, ma noi lo siamo di più. Possiamo batterli. Continuate a fare quel che state facendo. Ve la siete cavata bene con le punizioni, loro ne hanno più di noi. Continuate così, ragazzi. So che potete farcela.»

Il caldo fece venire sete a Trunk, che buttò giù acqua, succo e Gatorade. I giocatori sedettero in silenzio, guardandosi l'un l'altro, finché non fu ora di tornare a giocare. C'era molta pressione, e i Demons non avrebbero dato loro tregua. Era il turno dei Kings di andare in ricezione.

Buddy tornò in campo, ansioso di entrare in gioco. Bullhorn Brodsky era pronto a bloccare chiunque gli si opponesse. La palla venne calciata e rimbalzò dritta tra le mani del ricevitore. Bull scattò in avanti e Buddy lo seguì. Riuscirono ad arrivare alla linea delle trentacinque iarde, prima che un linebacker atterrasse Carruthers.

Anche Griff tornò in campo, e dopo una breve mischia, la squadra si rimise in formazione. Montgomery si dedicò alle finte, bloccandosi e ripartendo, e ben presto, riuscì a ingannare un difensore, che si allontanò dalla linea della mischia e corse di lato. Una punizione di cinque iarde li portò sulla linea delle quaranta iarde.

Trunk osservò la sua squadra. Bull e gli altri lineman offrivano a Griff una grande protezione, il quarterback aveva un'aria rilassata, mentre cercava un giocatore libero. Afferrare la palla e correre era stata la loro azione di gioco preferita per tutto l'anno, ma i cornerback dei Demons si misero alle calcagna dei loro ricevitori, rendendo sempre più difficile completare un passaggio.

Griff finse di effettuare un passaggio e poi diede la palla ad Harley Brennan, che oltrepassò i difensori avversari, guadagnandosi dieci punti e un first down. I Kings avanzarono sul campo, first down dopo first down, finché non arrivarono nella zona rossa.

I Demons raddoppiarono i loro sforzi, impedendo alla squadra del Connecticut di segnare un touchdown, e Robbie Anthony venne mandato in campo a calciare un field goal. Come sempre, Robbie ci riuscì con facilità.

Trunk e Tuffer entrarono in campo, camminando a grandi passi e discutendo tra di loro.

«Davis sa che lo teniamo d'occhio. Per un po', non andrà più a sinistra.»

«Che vuoi fare al riguardo?»

«Tieni gli occhi aperti. Segui il numero ottantuno, io mi occupo del numero dodici. Lasciamo che sia Carter a bloccare Davis.»

I Demons lottarono per avanzare sul campo, poi Davis provò una nuova mossa. Effettuò un passaggio laterale verso il numero dodici, che passò di nuovo la palla a Davis e iniziò a correre. Mark optò per un passaggio Hail Mary e si guadagnò dodici punti sulla linea delle tre iarde. Era totalmente libero e quasi passeggiò fino a segnare un touchdown sulla goal line.

Trunk era incazzato, il piccoletto lo aveva fregato con una finta. Il difensore si lanciò verso il rapido ricevitore. Al lanciò un'occhiata al Coach Bass, che camminava su e giù e masticava la sua gomma a un miglio al minuto. I Demons calciarono per segnare un punto extra, portando il punteggio a un pareggio di diciassette a diciassette.

Il resto del terzo quarto della partita fu un continuo tira e molla tra i due team, con un errore o un'intercettazione qua e là. Le squadre correvano su e giù lungo il campo, senza riuscire a segnare. Trunk notò che l'atteggiamento di Griff era cambiato, sembrava frustrato quanto lo erano i difensori. I Demons erano la squadra più forte contro la quale avessero giocato in tutta la stagione.

Il tempo stava per scadere, gli uomini erano stanchi, nessuno voleva arrivare ai tempi supplementari, ma entrambi i team erano decisi a vincere.

I Kings provarono a cambiare tattica. Harley corse in avanti e Griff tirò indietro il braccio. Il quarterback finse di voler passare a Buddy, ma invece lanciò dritto verso Brennan. Nessuno si aspettava che il running back ricevesse un passaggio, così Harley prese la palla e corse con tutte le sue forze. Tre difensori seguirono il suo esempio, e un cornerback lo raggiunse. Prima che potesse atterrare Harley, però, un uomo massiccio corse dritto verso di lui dal lato del campo, come una locomotiva uscita dai binari. Chinò la testa e si scagliò contro Harley.

Ci fu uno scontro tremendo, casco contro caso, e Harley venne lanciato contro il cornerback e sbatté la testa contro la sua spalla. La palla rimbalzò via e venne recuperata da un giocatore dei Demons. Successe così in fretta che Trunk non riuscì a credere ai propri occhi. Il suo compagno di squadra cadde al suolo, immobile. L'arbitro soffiò nel fischietto e tutte le azioni di gioco si interruppero. Il silenzio calò sulla folla, mentre Harley Brennan rimaneva a terra, rannicchiato su se stesso, senza muoversi.

Due assistenti allenatori corsero dal running back, e una voce si sollevò dagli spalti, alle spalle di Trunk, e chiamò il suo nome. Al si voltò e vide una donna attraente con i capelli biondi portarsi le mani alla bocca e gridare nuovamente il nome di Harley.

«Harley! Alzati!» urlò, una voce solitaria sugli spalti silenziosi.

Griff andò a controllare la situazione. Gli uomini si misero al lavoro sul giocatore infortunato, ma lui ancora non si muoveva. Il quarterback si tolse il casco e si inginocchiò. Uno dopo l'altro, tutti i giocatori dei Kings lo raggiunsero e fecero lo stesso. Dalla panchina dei Demons, Mark Davis corse in campo e si accucciò accanto al suo amico, le labbra che si muovevano senza emettere un suono, e poi si inginocchiò anche lui. Non si tolse il casco, ma Trunk notò che gli tremavano le mani.

Gli allenatori chiamarono la barella, che entrò in campo a tutta velocità. Dopo quella che sembrò un'eternità, il piede destro di Harley si mosse. Gli allenatori gli tolsero l'elmetto.

Trunk riuscì quasi a udire il sospiro di sollievo del pubblico, quando gli spettatori scoprirono che Brennan era ancora vivo. Lui stesso non aveva mai visto un giocatore metterci tanto tempo per riprendere i sensi, aveva i nervi a pezzi. Pensava a Harley come a un nuovo amico, e l'aveva spaventato pensare che avrebbe potuto essere morto.

Con l'aiuto degli allenatori, Harley si sedette, poi gli uomini lo fecero alzare e riuscirono a caricarlo sulla barella. Il running back si sdraiò e Mark Davis si chinò su di lui sussurrandogli qualcosa. Harley sollevò una mano e alzò il pollice. La folla esultò e applaudì, quando lo portarono fuori dal campo.

L'arbitro inflisse una punizione al linebacker che aveva atterrato Brennan per condotta antisportiva e fallo personale, facendogli perdere quindici iarde dal punto in cui era avvenuta l'infrazione. Il possesso della palla tornò ai Kings, ma benché la squadra fosse arrivata nella zona rossa, i Demons le impedirono di segnare un touchdown. Il team del Connecticut fece rientrare Robbie Anthony, che segnò un altro field goal, poi un segnale acustico avvertì i giocatori che mancavano due minuti alla fine della partita. Ai Demons serviva un touchdown per vincere.

Trunk e Tuffer erano esausti. I Demons marciarono sul campo, realizzando un first down dopo l'altro per il rotto della cuffia. Secondo l'orologio, mancavano solo trenta secondi. La squadra avversaria era nella zona rossa dei Kings, sulla linea delle venti iarde.

«Effettueranno un passaggio, di sicuro,» disse Al a Tuffer.

L'altro annuì. «Io mi occupo di Davis.»

Mahoney annuì, e si misero in posizione per lo snap.

Tuffer e due linebacker in posizione di difesa si gettarono contro Davis, poi Demson si allontanò dai suoi compagni e si lanciò all'inseguimento del quarterback, che si tenne lontano dalla difesa avversaria e scrutò il campo alla ricerca di un giocatore smarcato.

Trunk usò le sue ultime forze per correre fino alla goal line, era determinato a non lasciar passare i Demons. Numero Dodici alzò la mano, e all'improvviso la palla volò in aria, appena prima che Davis venisse atterrato. Il pallone sfrecciò verso il piccolo ricevitore, ma Trunk fece un balzo e lo superò. Allungò una mano e afferrò la palla, poi ricadde all'interno della end zone della sua squadra. Prima che i Demons potessero raggiungerlo, si rialzò in piedi e corse verso la loro goal line, mentre l'orologio scandiva gli ultimi secondi di gioco.

Dopo venti iarde, venne sbattuto a terra dai lineman in posizione d'attacco. Il fischietto suonò, segnalando la fine della partita. I Kings avevano vinto per venti a diciassette!

Trunk balzò in piedi e venne travolto dai suoi compagni di squadra. Il resto dei festeggiamenti fu un vortice indistinto di congratulazioni, mani alzate per battere il cinque, abbracci, schiaffi scherzosi sulle spalle e sul sedere, e teste che sbattevano l'una contro l'altra. Nello spogliatoio, i giocatori si versarono addosso drink pieni di bollicine, si spogliarono fino a rimanere in mutande e bevvero grossi sorsi da bottiglie di champagne aperte. Lyle Barker scese di sotto per fare le congratulazioni al suo team, e il Coach Bass ballò e bevve insieme ai suoi uomini. La stanza si trasformò in uno zoo.

Trunk si sentiva un po' brillo, ebbro di vittoria e anche di una moderata quantità d'alcol, mentre girava per la palestra. Harley era seduto con le gambe stese su un tavolo.

«Niente champagne per lui,» disse Hank, scuotendo la testa.

«Come stai?» chiese Trunk al running back, corrugando la fronte.

«Ho solo una leggera commozione cerebrale. Niente di grave,» rispose Harley.

«Oh, invece sì. È molto grave,» ribatté l'assistente allenatore.

Harley fece un gesto noncurante, come per scacciare le sue preoccupazioni.

«Hank ha ragione. Dovresti riposarti,» disse Trunk, poi andò in corridoio, a piedi nudi e con indosso solo i boxer, il cellulare stretto in mano, e chiamò Carla. Ormai, il suo telefono doveva aver ripreso a funzionare. «Ehi, piccola. Abbiamo vinto! Hai visto?» cominciò.

«Sì, ho visto. È tornata l'elettricità, quindi ho visto tutto. Sei un eroe, hai vinto la partita!»

«No, no, abbiamo vinto tutti insieme...»

«Smettila di fare il modesto. Se non avessi preso la palla, l'avrebbe fatto quell'altro tizio, e voi avreste perso. Tu l'hai recuperata. Tu, tutto da solo. Sono così fiera di te,» ribatté Carla.

«Davvero?» Nessuno gliel'aveva mai detto, a parte il suo coach delle superiori.

«Certo che sì. E se fossi lì, te lo dimostrerei in qualche altro modo.» Ci fu una pausa. «Doodles! Smettila, di certo non sei vergine. Ehi, se ti mette in imbarazzo, allora smettila di ascoltare.»

«Stasera festeggiamo, ma partiremo domani verso mezzogiorno. Presto sarò a casa. E mi aspetto una festa privata,» scherzò Al.

«L'avrai, bellezza.»

«Sono così contento che tu stia bene. Stai bene, giusto?»

Carla esitò, ma Trunk era troppo inebriato dalla vittoria per notarlo.

«Certo, piccolo. Certo. Adesso sto bene,» rispose la sua ragazza.

«Ottimo! Voglio sapere tutto della tua festa per il Super Bowl, quando arrivo a casa.»

«Ci vediamo domani. Congratulazioni.»

«Grazie, tesoro. Ti amo.» *Maledizione, continuo a farmelo scappare.*

«Ti amo anch'io.» Carla attaccò.

Le sue parole gli scaldarono l'anima, soprattutto la parola con la *a.*

Capitolo Diciotto

Sull'aereo, in volo verso New York, Trunk non era l'unico giocatore a patire i postumi della sbornia. I ricordi della notte precedente erano estremamente confusi, gli scapoli avevano continuato a festeggiare fino alle tre nel bar dell'hotel.

I suoi compagni di squadra lo reputavano un eroe. Trunk si appoggiò al sedile, sorseggiò del succo di mela e guardò fuori dal finestrino. Sentiva la soddisfazione scorrergli nelle vene, almeno finché non pensò a Carla. Il momento della verità lo aspettava a casa a Monroe.

Pensando di star vivendo un periodo fortunato, il difensore aveva deciso di correre il rischio, e le avrebbe rivelato la sua situazione. La paura montò dentro di lui, mentre visualizzava lo shock, il disgusto e il rifiuto che avrebbe visto sul suo viso. Almeno casa sua era abbastanza sistemata per potersi trasferire, visto che i pavimenti erano finiti. Voleva stare lì e passare il resto dell'inverno in pace, con il camino acceso e l'amore della sua vita al suo fianco. Era ora di andarsene da casa di Carla, ma pregò che lei sarebbe andata con lui.

Alcuni giocatori si addormentarono durante il viaggio in bus dall'aeroporto verso lo stadio. Ci furono saluti affettuosi, quando la squadra si disperse e tutti tornarono alle loro macchine e alle loro vite, lontano dal football. Avrebbero continuato a usare la palestra, ma la stagione era finita: era tempo di pensare alle loro famiglie, riposarsi e godersi la vita.

Trunk si fermò davanti al *Savage Beast*. Non poté non notare il cartello con la scritta *vendesi,* appoggiato al muro, e venne preso dal panico. *Cos'è successo?* Aprì la porta e si bloccò.

Carla era al bar, gli dava le spalle. C'erano un paio di clienti seduti a un tavolo davanti al fuoco, stavano bevendo una birra. Una raffica d'aria fredda attirò l'attenzione della barista, che si voltò.

Le tremava il mento, quando lo fronteggiò.

«Piccola, cos'è successo?» Prima che Al potesse dire anche solo un'altra parola, Carla gli si lanciò tra le braccia e iniziò a piangere contro il suo petto. La condusse in cucina, dove avrebbero avuto più privacy. Doodles non c'era.

Si sedette, e fece sedere Carla sulle sue ginocchia. Le offrì il suo fazzoletto e le accarezzò la schiena mentre lei singhiozzava e gli spiegava che razza di incubo erano stati gli ultimi giorni.

«Non posso vendere questo posto senza un freezer e un frigo. Quelli nuovi arriveranno domani, in tutto mi sono costati seimila dollari. Ho speso tutti miei ultimi risparmi, e ora non ho nulla per pagare il mutuo o comprare la carne,» gli disse.

«Oh, mio Dio. Tesoro. Piccola. Lascia che ti aiuti,» la pregò Trunk.

«Non posso farlo.»

«Perché no?»

«Perché sì. Dobbiamo parlare. Più tardi, quando i clienti se ne saranno andati.»

«Mi va bene qualsiasi cosa tu voglia.»

Carla si appoggiò a lui e prese un respiro profondo e tremante. «Dobbiamo andare ognuno per la nostra strada,» cominciò.

Suppongo che l'abbia scoperto. Non è una sorpresa. «Se è quello che vuoi, lo capisco,» replicò Al.

Carla aprì leggermente la bocca, poi la richiuse. Si rimise in piedi, si sistemò i capelli con le dita e tornò al bar.

Il suo telefono squillò. Era Griff.

«Lauren ha degli schizzi e vuole dirti cosa sta succedendo a casa tua, prima che tu ti trasferisca. Adesso stiamo finendo di cenare, poi i bambini andranno a letto. Puoi passare tra un'ora?» chiese il quarterback.

«Certo. Grazie.»

Carla tornò in cucina e tirò fuori due piatti di hamburger al gorgonzola e patatine fritte dal forno. «Ho messo da parte gli ultimi due panini per noi, e ti ho fatto le valigie. So che vuoi trasferirti nella tua nuova casa.»

«Non dovevi farlo per forza.»

«Lo so, ma rende le cose più facili.»

«Non c'è niente di facile in tutto questo. Mi sento come se stessi divorziando di nuovo, ma stavolta, il dolore è reale,» confessò Al.

Carla gli rivolse uno sguardo triste. «Sapevamo che non sarebbe durata.»

«Peccato.»

«Su, mangiamo.»

«Non ho molta fame.»

«Stai rifiutando i miei hamburger al gorgonzola? Non ci credo.»

Trunk ridacchiò e Carla posò i piatti sul bancone e si sedette su uno sgabello accanto a lui. Il difensore la fissò dritta in viso, mentre mangiava. Gli aveva reso le cose facili, l'aveva rifiutato prima che dovesse dirle la verità e ammettere il suo vergognoso segreto. Tipico di Carla, si preoccupava sempre per lui. Gli occhi marroni della donna erano scuriti dalla tristezza e lei evitava il suo sguardo. Aveva i capelli in disordine, come dopo che avevano fatto l'amore.

Tutto in lei lo attraeva. I suoi seni erano come frutti maturi, un po' strizzati dalla maglietta a maniche lunghe. Le sue mani piccole e delicate, così abili e abituate al duro lavoro, riuscivano a cucinare qualsiasi alimento e ad accarezzarlo nel modo più tenero ed eccitante possibile.

Il desiderio di stringerla forte a sé, portarla di sopra e prendersi quel che era suo lo travolse. Puntò lo sguardo sul suo piatto mentre il suo cuore sanguinava in silenzio. Si sentiva sopraffatto dall'amore e dalla consapevolezza di quel che aveva perso. Non trovava le parole, il cibo gli si bloccava in gola e dovette buttarlo giù con un Carla Special. Non aveva mai sperimentato quella miscela unica di gioia e dolore.

Quando finì di mangiare, afferrò le chiavi dell'auto e andò da Griff.

«AVE ALL'EROE CONQUISTATORE!» proclamò Griff a bassa voce quando aprì la porta.

Trunk ghignò e Lauren e suo marito lo guidarono fino allo studio del quarterback, dove era stato acceso il camino. Spike, il carlino, abbaiò un paio di volte e trotterellò dietro di loro, poi si accoccolò su un cuscino posato per terra e iniziò a russare.

«Credo di aver bisogno di un cane,» commentò il difensore, chinandosi per accarezzarlo.

«Sul serio? Posso organizzare qualcosa,» disse Lauren. Si sedette a gambe incrociate sul divano, accanto a Griff, mentre Trunk si accomodava su una sedia. L'arredatrice sparse sul tavolo alcuni disegni, schizzi dell'aspetto che avrebbe avuto l'interno della casa quando le ristrutturazioni sarebbero state ultimate.

«Sei sicura che possa vivere lì mentre i lavori sono in corso?» chiese Trunk.

«Finché non stai tra i piedi all'agenzia edile.»

Trunk approvò i progetti, facendo solo qualche piccolo cambiamento.

«Fammi sapere se sei serio, riguardo al cane. Sono in contatto con gente che lavora in un rifugio per carlini abbandonati, e sono sicura di potertene trovare uno,» concluse Lauren.

«Un cane. Non ci ho mai pensato. Visto che vivrò lì da solo, probabilmente è una buona idea. Fammi sapere se ce n'è qualcuno in cerca di una casa. A te piacciono i carlini, Griff?»

«Non prenderei mai nessun'altra razza.»

Trunk si alzò in piedi. «Grazie, Lauren.»

«Ti accompagno,» disse Griff.

Spike aprì un occhio per controllare cosa stava succedendo, poi tornò a dormire. I due uomini si spostarono nell'atrio.

«Mi accompagni? Credo di riuscire a trovare la porta d'ingresso da solo. Che c'è?» Al si girò verso il quarterback.

«Ti trasferisci da solo? Che mi dici di Carla? Lei è innamorata pazza di te. State rompendo?» chiese Griff.

«Sapevamo entrambi che non sarebbe durata.»

«Ma che cazzo...? Quindi le spezzerai il cuore?»

«È lei che ha spezzato il mio. Dimmi, Griff, perché tu e Carla non avete mai avuto una relazione seria?»

«Per un paio di motivi. Primo, la sua regola sul non avere bambini. Io le avevo detto che volevo dei figli e non ero disposto a cambiare idea. Lei disse di aver capito, ma non ci ripensò.»

Trunk afferrò il suo amico per le braccia. «Quale regola sul non avere bambini?» chiese.

«Non te l'ha detto? Carla è decisa a non avere figli. Non mi mai detto esattamente perché. Una volta mi raccontò una qualche scusa del cazzo sul non voler rovinare il suo corpo, ma sapevo che c'era qualcos'altro sotto. Non te ne ha mai parlato?» rispose Griff.

Trunk riusciva a malapena a respirare. «Non vuole figli? Sul serio? Non mi prendi per il culo?»

«No, e questo mi ha impedito di avere un rapporto serio con lei.»

«È per questo! È per questo, allora. Lei crede che io voglia dei bambini.» Al si sfregò il retro del collo.

«Vuoi dire che non li vuoi nemmeno tu?»

«È una lunga storia. Grazie, Griff. Potrei baciarti.»

«Uh, non spingiamoci *così* oltre. Che ho fatto?» chiese Griff, confuso.

«Mi hai appena fatto rimettere con Carla, amico. Ti devo un favore. Un grosso favore.»

«Non vuoi sapere la seconda ragione?»

«No, ho un appuntamento con una donna bellissima. Grazie. Grazie mille.»

Trunk si infilò la giacca in fretta e furia e corse alla sua macchina. Provò a rispettare i semafori, ma non vedeva l'ora di arrivare al *Beast*. Quando si lanciò oltre la porta, Carla, che stava spolverando il bancone, alzò lo sguardo.

«Sei pieno d'energie,» commentò, squadrandolo. Gli spinse in mano una bottiglia di vino rosso. «Aprila, io vado a mettere un ciocco di legno nel camino. Dobbiamo parlare.»

«Okay.» Al stappò il Cabernet, ne versò due bicchieri e si sedette davanti al fuoco insieme a Carla. Lei avvicinò un'altra sedia per appoggiarci sopra i piedi.

Trunk andò a mettere il cartello con la scritta *chiuso* alla finestra e tornò indietro, poi prese la mano della sua donna nella sua e la baciò. «Credo di sapere qual è il nostro problema,» esordì.

«Ne abbiamo solo uno?» Carla ridacchiò.

«Uno grosso... che ostacola il nostro cammino. Per prima cosa, dimmi: se potessi fare quello che vuoi, staresti con me?»

«Certo, piccolo. Credevo che lo sapessi. Ma...»

Trunk le premette un dito sulle labbra. «Lasciami parlare per primo.»

Carla sorseggiò il vino rosso scuro, lo sguardo fisso sul suo viso.

«Ho appena scoperto che non vuoi figli,» continuò l'atleta.

«Chi ti ha detto...?»

Ancora una volta, la interruppe. «Lasciami finire. Tu credi che io invece li voglia, giusto?»

Carla annuì.

«Ti sbagli. Nemmeno io voglio dei figli, perché non posso averli. Non lo sa nessuno a parte Mary, ma sono sterile,» concluse Al.

«Cosa?» esclamò Carla, sputando un po' di vino per lo stupore.

Lui le porse un tovagliolo. «Esatto. Sparo sempre a vuoto, non posso avere figli. Mary e io abbiamo provato di tutto e non abbiamo mai ottenuto alcun risultato.»

Lei lo fissò con gli occhi spalancati.

«Credevo che, se l'avessi saputo, di sicuro mi avresti lasciato. Pensavo che tutte le donne volessero dei bambini. Ho aspettato ed esitato prima di dirtelo, perché non volevo perderti.»

Le guance di Carla si tinsero di rosa.

«Sei la cosa migliore che mi sia mai successa. Tu mi capisci. Ti amo, Carla, come non ho mai amato nessun altra,» continuò Al.

«Non puoi avere figli? Non mi stai prendendo in giro?» Carla inarcò un sopracciglio.

Trunk scosse la testa. «È una delle ragioni per cui Mary mi ha lasciato. Ha cambiato idea. Ora è incinta, grazie all'inseminazione artificiale.»

«Credevo che quello fosse tuo figlio.»

«No, non lo è. Siamo d'accordo, allora, giusto? Niente bambini?»

«Giusto. Niente bambini.»

«Che ne pensi dei cani, invece?»

«Adoro i cani,» rispose Carla.

«Perché non continuiamo questa conversazione di sopra, ci mettiamo comodi, e tu mi dici perché non vuoi figli? Poi, puoi fare i bagagli e venire con me nella tua nuova casa.»

«Oh, mio Dio, Al. Dici davvero? Vuoi che venga a vivere con te?»

Al annuì. Carla inspirò bruscamente, facendolo sorridere. «Siamo fatti l'uno per l'altra. Dimmi che verrai,» le disse.

«Oh, sì. Lo farò.» La sua donna sorrise allegramente.

Al si alzò in piedi e la prese per mano. Insieme, salirono le scale, entrarono nella camera di Carla e chiusero la porta.

LA MATTINA SEGUENTE, i due amanti vennero svegliati alle otto dalla consegna del nuovo freezer e del nuovo frigorifero. Carla telefonò a Doodles, riassumendolo e, mentre lei sistemava gli elettrodomestici e chiamava il tizio che le forniva la carne, Trunk telefonò a Bull.

«Emergenza. Mi serve aiuto. Vediamoci alla tavola calda tra mezz'ora, facciamo colazione,» disse.

Quando lui e il suo amico ebbero finito di mangiare, andò in banca. Mary era seduta alla sua scrivania, la sua gravidanza pareva in stato molto avanzato. Le si avvicinò.

«Al? È bello vederti. Hai un aspetto fantastico,» lo salutò la sua ex, tendendogli la mano.

Trunk scosse la testa. «E tu sembri molto incinta. Sono qui per affari, Mary.»

«Che posso fare per te?»

«Vorrei pagare il mutuo di un'altra persona.»

«Cosa?»

«Mi hai sentito.»

«Non posso farlo. Mi dispiace,» disse Mary.

«Puoi farlo, e lo farai. Sei in debito con me.»

«Andiamo, è la politica della banca.»

«Sei una responsabile, qui. Che ti importa da dove provengono i soldi? Lascia almeno che paghi per lei le prossime sei mensilità.»

«Per lei?»

Trunk spostò il peso da un piede all'altro, nervosamente. «Non dirmi che sei gelosa.»

«No, no. Proprio no. È solo che tutto questo è un po' improvviso. La frequentavi quando eravamo sposati?» Mary alzò il mento in segno di sfida.

«Certo che no. Era solo un'amica, a quei tempi. Non ti ho mai tradita, Mary, io non faccio cose del genere.»

«Oh.»

«Andiamo, ha avuto un periodo sfortunato e la tempesta l'ha colpita duramente.»

«Perché non le dai i soldi e basta?»

«Perché lei non li accetterebbe mai.»

«Sul serio? Una donna che non accetta i soldi di un ricco atleta?» si stupì Mary.

«No, lei non lo farebbe. Abbiamo vinto il Super Bowl, comunque.»

«L'ho sentito dire. Congratulazioni.»

«Andiamo, Mary. Carla ti piacerebbe. È una donna molto indipendente,» insistette Trunk.

«Vedrò cosa posso fare, ma non contarci,» acconsentì Mary.

Il difensore la guardò con le sopracciglia aggrottate, ma puntò i piedi.

«Ci potrebbe essere un modo. Potrei ritirare le cambiali che le mandiamo e farle pagare a te con un assegno.»

«Grazie, sapevo di poter contare su di te.»

«Dici davvero?»

«Ci speravo. E poi, se lei non paga il mutuo, la banca non ci guadagna nulla,» rispose Trunk.

«Hai ragione,» ammise Mary.

«Grazie,» replicò lui, alzandosi dalla sua sedia e dirigendosi verso la porta. «Torno tra un'ora. Puoi preparare i documenti?»

«Sicuro.»

Trunk spinse le grandi porte a vetro della banca e uscì in strada. Faceva freddo, probabilmente la temperatura era sotto lo zero, ma il sole splendeva, il suo passo era leggero e il suo sorriso ampio. Fischiettò, mentre andava a occuparsi del punto successivo sulla sua lista.

Quando tornò al *Beast,* alcune ore più tardi, Carla aveva già finito di installare i nuovi elettrodomestici.

«Okay. Ora sono pronta per vendere,» annunciò.

Trunk buttò il cartello *vendesi* sul bancone del bar. «Questo puoi buttarlo via.»

«Che vuoi dire?»

«Ho quarantacinque chili di carne in macchina e ho pagato il tuo mutuo per i prossimi sei mesi. Non fallirai.»

«Hai fatto cosa?» domandò Carla.

«Mi hai sentito.»

«Non puoi farlo!»

«Mary lavora in banca. È tutto deciso. La carne è al fresco in macchina, Doodles mi ha detto cosa prendere. Chiama il tizio della carne e organizza un'altra consegna,» spiegò Trunk.

«Al, non puoi interferire nella mia attività. Se non ce la faccio da sola, allora dovrei chiudere tutto,» s'impuntò Carla.

«Tutte le attività richiedono un prestito, qualche volta. Considera questo come un prestito. Non devi ripagarmi, però.»

La barista si portò le mani ai fianchi e gli scoccò un'occhiataccia.

«Non ribatti? Bene, allora siamo d'accordo,» scherzò Trunk.

«Sei nella merda fino al collo insieme a me.» Carla si allontanò.

Al la seguì e la prese per le braccia. «Perché non lasci che ti aiuti? Ti amo, Carla. Questo è un ottimo locale e tutti lo adorano. Non venderlo, non chiuderlo. Forza, sei la migliore. A tutti serve un po' d'aiuto qualche volta. Non è facile gestire un bar di successo.»

Carla batté le palpebre rapidamente. «Maledizione, lo so. Non credi che abbia fatto tutto quel che potevo? È solo che non sono abbastanza brava.»

«Sì, che lo sei, tesoro. Lo sei. Hai solo avuto un periodo sfortunato.»

La sua ragazza si girò verso di lui. «Come potrò mai ripagarti? La stagione è finita, questo è un periodo morto per la mia attività.»

«Questo è quello che pensi tu. Va a prepararti, mentre io porto dentro la carne.» Al la fece voltare di nuovo e le diede una lieve pacca sul sedere.

Carla cucinò insieme a Doodles, che continuava a ridacchiare, ma non voleva dirle cosa stava succedendo.

«Trunk mi ucciderebbe se te lo dicessi. Continua a lavorare,» le disse semplicemente.

Alle sei in punto, avevano ormai finito. Le campanelle appese sopra la porta d'ingresso tintinnarono e Carla andò a vedere chi poteva mai essere.

Erano Griff Montgomery e sua moglie, Lauren. Li seguivano Buddy Carruthers ed Emmy, e dietro di loro c'erano Bull Brodsky, sua moglie e Devon Drake. Uno a uno, i Kings marciarono dentro il locale, si sedettero ai tavoli o al bar e ordinarono. Trunk aiutò Carla a versare birra e vino.

Robbie Anthony e Tuffer Demson presero una scala a pioli e uscirono. Carla li seguì di fuori, dove i due appesero un'enorme striscione.

STASERA, LA FESTA PER IL SUPER BOWL DEI KINGS!

«Che diavolo succede?» chiese, incredula.

«Trunk non te l'ha detto? Faremo la festa per la vittoria del Super Bowl qui,» rispose Tuffer.

Trunk si sporse oltre il bar e sorrise. La donna corse di nuovo dentro.

«Che stai facendo? Sbrigati. Stanno arrivando un sacco di persone,» abbaiò contro il suo ragazzo, asciugandosi una lacrima.

Lui si sporse verso di lei e la baciò. «Non sei sola.»

«Ehi, piantatela con questa roba melensa. Dov'è la mia birra?» urlò Bull, che batté il pugno sul bancone e ghignò.

«Ti beccherai un pugno in bocca, se non chiudi il becco,» sbottò Trunk, spingendogli una bottiglia in mano.

«Carla. Permetti ai tuoi dipendenti di parlare così?»

«Sai com'è fatto Al. Che ci posso fare?» Carla posò una mano sulla guancia di Trunk, poi tornò in cucina a preparare un po' di hamburger al gorgonzola.

CARLA E AL FINIRONO di ripulire alle due. Mandarono Doodles a casa con qualche soldo in più e si trascinarono su per le scale. Non si erano fermati per tutta la serata; a Carla facevano male i piedi, ma aveva il cuore gonfio d'emozione. Aveva racimolato quasi duemila dollari, tra cibo, bevande e mance. Si spogliò e andò in bagno, dove una doccia veloce la riportò in vita, e poi si strinse in una vestaglia di lana e percorse il corridoio a piedi nudi.

Quando tornò in camera, Al stava infilando le scarpe sotto il letto.

Crollò accanto a lui e gli disse: «Stasera abbiamo guadagnato quasi duemila dollari. Grazie.»

«Non ringraziarmi. Tutti amano questo posto.»

«Sei stato tu a fare tutto questo, hai detto tu agli altri di fare la festa qui.»

«Io gliel'ho solo suggerito. Bull e la squadra hanno fatto il resto.»

«Che Dio li benedica.»

«Hai degli amici, Carla. Sei carina con la gente, piaci alle persone e il tuo cibo è il migliore che si possa trovare,» le assicurò Al.

«Credo che amplierò il menù,» rifletté la barista.

«Buona idea.»

Trunk si alzò in piedi e si tolse i vestiti, poi scostò le coperte e si mise a letto. Carla era ancora sdraiata sopra le coperte, contava con le dita e borbottava tra sé e sé.

«Che ne dici di passare un po' di tempo insieme?» Il difensore le passò la mano lungo la manica per attirare la sua attenzione. Gli occhi di Carla erano enormi, limpide pozze di cioccolato fondente. Quella donna aveva una bocca testarda e impertinente, ma i suoi occhi erano colmi d'amore.

Carla si sfilò la vestaglia e il suo uomo la aiutò a toglersela, poi le si avvicinò di più.

«Sei il mio eroe, Al. Mi hai salvata, e per questo ti amo,» gli disse.

«Tutto qui?» La fronte di Al si increspò.

«È già tanto!» Carla scoppiò a ridere.

«Voglio il tuo amore.»

Lei gli passò una mano sulla barba incolta, che gli ricopriva la guancia. «Sai che l'hai già. Ti ho sempre amato, fin dall'inizio. Non lo sapevi?»

«Fin dall'inizio? Non ne avevo idea.»

«Me lo sono tenuto per me. Tu eri sposato, e io non ci provo con gli uomini sposati.»

«Già. Io ti volevo, ma ero legato a Mary e quindi non c'era niente che potessi fare.»

«All'inizio, avevo solo una cotta per te ma dopo un po', ho capito che non poteva esserci nessun altro per me,» confessò Carla.

Al le sfiorò le labbra con le sue. «Ti amo. Ti ho sempre amata. Ti amerò per sempre,» dichiarò.

Carla si stese sul letto e lui si girò su un fianco. Aprì il cassetto del comodino e si voltò di nuovo verso di lei.

«Tempismo perfetto.»

«Mhmm?» La barista strinse gli occhi.

«Sposami, Carla. Ti amo, ti desidero e stiamo benissimo insieme.» Al aprì la scatolina che aveva tenuto nascosta fino a quel momento nel palmo della grossa mano. All'interno, c'era un bellissimo anello ornato da un diamante da sette carati a taglio rotondo e da due gemme più piccole incastonate ai suoi lati.

Carla emise un verso sorpreso e puntò lo sguardo sulle splendide pietre preziose. «Al! È troppo,» protestò.

«Niente è troppo per te, piccola.»

«Potrei pagare l'affitto per un anno, con quel che avrai speso per questo anello.»

«Me lo posso permettere. Sono finiti i giorni in cui ti preoccupavi dell'affitto. Siamo una squadra ora,» le assicurò Al.

«Come i Kings?» Carla lo fissò, i suoi occhi danzavano divertiti.

Il difensore scoppiò a ridere. «Più o meno. La nostra personale squadra di sole due persone.»

«Mi piacerebbe.»

«Allora, mi vuoi sposare?»

«Sai che lo voglio.»

Trunk tolse l'anello dalla scatolina, ma per l'emozione, gli cadde prima che potesse metterglielo al dito.

Carla rovistò sotto il lenzuolo fino a trovarlo e se lo infilò, era perfetto. Allargò le dita e fissò il diamante lucente. «È bellissimo.»

«Brilla, proprio come te.»

La donna alzò il viso per guardarlo negli occhi. Al capì il significato di quel gesto e si chinò su di lei, catturando la sua bocca in un bacio passionale. Poi, la strinse tra le braccia, attirandola contro il suo petto e schiacciando i suoi seni soffici contro i propri pettorali. Carla gemette, mentre lui la toccava, la cospargeva di baci dal collo fino al petto e le posava le mani sul sedere.

«Ti amo, Al. Ti amerò per sempre,» sospirò Carla, chiudendo gli occhi.

«Piccola, ti porterò al settimo cielo,» mormorò Al.

E così fece.

Epilogo

20 *Aprile*
Dopo diversi tentativi, Trunk rinunciò ad annodarsi il farfallino. *Stupido vestito da pinguino.* Quando sentì il rumore del clacson di un'auto, prese la giacca elegante e corse fuori.

Bull era al volante e premeva sul clacson.

Trunk salì in macchina e sbatté la portiera. «Questa cazzo di cravatta. Maledizione!»

«Merda, non so come sistemarla. Sam sì, però. Ci saranno sia lei che Stormy.»

«Guida e basta, oggi non posso arrivare in ritardo.»

Bull rimise in moto l'auto e uscì dal vialetto con un rombo.

«Questa volta, è quella giusta,» disse Al.

«Intendi il matrimonio?»

«Sì. Lei è la ragazza giusta.»

«Ne sei sicuro? Perché posso fare marcia indietro, basta che me lo dici,» scherzò Bull.

«Ne sono assolutamente sicuro,» ribatté Trunk.

Bull allungò una mano e gli diede una pacca sul braccio.

Samantha, la moglie di Bull, li aspettava fuori. «Era ora! Trunk, cos'è successo alla tua cravatta?»

«Puoi sistemarla? Carla è già qui?» le chiese il difensore.

«Sta' fermo.» Sam si alzò in punta di piedi. «Carla è dentro, sta finendo di fare un paio di cose.»

La donna gli allacciò la cravatta, poi Bull gli lisciò la giacca e si diressero verso l'enorme edificio di mattoni.

Devon Drake li attendeva all'interno. «Aspettate qui. Stormy ha detto che verrà ad avvisarci quando Carla sarà pronta.»

«C'è qualcosa che non va? Carla ci sta ripensando?»

«No, no. Si tratta di un problema con il vestito.»

Trunk annuì, l'ultima cosa che gli serviva era che Carla lo lasciasse all'altare. Venne distratto dall'arrivo di Stormy.

«È pronta! È pronta. Andiamo,» esclamò la fidanzata di Devon, facendo loro cenno di seguirla.

C'erano diverse coppie sedute su delle panche sistemate in un'ampia sala. Carla dava loro le spalle, ma quando entrarono, si voltò e Trunk inspirò bruscamente. Era una visione angelica in bianco; il suo velo era coronato da un ornamento simile a un cerchietto e i suoi capelli lisci e lucenti le ricadevano liberi sulle spalle, terminando in riccioli delicati.

Indossava un abito bianco con un corpetto in pizzo e una scollatura squadrata. Sotto il seno, il pizzo veniva sostituito da semplice seta bianca che si allungava fino al ginocchio. Aveva abbinato un girocollo di perle a un paio di orecchini di perle a goccia, e il diamante che portava al dito scintillava nella tenue luce fluorescente.

Trunk non riusciva a trovare le parole per descriverla, mentre ammirava la donna più bella che avesse mai visto.

«Stai bene?» Carla lo prese per mano.

«Sei... sei...»

«Sputa il rospo, piccolo.»

«Sei la donna più bella del mondo.»

Carla scoppiò a ridere. «Sono lieta che tu lo pensi.»

«Andiamo,» intervenne Bull, controllando l'orologio. «Abbiamo prenotato per l'una allo *Sweet Magnolia*. Noi siamo i prossimi, giusto?»

«Noi?» Trunk ridacchiò.

«Okay, okay. Sai che intendo.» Bull offrì il suo braccio a Carla.

Quando raggiunsero il giudice di pace, Trunk strinse la mano della sua futura moglie nella sua, e notò che tremava un po'. Le sorrise e in cambio ricevette un sorrisetto incerto.

La cerimonia fu veloce e Al si sentì molto sollevato, quando infilò la fede nuziale al dito di Carla. *Non ci ha ripensato, e ora non può più scappare. È mia.*

Il viso di Carla si illuminò, quando gli mise l'anello a sua volta. Si scambiarono un bacio appassionato, mentre i loro amici applaudivano, poi la sposa lanciò il suo bouquet a Stormy e tutti tornarono alle loro macchine. Trunk tenne la portiera aperta per Carla e poi si sedette accanto a lei sui sedili posteriori dell'auto di Bull.

Aveva organizzato un pranzo privato per la sua sposa e i loro pochi invitati nel ristorante più di classe della città. I neosposi continuarono a baciarsi finché non arrivarono allo *Sweet Magnolia*.

«Cavoli, Trunk, prendetevi una stanza!» li prese in giro Bull.

«Chiudi il becco. Mi sono appena sposato.»

Si fermarono nel parcheggio del ristorante.

Trunk scese dalla macchina per primo. «Wow, ci sono un sacco di macchine. C'è molta gente per essere l'ora di pranzo in un giorno feriale.»

Bull li fece entrare subito dentro.

Il maître fece le congratulazioni alla coppia, poi disse: «C'è stato un lieve cambio di programma, signor Mahoney. La nostra sala da pranzo piccola era già stata prenotata prima che lei chiamasse, quindi l'abbiamo sistemata in quella grande. Da questa parte, prego.»

Trunk fece una smorfia, ma Carla lo prese per mano e lo rassicurò: «Andrà bene.»

Al la seguì fino alla porta, e quando l'altro uomo l'aprì, venne accolto da un'enorme folla che gridava: «Sorpresa!» Si strofinò gli occhi dallo stupore. C'erano i suoi compagni di squadra e le loro mogli, i lunghi tavoli erano stati apparecchiati per il pranzo, e tutti si erano agghindati come meglio potevano. «Che diavolo succede?»

Carla gli strinse più forte la mano. «Loro volevano farlo, Al, quindi io ho detto di sì.»

«Ehi, amico, non potevamo lasciare che la star della nostra squadra si sposasse senza fare le cose in grande. Volevamo una festa, una celebrazione,» intervenne Bull.

Trunk non poté impedire alle lacrime di riempirgli gli occhi. «L'avete fatto per me?»

«Già. Adesso, appoggia il culo su quella sedia e diamo inizio alla festa!» lo esortò il suo migliore amico.

Un cameriere a un tavolo a lato di quello principale aprì una bottiglia di champagne dopo l'altra.

Prima che potessero sedersi, Stormy fece tintinnare un coltello contro un bicchiere e, ben presto, tutti si unirono a lei. Trunk tirò Carla a sé e si baciarono. Mentre si facevano strada verso l'estremità del tavolo, tutti i suoi compagni di squadra strinsero la mano al difensore o fecero commenti maliziosi.

Trunk aveva il cuore così gonfio di commozione che quasi credeva sarebbe scoppiato. Non aveva mai ricevuto quel tipo d'affetto da nessuno. Aveva creduto di essere fortunato quando aveva trovato una donna che voleva stare con lui, ma avere anche così tanti amici? Non riusciva a crederci. Si asciugò il viso con un tovagliolo e si guardò attorno.

I camerieri portarono vassoi carichi di cibo caldo e invitante: capesante sbollentate, pollo alla griglia, pollo al Marsala, enormi scodelle di Caesar salad e piatti di pasta. Sentire gli invitati chiacchierare, ridere e mangiare gli riempì il cuore di gioia.

«Ti vogliono bene, Al,» sussurrò Carla.

Lui annuì, l'emozione lo soffocava tanto che non riusciva a parlare.

Quando il pranzo terminò, insistette con il cameriere per poter pagare il conto.

«Oh, no, monsieur. È già stato pagato tutto. Se ne sono occupati tre gentiluomini,» replicò l'altro uomo.

Trunk rimase sbalordito.

Prima che tutti finissero il dessert, Lauren Montgomery si alzò in piedi. «Attenzione! Attenzione!»

Il gruppo si zittì.

«Forse credete che ci siamo dimenticati di farvi un regalo di nozze, ma non è vero,» continuò la moglie di Griff.

Gli invitati iniziarono a mormorare tra di loro.

«Ci siamo riuniti e abbiamo cercato di capire di cosa aveva bisogno la coppia che ha già tutto. Poi, abbiamo trovato l'unica cosa o, forse, dovrei dire le uniche due cose, che vi mancavano.» Lauren indicò la porta. Il cameriere l'aprì e Griff entrò con due carlini sottobraccio.

«I vostri nuovi cani, Fred ed Ethel!» annunciò Lauren.

Gli invitati si alzarono in piedi ed esultarono. I cagnolini abbaiarono e Carla e Trunk si avvicinarono e si accucciarono davanti a loro. Gli animaletti saltarono addosso ad Al, facendolo cadere per terra, e lo leccarono ancora e ancora, scoppiò così a ridere, finché riuscì a malapena a respirare.

«Ora, avete tutto,» disse Griff.

«Credo proprio di sì.» Carla si inginocchiò a attirò Ethel verso di sé.

«Assolutamente,» concordò Trunk, poi si mise seduto, prese sua moglie per mano e permise a Fred di sederglisi in grembo.

KENNEDY AIRPORT, NEW York City

Harley Brennan superò il controllò bagagli e la sicurezza e si diresse verso la sala d'attesa V.I.P. della Eagle Airlines. Aveva un'ora e mezzo da passare prima che il suo volo partisse per Los Angeles. Erano passati mesi dalla sua commozione cerebrale, ma era ancora riluttante a bere alcol. Quell'infortunio era stato di gran lunga peggiore dei tre che l'avevano preceduto, la convalescenza era durata di più e quella situazione l'aveva spaventato, anche se non l'avrebbe mai ammesso.

Ordinò una limonata, un ginger ale e un bicchiere vuoto, poi miscelò il suo *Carla Special.*

«Ti prepari sempre i drink da solo?» chiese una seducente voce femminile.

Harley si voltò e si ritrovò a guardare dritto negli stupendi occhioni azzurri di Shyla Hollings. «Shyla, dolcezza. Che ci fai qui?» la salutò.

«Vado a Los Angeles.»

«A L.A.? Anch'io sono diretto lì. Tu perché ci vai?»

«Mi occupo di creare un set televisivo. Ho sentito che tu sarai il prossimo futuro sposo a *Marriage Minded,*» rispose Shyla.

«L'hai sentito?»

«Ne parlano tutti i media, il tuo bel viso è dappertutto. Non guardi la televisione?»

«Di recente non l'ho fatto,» ammise Harley.

«Oh, giusto. Il trauma cranico. Non potevi guardare la televisione.»

«Eri alla partita o ho avuto un'allucinazione?» chiese Harley.

«C'ero davvero. Penny aveva i biglietti. Mi sono dovuta sedere tra i tifosi dei Demons e ho dovuto fare il tifo per Mark, ma dentro di me, tifavo anche per te,» gli rivelo la sua ex.

«Dopo sei passata negli spogliatoi?»

«Sì. Vedo che te lo ricordi. Immagino che l'infortunio non fosse così grave, allora.»

«No, era abbastanza grave. Ti va un drink?»

«Prendo quello che hai preso tu. Sembra interessante,» rispose Shyla.

«Non contiene alcol, ma è fantastico.» Harley ordinò gli stessi ingredienti di prima e preparò un altro drink per la donna.

«Allora, perché hai deciso di andare in televisione?» gli chiese lei, poi bevve un sorso e annuì in segno d'approvazione.

Harley abbassò lo sguardo sulle proprie mani. «Ho rinunciato.»

Shyla alzò le sopracciglia. «Rinunciato?»

«Ho rinunciato alla speranza che tu saresti tornata. Alla speranza che un'altra Shyla Hollings sarebbe entrata dalla mia porta. Voglio solo sistemarmi.»

«Così, hai contattato il programma?»

«Sono stati loro a contattarmi. Mi hanno convinto che avrei trovato il vero amore, la mia anima gemella.» Il running back strinse gli occhi. «Si può avere più di un'anima gemella in una vita sola?»

Shyla arrossì, e la sua pelle pallida divenne ancora più bella. I capelli biondi le ricaddero sulla fronte e distolse lo sguardo.

L'altoparlante annunciò che il loro volo avrebbe iniziato a imbarcare i passeggeri entro dieci minuti.

«Viaggi in prima classe?» domandò Harley.

«Come al solito.»

«Forse potrei farti cambiare posto e farti sedere accanto a me.»

«Sarebbe fantastico.»

«Se non posso averti per sempre, immagino che mi accontenterò di quel che posso ottenere.» Harley si alzò in piedi, offrì la sua mano a Shyla e lei la prese.

Le Fine

Libri di Jean C. Joachim

ECHOES OF THE HEART
HEATHER & MIKE: THE ONE THAT GOT AWAY
SANDY & RAFE: SECONDpLACE HEART
LIZ & NICK: NO REGRETS
PAIGE & BILL: ONE FINE DAY
ANTHOLOGY
BOTTOM OF THE NINTH
DAN ALEXANDER, PITCHER (Edizione Italiana)
MATT JACKSON, CATCHER (Edizione Italiana)
JAKE LAWRENCE, THIRD BASEMAN (Edizione Italiana)
NAT OWEN, FIRST BASE (Edizione Italiana)
BOBBY HERNANDEZ, SECOND BASE (Edizione Italiana)
SKIP QUINCY, SHORT STOP (Edizione Italiana)
EXTRA INNINGS (Edizione Italiana)

FIRST & TEN SERIES
GRIFF MONTGOMERY, QUARTERBACK (Edizione Italiana)
BUDDY CARRUTHERS, WIDE RECEIVER (Edizione Italiana)
PETE SEBASTIAN, COACH (Edizione Italiana)
DEVON DRAKE, CORNERBACK (Edizione Italiana)
SLY "BULLHORN" BRODSKY, OFFENSIVE LINE (Edizione Italiana)
AL "TRUNK" MAHONEY, DEFENSIVE LINE

HARLEY BRENNAN, RUNNING BACK
OVERTIME, THE FINAL TOUCHDOWN
A KING'S CHRISTMAS

THE MANHATTAN DINNER CLUB
RESCUE MY HEART
SEDUCING HIS HEART
SHINE YOUR LOVE ON ME
TO LOVE OR NOT TO LOVE

HOLLYWOOD HEARTS SERIES
SE TI AMASSI
UN AMORE DA RED CARPET
RICORDI D'AMORE
UN AMORE DA FILM
L'ULTIMA CHANCEpER L'AMORE
AMORI E BUGIE
His Leading Lady (Series Starter)

NOW AND FOREVER SERIES
NOW AND FOREVER 1, A LOVE STORY
NOW AND FOREVER 2, THE BOOK OF DANNY
NOW AND FOREVER 3, BLIND LOVE
NOW AND FOREVER 4, THE RENOVATED HEART
NOW AND FOREVER 5, LOVE'S JOURNEY
NOW AND FOREVER, THE BEGINNING
NOW AND FOREVER, CALLIE'S STORY (prequel)

MOONLIGHT SERIES
SUNNY DAYS, MOONLIT NIGHTS
APRIL'S KISS IN THE MOONLIGHT
UNDER THE MIDNIGHT MOON
MOONLIGHT & ROSES (prequel)

<u>LOST & FOUND SERIES</u>
LOVE, LOST AND FOUND
DANGEROUS LOVE, LOST AND FOUND

<u>NEW YORK NIGHTS NOVELS</u>
LA LISTA DI MATRIMONIO
THE LOVE LIST
THE DATING LIST
<u>PINE GROVE SERIES</u>
UNPREDICTABLE LOVE
BREAK MY HEART
RENOVATING THE BILLIONAIRE
<u>SHORT STORIES</u>
UN DOLCE AMORE RIAFFIORATO
TUFFER'S CHRISTMAS WISH
UN'HOUSE SITTERpER NATALE

Sull'Autrice

Jean Joachim è un'autrice di best-seller romance, i cui libri sono in cima alla classifica Amazon Top 100 fin dal 2012. *The Renovated Heart* ha vinto il premio Miglior Romanzo dell'Anno del Love Romances Café, *Lovers & Liars* è stato tra i finalisti del RomCon nel 2013, e *The Marriage List* è arrivato al terzo posto, ex aequo nella classifica Miglior Romance Contemporaneo del Gulf Coast RWA. Nel 2014, *To Love or Not to Love* è arrivato in finale in un concorso indetto dal ramo locale del New England di Romance Writers of America. Jean Joachim è stata scelta come Autrice dell'Anno nel 2012 dal ramo locale di New York City di Romance Writers of America.

Sposata e madre di due figli, Jean vive a New York City. La mattina presto, la si può trovare al computer a scrivere con una tazza di tè, il carlino che ha salvato, Homer, al suo fianco, e la sua scorta segreta di liquirizia.